Chère
    Jocelin

Dans la vie.
Quand ça peut
pas être pire.
ça peut juste
aller mieux.

        Euh... en théorie !

    Bonne lecture et
merci pour toutes
    ces belles
        années de
            collaboration !

Et bonne
lecture à la
formidable gang du docu !

            Nat

Ça peut PAS être pire...

De la même auteure

La Vie sucrée de Juliette Gagnon, tome 3, *Escarpins vertigineux et café frappé à la cannelle*, Éditions Libre Expression, 2014.

La Vie sucrée de Juliette Gagnon, tome 2, *Camisole en dentelle et sauce au caramel*, Éditions Libre Expression, 2014.

Pourquoi cours-tu comme ça ?, collectif, Éditions Stanké, 2014.

La Vie sucrée de Juliette Gagnon, tome 1, *Skinny jeans et crème glacée à la gomme balloune*, Éditions Libre Expression, 2014.

La Vie épicée de Charlotte Lavigne, tome 4, *Foie gras au torchon et popsicle aux cerises*, Éditions Libre Expression, 2013 ; collection « 10 sur 10 », 2016.

La Vie épicée de Charlotte Lavigne, tome 3, *Cabernet sauvignon et shortcake aux fraises*, Éditions Libre Expression, 2012 ; collection « 10 sur 10 », 2016.

La Vie épicée de Charlotte Lavigne, tome 2, *Bulles de champagne et sucre à la crème*, Éditions Libre Expression, 2012 ; collection « 10 sur 10 », 2016.

La Vie épicée de Charlotte Lavigne, tome 1, *Piment de Cayenne et pouding chômeur*, Éditions Libre Expression, 2011 ; collection « 10 sur 10 », 2016.

NATHALIE ROY

Ça peut PAS être pire...

Libre  Expression

Une société de Québecor Média

Catalogage avant publication de Bibliothèque et Archives nationales du Québec et Bibliothèque et Archives Canada

Roy, Nathalie, 1967-
        Ça peut pas être pire…
        ISBN 978-2-7648-0799-6
        I. Titre.

PS8635.O911C362016   C843'.6   C2015-942659-6
PS9635.O911C36 2016

Édition : Nadine Lauzon
Révision et correction : Sophie Sainte-Marie et Julie Lalancette
Couverture et mise en pages : Clémence Beaudoin
Photo de l'auteure : Sarah Scott

Cet ouvrage est une œuvre de fiction ; toute ressemblance avec des personnes ou des faits réels n'est que pure coïncidence.

Remerciements
Nous remercions le Conseil des Arts du Canada et la Société de développement des entreprises culturelles du Québec (SODEC) du soutien accordé à notre programme de publication. Gouvernement du Québec – Programme de crédit d'impôt pour l'édition de livres – gestion SODEC.

Financé par le gouvernement du Canada | **Canadä**

Les Éditions Libre Expression
Groupe Librex inc.
Une société de Québecor Média
La Tourelle
1055, boul. René-Lévesque Est
Bureau 300
Montréal (Québec) H2L 4S5
Tél. : 514 849-5259
Téléc. : 514 849-1388
www.edlibreexpression.com

Dépôt légal – Bibliothèque et Archives nationales du Québec et Bibliothèque et Archives Canada, 2016

ISBN : 978-2-7648-0799-6

Distribution au Canada
Messageries ADP inc.
2315, rue de la Province
Longueuil (Québec) J4G 1G4
Tél. : 450 640-1234
Sans frais : 1 800 771-3022
www.messageries-adp.com

Diffusion hors Canada
Interforum
Immeuble Paryseine
3, allée de la Seine
F-94854 Ivry-sur-Seine Cedex
Tél. : 33 (0)1 49 59 10 10
www.interforum.fr

À toutes les filles qui ont fait la paix avec leurs corps.
Et à toutes celles qui souhaitent y arriver...

Prologue

The day the shit hit the fan

J' en oublie des bouts, c'est clair! Peut-être que je suis atteinte d'une forme précoce de la maladie d'Alzheimer? Ou seraient-ce mes problèmes de concentration qui me font carrément perdre la mémoire?

C'est impossible que je ne me rappelle pas où elles sont. Je les avais hier après-midi chez Zofia. Fichues sandales roses, montrez-vous! Tout de suite!

Je fais le tour de mon petit appart une fois de plus, mais aucune trace de mes chaussures préférées. Celles que j'avais prévu porter aujourd'hui, puisqu'elles sont assorties à mon vernis à ongles et à mes boucles d'oreilles. Un peu de couleur pour agrémenter ma robe noire qui m'amincit et que j'enfile souvent après un week-end festif... Donc à peu près tous les lundis.

Je regarde de nouveau l'heure sur mon iPhone. 8 h 55. Si ça continue, je vais être en retard et les clients se heurteront à une porte fermée. J'ai beau être la gérante de la plus chouette boutique de vêtements de la rue Saint-Denis, ça ne me donne pas le droit de faire poireauter les gens.

Encore moins par une journée de canicule comme celle de ce début de juillet. Même pas 9 heures et il doit faire plus mille degrés. Bon, d'accord, j'exagère, mais je suis convaincue que le thermomètre indique au moins vingt-sept degrés Celsius. Et c'est sans compter le fameux facteur humidex.

C'est lui qui fait couler de la sueur dans mon dos et frisotter ma longue chevelure rousse comme si j'avais une permanente des années 1980. Mes cheveux, je les préfère nettement quand il fait moins chaud et que je forme de belles boucles souples avec le fer plat. Mais aujourd'hui, ça ne sert à rien. C'est pourquoi je les ai attachés en queue de cheval. Ça, c'est mon dernier recours. J'essaie le plus possible de les laisser encadrer mon visage… Comme ça, il paraît moins rond.

Assez perdu de temps, Valéry Aubé! Choisis d'autres souliers, qu'on en finisse! À contrecœur, j'opte pour mes ballerines beiges. Au moins, elles ont le mérite d'être confortables.

Je passe ensuite à la salle de bain pour me brosser les dents quand je trébuche sur une paire de gougounes… que je ne reconnais pas. Hein? À qui appartiennent-elles? Et c'est là que tout me revient. La fin de soirée bien arrosée chez ma meilleure amie, ma voiture que j'ai laissée dans sa rue pour rentrer à pied… en portant ses chaussures. Et mes sandales roses que j'ai oubliées dans son salon, sous la table à café. Voilà! Le mystère est éclairci!

Non pas qu'il y ait de quoi se réjouir d'avoir bu trop de rosé au point d'avoir des trous de mémoire, mais au moins j'ai la confirmation que je ne suis pas en train de perdre la boule. Tout pour être rassurée… enfin, presque.

Quelques minutes plus tard, je dévale l'escalier extérieur de mon immeuble en mangeant une barre muesli insipide en guise de déjeuner. Ouin…

Je me dirige vers la boutique d'un pas encore plus rapide que d'habitude. Je tourne le coin de la rue Marie-Anne pour me retrouver sur l'artère où est situé le commerce dont je suis responsable depuis trois ans. Une belle grande boutique bien éclairée avec des planchers en porcelaine brillante crème, un mur de pin blond derrière le comptoir de la caisse et de jolis luminaires argentés suspendus un peu partout. J'adore y travailler et je suis fière de *mon* magasin.

Bon, d'accord, il ne m'appartient pas, à moi, il est plutôt la propriété d'une importante chaîne canadienne qui compte une soixantaine de boutiques dans tout le pays. Mais, dans mon cœur, c'est le mien. Je me suis totalement investie pour lui redonner le lustre qu'il avait perdu avant mon arrivée. J'y ai fidélisé la clientèle et ai ramené un climat de travail sain en me débarrassant des vendeuses qui semaient la pagaille dans l'équipe. Maintenant, tout le monde travaille dans la bonne humeur.

En plus, les vêtements qu'on y vend sont vraiment top. À la fois classiques et tendance. Et avec mon rabais d'employée, j'en profite allègrement. Surtout quand la coupe et la taille me conviennent.

J'arrive devant le café où j'ai l'habitude de m'arrêter pour m'acheter un latté à la cannelle (allégé tous les lundis matin), mais cette fois je passe tout droit. J'y reviendrai ce midi sans faute. Et j'ajouterai à ma commande un sandwich aux légumes grillés sans pesto. Celui dont je me contente à chaque retour de week-end.

En poursuivant mon chemin, je vois Daisy, la propriétaire d'un petit studio spécialisé dans la création de jeux vidéo, qui marche dans ma direction. C'est une femme que j'aime beaucoup et dont j'admire le sens des affaires. Nous prenons souvent un café ensemble et on discute business.

Daisy est une entrepreneure peu banale. On le devine juste à son prénom… Qui aurait l'idée d'affubler son enfant d'un nom de canard? Les parents de Daisy Michaud, eux, l'ont fait.

Ce qui me plaît chez elle, c'est qu'à cinquante-trois ans Daisy ne craint pas d'être entourée de jeunes geeks souvent pédants et qui croient tout savoir. Elle n'hésite pas à les remettre à leur place en leur démontrant qu'elle en connaît tout autant qu'eux sur les jeux vidéo, sinon plus. Son entreprise obtient d'ailleurs un franc succès.

C'est elle qui m'a convaincue de m'inscrire à l'université en septembre prochain pour y entamer un certificat en marketing à temps partiel. Au début, je n'étais pas trop certaine de l'utilité de retourner sur les bancs d'école à trente-quatre ans, mais l'envie de posséder un jour ma propre boutique m'a incitée à le faire.

— Salut, Daisy!

Son visage habituellement rayonnant se décompose dès qu'elle m'aperçoit.

— Ahh, Valéry! Ma pauvre chouette!

Surprise, je mets quelques secondes à réagir à ce qu'elle vient de dire. Il faut comprendre que mon attention est entièrement portée sur sa tenue. Ce matin, elle a poussé l'excentricité assez loin avec sa jupe jaune citron décorée d'immenses pois noirs et des lunettes en plastique du même jaune. Heureusement, son petit chemisier foncé est plus discret, mais son allure de soleil radieux me donne légèrement la nausée. Il est vraiment temps que je fasse son éducation vestimentaire.

— Hein? Comment ça, ma pauvre chouette?

Daisy bafouille en me regardant avec pitié. Je n'y comprends plus rien. Même que ça m'inquiète un peu.

— La… la boutique, ajoute-t-elle.

— Quoi, la boutique?

— Ben, ben… Tu sais.

Bon, là, ça suffit ! Si Daisy n'est pas capable de me dire ce qui se passe, je vais aller aux renseignements moi-même. Elle me fait craindre le pire avec son air de chien battu. Et si *mon* commerce était en feu ?

Je laisse en plan ma compagne qui semble sous le choc et je cours vers le magasin. Aucune flamme apparente, aucune odeur de fumée, aucune sirène de pompier, ça augure bien.

En arrivant devant, je suis catastrophée. De grandes affiches ont été installées dans la vitrine, cachant le décor que j'avais créé la semaine dernière et qui mettait en valeur ma collection de l'été préférée, celle de la mode marine.

« Mégavente-surprise… Solde jusqu'à 80 %… Liquidation… Tout doit partir… Vente de fermeture. »

QUOI ? Vente de fermeture ? C'est quoi, cette histoire ? Il y a une erreur, c'est certain ! Je n'ai jamais entendu parler d'une telle possibilité. D'autant plus que les résultats sont plutôt bons depuis le début de l'année. Pas famineux, mais très respectables dans le contexte actuel.

La porte d'entrée n'est pas verrouillée, je l'ouvre donc avec fracas. Au comptoir, à *mon* comptoir, devrais-je préciser, j'aperçois Malcolm. Comme toujours, il est vêtu d'un complet Hugo Boss même si on n'en vend pas dans nos boutiques. Ça me dérange chaque fois.

Malcolm fait partie de la direction de la chaîne de magasins, basée à Toronto. Un genre de directeur adjoint qui a pour mandat de superviser le territoire québécois. C'est mon patron immédiat et nous avons développé une belle complicité. Du moins, c'est ce que je croyais.

— Valéry, you're late.

Je lui réponds tout de go en ne prenant pas la peine de le faire en anglais puisque je sais qu'il parle assez bien la langue de Molière. Généralement, nous échangeons in English, mais ce matin j'ai envie qu'il se mette à mon niveau à moi.

— Malcolm, qu'est-ce qui se passe ?

— Well, dear Valéry, I'm afraid that…

— Vous fermez pas le magasin pour de vrai ? Dis-moi que c'est une stratégie !

Malheureusement, l'expression de son visage ne confirme pas mon hypothèse. Au contraire.

— I'm sorry but…

— T'es désolé ?

Ses regrets, auxquels je crois plus ou moins, me rendent furieuse. S'il avait la moindre considération pour moi, il m'aurait avisée. Il m'aurait évité le choc d'apprendre de façon aussi brutale que je perds mon emploi. Pour lui, je ne suis qu'un numéro d'employée, c'est clair !

— Je travaille ici depuis trois ans. Je me suis démenée corps et âme pour faire marcher la boutique et, là, tu me dis que c'est fini ? Sans même m'avertir !

— Valéry, rien n'est terminé, ajoute Malcolm, passant finalement au français.

— Comment ça ? On ferme ou pas ?

— Oui, dans trois semaines. Mais on te laisse pas tomber. Après la vente ici, tu as un poste qui t'attend in another store.

Cette nouvelle me calme un peu. Au moins, je ne me sens pas complètement rejetée.

— On apprécie beaucoup ton qualité d'employée et on a envie de keep on working with you.

— Bon, là, tu me rassures. C'est à quel endroit, le poste ?

En posant ma question, j'espère qu'il ne m'enverra pas plus loin que la ligne de métro. Je ne me vois pas du tout me taper trois heures de trafic par jour pour me rendre bosser dans la troisième couronne nord !

— Well, in fact, we close all the stores in Quebec, but we keep the ones in Ontario.

— En Ontario ? Malcolm, ma vie est ici. Je veux pas aller vivre en Ontario.

— Toronto is a really nice city, you know. Or Hamilton. Or maybe Ottawa.

La perspective de quitter Montréal ne me réjouit pas du tout. En fait, elle m'horripile. D'autant plus que je commence mes cours à l'université à la fin de l'été. J'envisage très mal l'idée de me retrouver au chômage avec un appart à payer toute seule, une voiture qui demande de plus en plus de réparations et des goûts vestimentaires et cosmétiques déjà trop luxueux pour mon budget. Quel dilemme!

— Laisse-moi y penser un peu, d'accord, Malcolm?

— Perfect, mais pour ta information, les postes de manager sont already occupied dans nos magasins de l'Ontario.

— Ça veut dire quoi, ça? Que je perdrai mon poste de gérante?

— Well, maybe not for a long time.

Là, c'est trop! Je ne peux pas croire qu'en cinq minutes ma vie peut basculer aussi dramatiquement. C'est inacceptable! Je dois prendre mon destin en main et ne pas laisser les autres décider pour moi. Je plonge.

— Malcolm, oublie-moi pour l'Ontario. Je quitte l'entreprise, dis-je d'un ton solennel pour que mes paroles aient plus d'impact.

Il écarquille ses grands yeux bruns. Je trouve qu'il ressemble à une grenouille. Déjà qu'il n'a jamais été beau, là, il est carrément repoussant. Puis, de l'étonnement, il passe à une expression plus neutre.

— If that's what you want.

Quoi, c'est tout? Pas de «Valéry, on peut essayer de te dénicher un poste dans tes cordes» ou, dans le pire des cas, de «I'm gonna miss you so much»?

Moi qui pensais vraiment que j'avais de l'avenir au sein de cette compagnie. Je me voyais un jour responsable des achats pour le Québec, puis pour la chaîne au grand complet. Là, j'aurais pu envisager de déménager à Toronto. Mais pas pour aller jouer les simples vendeuses. Oh, pardon, les conseillères mode... Mais tout ça revient au même : recommencer au bas de l'échelle. Pas question de m'abaisser à ça. Pas à l'aube de mes trente-cinq ans.

— Of course, continue Malcolm, you're gonna quit after the closing.

WHAT ? Il croit que je vais continuer à le servir pendant trois semaines ? Alors qu'il n'a pas daigné me mettre au courant de la situation ? Non mais pour qui il me prend ? Valéry Aubé n'est pas une mauviette qui se laisse marcher sur les pieds, et Malcolm va l'apprendre... et payer le prix de sa gestion inhumaine !

— Non, je pars immédiatement.

— Pardon ?

— Je pars maintenant ! Ou pour être plus claire : right fucking now !

Son air stupéfait m'indiffère. Je n'ai pas envie de reculer, même si je me sens un peu coupable envers mes collègues. Ce sont elles qui se retrouveront avec tout le travail, mais il en va de ma dignité. Et au fond, je crois bien qu'elles seront contentes de faire des heures supplémentaires.

Je contourne le grand comptoir pour récupérer quelques objets personnels, dont ma bouteille d'eau réutilisable fuchsia et mon petit étui à maquillage qui contient trois de mes rouges à lèvres préférés. J'en garde toujours quelques-uns au boulot, au cas où j'oublierais d'en glisser un dans mon sac à main en partant de la maison.

Je dépose les clés du magasin devant Malcolm et je le regarde droit dans les yeux pour lui dire au revoir et lui préciser que je lui enverrai ma feuille de temps par courriel. Ensuite, je tourne les talons et je m'éloigne vers la porte vitrée.

— Je comprends ton frustration, Valéry, but...

— But what ? dis-je en me retournant pour affronter celui qui semble vouloir me faire un genre de menace.

— Well, euh… Dans cette situation, je suis pas certain qu'on va pouvoir honorer nos engagements envers toi.

— QUOI? Es-tu en train de me dire que tu me donneras pas mon 4 %? Tu sais que j'y ai droit! C'est la loi!

— I'm not saying that… But you know…

Malcolm laisse sa phrase en suspens et me fixe avec un regard indéchiffrable. Je ne vois pas quel message il essaie de me passer. Ce dont je suis certaine, par contre, c'est que ça m'enrage au max. Je considère que cette situation est totalement injuste et, quand je vis une injustice, ça me met hors de moi.

Dans la vie, j'ai toujours été capable d'affronter les difficultés et l'adversité la tête haute et sans trop perdre le contrôle de mes émotions. Quand on est une ronde comme moi et qu'on l'est depuis qu'on est toute petite, on se forme une carapace bien assez vite.

Mais ça, ce n'est pas de l'injustice. C'est la société qui est ainsi faite et je me suis habituée à vivre dans un monde où les minces sont valorisées et les rondes, mises de côté. Enfin… je le vis du mieux que je peux. Parfois avec tristesse, mais jamais avec colère ou même avec la rage que j'éprouve en ce moment.

— Tu veux jouer cette game-là, Malcolm? Ben on va la jouer à deux.

D'un pas déterminé, je me dirige vers la section des nouveautés. Cette magnifique robe portefeuille vert émeraude qui me fait une poitrine d'enfer, je la mérite. Cette longue blouse ample en soie à motifs aztèques, elle me revient. Cette jupe noire au look rétro chic est un must dans ma garde-robe.

Ailleurs dans la boutique, ce chapeau fedora en paille ornée d'un bandeau turquoise, il est à moi. Et ce parfum haut de gamme qui sent la baie rose et le patchouli ambré me va à merveille.

J'empoigne tous ces articles en m'assurant de choisir les plus grandes tailles disponibles pour être certaine qu'ils m'aillent, je pose le chapeau sur ma tête et le flacon de parfum dans mon cabas. Visiblement, mon nouvel ex-patron se demande ce que je fabrique. Pas vite, le bonhomme.

— On est quittes, Malcolm. Le voilà, mon 4 %, dis-je en lui brandissant ma récolte à la figure.

— Valéry, you can't do that.

— Mets-en que je peux ! Just watch me !

Je jette un dernier coup d'œil aux étalages pour voir si j'ai oublié quelque chose et j'aperçois ce beau foulard tout léger aux motifs d'oiseaux exotiques. Lui, il sera pour Daisy. C'est exactement son genre !

En marchant vers la sortie, je m'empare de l'accessoire et je l'agite en direction de Malcolm pour lui faire un ultime signe de la main bien baveux. Je garde un visage confiant, même si je sens mes jambes qui ramollissent. Je réalise peu à peu la gravité de mon geste. Prendre des choses qui ne m'appartiennent pas, je n'ai jamais fait ça de toute ma vie. Est-ce que je suis en train de devenir une voleuse ?

J'hésite avant d'ouvrir la porte. Et si mon ex-patron me poursuivait ? J'aurais l'air de quoi ? Jamais plus on ne m'engagerait dans une boutique. Une gérante avec un passé de criminelle… Impossible !

Je me retourne une dernière fois et je vois que Malcolm n'affiche plus une mine stupéfaite, mais plutôt un regard méprisant. C'est suffisant pour me ramener à mes premières intentions qui, finalement, sont les bonnes !

Telle une star qui quitte la scène, je franchis la porte dignement, le menton bien haut, en regardant devant moi. S'ajoute à cela une indiscrète mélodie d'alarme antivol. Je m'en balance.

Mon destin m'appartient désormais et je n'ai pas besoin d'un Anglais de boss arrogant pour poursuivre ma route.

Une fois que je suis sur le trottoir, ma belle assurance s'efface au fur et à mesure que j'avance. Qu'est-ce que je viens de faire là ? Lâcher ma job, voler mon employeur… Mais non, Val, ce n'est pas un vol. Tout ça te revient de droit !

Partagée entre la fierté et la culpabilité, je marche jusqu'au studio de Daisy, histoire de lui offrir son cadeau et de me faire confirmer que j'ai pris la bonne décision. Sur place, un jeune geek m'informe que sa patronne est en vidéoconférence et ne peut être dérangée. Déçue, je lui laisse le foulard en lui demandant de le remettre à Daisy de la part de « la nouvelle chômeuse » et je retourne chez moi.

Une fois dans mon appartement, je constate qu'il y fait aussi chaud que dans un four allumé à quatre cent cinquante degrés Fahrenheit. Vivement que j'installe un climatiseur ! Mais avec quel argent ? Ah là là, l'été s'annonce bien mal.

Dans ma chambre, j'envoie valser mes ballerines à l'autre bout de la pièce et je grimpe sur mon lit pour tirer sur la corde de mon ventilateur. Au moins, ça fera circuler l'air. Ahhh ! Déjà, il y a une petite brise. J'en profite quelques instants, le temps de sentir cette douce fraîcheur sur mon visage, et je ferme les yeux pour mieux savourer ce moment.

Beding ! Bedang !

— Ayoye donc ! Tabarnak !

Un morceau de je-ne-sais-quoi vient de me tomber directement sur la joue. J'ouvre les yeux et je constate qu'il manque une pale à mon ventilateur qui fait maintenant un bruit étrange.

Je saute du lit et j'atterris sur une pièce de métal.

— Ouch !

Je vérifie la plante de mon pied. Heureusement, je ne me suis pas coupée. C'est toujours ça de gagné. Le plancher de bois franc usé est recouvert de petits fragments de métal tandis que la pale manquante se trouve sur ma couette jaune pâle.

Soudainement, le bruit étrange du ventilateur se transforme en véritable vacarme et tout vole en éclats dans la chambre. Une pale après l'autre. L'appareil est en train de se désintégrer. OMFG!!!

Instinctivement, je me penche et je pose les mains sur ma tête pour éviter d'être frappée par d'autres météorites en puissance et j'attends que le silence revienne.

Quel dégât! Il y a des débris partout: sur ma petite commode en pin couleur miel, dans le tas de linge jeté au sol hier soir, dans le pot de ma fausse orchidée en plastique, dans mes bougies parfumées au thé blanc qui ne sentent rien et même… dans mes cheveux.

Mais le pire, c'est que je n'ai plus rien pour rafraîchir ma chambre. Cette nuit, ce sera carrément insupportable. Décidément, l'été va être long…

Tout en défaisant ma queue de cheval pour me secouer la tête et faire tomber les éclats de métal, je retourne à la cuisine. I need a drink.

Mais je ne vais tout de même pas commencer à picoler à 10 heures du matin. Chômeuse, oui. Ivrogne, non. Une bonne limonade bien sucrée fera l'affaire.

À la minute où j'ouvre mon frigo, je suis encore plus de mauvaise humeur. Il est presque vide! Un sac de carottes, un pied de céleri, un paquet de fromage léger, des petits yogourts nature à 0% de matières grasses et un grand pichet d'eau filtrée.

Qu'est-ce qui m'a pris de faire le ménage hier avant d'aller chez Zofia et de lui donner tout ce qu'il y avait de bon dans mon réfrigérateur? Bouteille de limonade comprise. Ah oui, je voulais passer la semaine à manger sainement et légèrement pour atténuer les effets d'un week-end trop gourmand. Ça, c'était avant que je perde mon emploi. Maintenant, je trouve que c'était une très mauvaise idée.

Frustrée, je referme brusquement la porte du frigo et je fige quelques instants. Qu'est-ce que je sens couler entre mes orteils aux ongles d'un beau rose vif? Je baisse les yeux et j'aperçois un filet d'eau qui semble venir de l'appareil. Ah non! Je rêve! Après mon ventilateur, c'est au tour du frigo de faire des siennes?

J'ouvre la porte de nouveau pour vérifier si ça fonctionne et je constate que ce n'est pas très froid. Le pichet d'eau est à peine frais quand j'y touche. Il est en train de me laisser tomber. Lui aussi.

Démoralisée, je m'affale sur une chaise et je reste là, ne sachant plus trop quoi faire. Appeler un réparateur? Pour un électroménager vieux d'au moins dix ans? Pas certaine que ça vaille le coût. Holy crap!

Plus de job, plus d'air frais dans l'appart, plus de frigo, plus rien de bon à me mettre sous la dent… Ce n'est pas vrai que je vais passer les prochaines semaines à suer à grosses gouttes et à distribuer des CV en plein mois de juillet. Des vacances forcées à Balconville? No way!

Mais comment occuper mon été tout en dépensant le moins possible? Un voyage? Trop cher! Du camping? Je déteste ça et je n'ai aucun équipement. Hummm… Les choix sont restreints.

Et puis je ne veux pas partir toute seule. Trop poche. J'ai envie de voir des gens, de m'éclater et d'oublier ce début de saison merdique!

Soudainement, j'ai une idée de génie! Mais oui, je la connais, la solution. Elle est exactement à une heure et quart d'ici. Et je suis convaincue que j'ai les moyens d'y aller. En espérant qu'il y aura encore de la place…

Je me rue sur mon ordinateur et je cherche fébrilement la page Facebook d'une vieille connaissance. J'y accède et sa photo de couverture me plonge dans mille et un souvenirs. Le lac, majestueux. Les montagnes qui le surplombent, tout aussi grandioses… L'endroit où j'ai passé tous mes étés d'enfance et d'adolescence. C'est là que je veux être. Nulle part ailleurs.

Juillet...

1

Le shack de Memphré

— T' aimes-tu la chambre ? Ç'a changé depuis que t'es venue, hein ? J'ai même acheté une nouvelle couverte c't'année.

Je jette un regard perplexe à M. Francœur. Il est récent, ce couvre-lit ? Vraiment ? On ne peut pas dire qu'il est très actuel avec son allure de cube Rubik. En plus, il n'a pas l'air très propre. Je préférais celui de mon adolescence, avec de délicates fleurs roses, ça faisait plus chalet.

J'examine la petite pièce sombre, poussiéreuse et encombrée, et j'ai un coup de déprime. Ce n'est pas du tout comme dans mes souvenirs. Que pensais-je réellement retrouver ici ?

— T'es chanceuse en ti-pépère qu'il me reste ce chalet-là. Les autres, ça fait longtemps qu'ils sont pris.

Je suis dans ce qu'on appelait à l'époque « le petit shack ». M. Francœur est propriétaire des Chalets Beau Séjour, un ensemble de plusieurs maisons de différentes tailles, situées tout près du lac Memphrémagog. Une rue à traverser, un sentier à parcourir et on y est !

Pendant une dizaine d'années, mes parents ont loué le même chalet pour que nous y passions nos étés en famille. À l'adolescence, quand j'ai voulu emmener une copine, ils ont demandé au propriétaire si elle et moi pouvions occuper le shack d'à côté, question de nous laisser notre intimité. C'est donc ici, dans cette pièce, que j'ai vécu quelques-unes de mes expériences d'ado, dont ma première relation sexuelle. À l'époque, je trouvais l'endroit pas mal plus romantique.

Mais bon, je suis ici pour relaxer et me changer les idées. Quand j'ai quitté mon appartement surchauffé ce midi, abandonnant derrière moi un frigo mort, j'étais tout excitée à la perspective de passer les prochaines semaines sur les rives du lac de mon enfance et de fréquenter la plage près du centre-ville de Magog.

Je ne me laisserai certainement pas démonter par l'aspect défraîchi de la chambre. Ou par le fait qu'un seul des ronds de la cuisinière du petit shack fonctionne. Ou par le choix de M. Francœur de condamner la salle de bain pour installer, de manière « temporaire », une toilette chimique. À environ cinq cents mètres du chalet.

Bon, d'accord, ce n'est pas le confort cinq étoiles, mais vu le prix de la location, je ne pouvais pas m'attendre à bien mieux. Par contre, avec tous ces inconvénients que je découvre au fil de ma visite, le montant du loyer pourrait être révisé à la baisse. Tentons une petite négociation.

— Monsieur Francœur, quand je vous ai appelé tout à l'heure, vous ne m'avez pas dit ça, pour la cuisinière et la toilette.

— Ah, ben non. Mais tu me l'as pas demandé.

Tu parles d'une réponse ! Comme si j'avais pu imaginer que le logis n'offrait pas les services essentiels du siècle dernier.

— Quand même ! C'était pas comme ça dans le temps de mes parents. Vous auriez dû m'aviser. Là, je trouve ça pas mal moins emballant.

— Voyons, Valéry. T'es dans nature, ostensoir à pédales ! Quessé que tu veux de plus ?

Son juron pour le moins saugrenu me fait éclater de rire. Ostensoir à pédales, c'est vraiment à se demander où il est allé chercher ça. Puis un souvenir me revient en tête et j'arrête de rire. Je revois maman, assise sur la chaise longue aux carreaux jaune et bleu délavé, qui déblatère contre M. Francœur.

« On sait ben… Lui, quand il veut changer de sujet, il sort son ostensoir à pédales pour nous faire rire ! Mais faut pas se laisser avoir. » Ma mère a bien des défauts, dont celui de critiquer tout un chacun, mais elle n'est pas naïve. Et elle ne serait pas fière que sa fille unique le soit !

— Monsieur Francœur, avec tous ces désagréments, j'estime que ça mérite une baisse de cinquante piasses par semaine.

— Là, t'exagères pas mal, ma petite…

— Écoutez, j'ai plus cinq ans pour que vous me parliez comme ça. Puis j'y pense, où est-ce qu'on se lave ? Dans le lac ?

Je viens tout juste de réaliser que, avec la salle de bain placardée pour une raison que le proprio refuse de dévoiler, la douche devient du coup inaccessible.

— Ah, ça, tu vas triper ben raide !

WTF ! S'il croit que je vais lui offrir un spectacle en prenant des bains de minuit pour me laver, il se trompe royalement.

— Y en est pas question ! En plus, vous n'avez même pas une plage privée, je me baignerai pas toute nue certain ! Même s'il fait noir !

— Mais non, je parle pas de ça. Viens voir.

Il m'entraîne derrière le chalet en marchant sur un long sentier de roches plates, au bout duquel se trouve… une douche en plein air. Ça, c'est trop génial !

— Quessé que je t'avais dit?

Je m'apprête à lui témoigner mon enthousiasme quand je me souviens que nos négociations ne sont pas terminées.

— C'est pas pire, mais pas super pratique quand il pleut ou qu'il fait froid.

M. Francœur continue comme s'il ne m'avait pas entendue et se lance dans les explications du fonctionnement de l'appareil.

— L'eau chaude est icitte, faut faire attention, les boutons sont du mauvais bord.

— Hein?

— Ben oui, l'eau frette, c'est le H, pis l'eau chaude, c'est le C.

— Vous pouvez pas les inverser? Les mettre dans le bon sens?

— Oui, oui, quand je vas avoir le temps.

Je soupire de découragement, mais mon interlocuteur ne s'en soucie pas et poursuit sur sa lancée.

— Anyway… Faut pas que tu la prennes trop longtemps parce que l'eau s'écoule pas super bien, pis ça fait une flaque sur leur patio à eux autres.

Derrière la douche, M. Francœur me montre un espace en pavés sur lequel on a aménagé une petite table de jardin bancale avec quatre chaises et un barbecue. Des mauvaises herbes s'échappent des joints entre les pierres rouges. De toute beauté.

— Ça appartient à qui, ça?

— C'est tout à moi, se vante-t-il en indiquant une demeure de grandeur moyenne, située à une vingtaine de mètres, derrière quelques arbres.

Un chalet en bois qui semble sorti tout droit d'un kit prêt à assembler…

— Il n'était pas là avant?

— Non, c'est ma nouvelle acquisition. Pis c'est moi qui l'ai monté moi-même. Tu seul!

Eh que ça paraît! La galerie n'est pas de niveau, le cadre d'une fenêtre n'est pas de la même couleur que les autres et le vernis a été appliqué seulement sur la façade. Du travail visiblement bâclé…

La proximité de cette résidence ne m'enchante guère. Pas plus que la perspective de prendre ma douche quand des étrangers mangent leurs T-bones ou leurs merguez.

— C'est une famille qui me l'a louée pour tout l'été. Tu vas voir, y sont ben fins, surtout les deux flos.

— Euh… Ils ont quel âge?

— Sept ou huit ans… Des vrais sportifs, ces petits gars-là. Ils jousent au hockey bottine ici. Ils tassent la table, pis ça leur fait un bel espace.

Que de bonheur en perspective! Plus ça va, plus il me donne des arguments pour marchander un nouveau prix.

— Pis la douche, ils l'utilisent pas souvent. C'est surtout les parents qui la prennent.

— Ah, parce qu'en plus elle est communautaire?

M. Francœur met quelques secondes à me répondre, tout occupé qu'il est à se battre avec le parasol pour le fermer. Encore un truc qui ne fonctionne pas bien.

— Ben, Valéry, tu le sais, les Chalets Beau Séjour, c'est comme un gros terrain de camping! Tout le monde s'entraide, pas de passe-droit.

Là, il vient de m'insulter solide. Comme si je lui demandais une faveur. Eille! Ça suffit!

— Monsieur Francœur, si j'avais voulu faire du camping, je serais allée au mont Orford! Là, je loue un chalet. Un cha-let, pas une bicoque. Ça vaut pas trois cents piasses par semaine.

Le proprio arrête de jouer avec son parasol aux teintes verdâtres plutôt douteuses et me regarde d'un drôle d'air. J'attends la suite avec appréhension.

— Donc tu veux payer deux cent cinquante? me demande-t-il, une pointe de coquinerie dans la voix.

— Ouin, dis-je avec méfiance.

— Valéry, je pense qu'on va pouvoir trouver un terrain d'entente.

Et le voilà qui sourit de toutes ses dents inégales. Et moi, je me demande déjà dans quoi je suis en train de m'embarquer...

2

Dormir avec un inconnu

Je ne peux pas croire que j'ai accepté ça ! Je ne serai jamais capable !

Depuis dix minutes, je tourne en rond dans le shack, hésitant entre repartir pour Montréal et honorer la promesse que je viens de faire à M. Francœur. Promesse qui risque de me mettre dans le pétrin.

Moi qui n'ai pratiquement jamais tenu un marteau dans mes mains, me voilà mandatée pour faire de menus travaux sur les Chalets Beau Séjour. Je n'ai pas pu décliner l'offre du proprio. Jouer les ouvrières en échange d'une baisse de loyer de cent dollars par semaine, ça ne se refuse pas. Au début, il a parlé de cinquante dollars, mais j'ai réussi à négocier le double, ce dont je suis assez fière. Reste maintenant à respecter mes engagements, comme celui de réparer une chaise Adirondack dont le siège est sur le point de céder... Holy crap !

Ding !

L'annonce d'un message Facebook sur mon télé-phone me permet de me concentrer sur autre chose et d'oublier mes angoisses. Pour l'instant, du moins. C'est Daisy.

« Merci pour le beau foulard, je l'adore. Ça va, toi ? Pas trop sous le choc de la fermeture du magasin ? Tu vas trouver mieux 😉 »

Quelle adorable copine ! Toujours prête à me sou-tenir et à m'encourager. Je suis chanceuse de l'avoir dans ma vie. Je lui réponds illico.

« De rien ! Oui, un peu sonnée 😵 Surtout que j'ai donné ma démission. »

Sa réponse ne tarde pas.

« OMG ! T'as bien fait. Fière de toi. »

Cet échange avec mon amie mentore me donne des ailes, et je décide que je suis capable de tout affronter. Même des réparations sur des chalets en mauvais état ! Magog, le mois de juillet est à nous !

J'informe Daisy de mes plans et je l'invite à me visiter un week-end. Elle accepte avec plaisir et nous convenons de nous faire signe bientôt. À peine ai-je fermé mon application Messenger que je regrette mon idée. Proposer à Daisy de dormir dans pareille baraque ? Qu'est-ce qui m'a pris ?

L'angoisse resurgit aussitôt. Je commence à étouffer dans ce petit chalet sombre. Où va-t-elle dormir ? Sur le canapé-lit ? Non, non, non, je lui laisserai la chambre, c'est mieux. Je m'y rue pour retirer les draps et le couvre-lit Rubik. Direction centre-ville de Magog où je compte bien dénicher une buanderie pour laver le tout. D'autant plus que j'attends peut-être une autre visite dans deux jours. Anyway, je dois sortir puisque j'ai besoin de faire une épicerie.

Une vingtaine de minutes plus tard, je stationne dans la rue Principale que j'arpente à la recherche d'une laverie, mais en vain. Je tombe sur une épicerie très sympa et j'y entre pour acheter un bon pain multigrain pour mon déjeuner de demain. Ce n'est pas parce que je suis en vacances forcées que je vais négliger mon alimentation. Bouffe santé et exercices sont au programme.

Pendant qu'on emballe mon pain, mon regard est attiré par l'étalage des charcuteries… et la terrine de foie gras de canard. Miam! Ce serait parfait pour mon premier souper en Estrie. Je m'apprête à en commander une petite portion quand les abus du week-end dernier me reviennent en tête, dont le repas gargantuesque chez Zofia.

Mon amie voulait concocter un repas polonais pour faire honneur à ses origines. Mais je l'ai convaincue que le bortsch, les pierogis, les galettes de pommes de terre et les côtelettes de porc panées constituaient un menu certes délicieux, mais un peu lourd pour une journée de canicule.

Nous avons donc opté pour un mix grill: bavettes de bœuf marinées au vin rouge et à l'espresso, saucisses de canard aux herbes de Provence et poivrons grillés. Le tout précédé d'amuse-gueules composés de tranches de saucisson sec à la bière noire, d'olives farcies à la feta et de chips à l'ancienne bien salées. Et suivi d'un shortcake en verrine… Faut bien profiter de la saison des fraises! Donc, cette semaine, on se refait et on mange léger.

Nouveau coup d'œil à la terrine. Elle est affichée comme une «spécialité renommée de la région». Hum… Ça mérite réflexion. J'ai toujours eu comme principe qu'il est important d'encourager l'économie locale. Impossible de passer à côté!

— Excusez, pouvez-vous ajouter un peu de terrine de foie gras de canard, s'il vous plaît?

— Avec plaisir, me répond la jeune employée en me faisant un grand sourire.

Aussitôt sortie du commerce, je songe aux menus travaux qui m'attendent et je me dis qu'il serait sage d'avoir une trousse de premiers soins à la portée de la main ; on n'est jamais trop prudent. Il est temps de parcourir les allées de la pharmacie.

Je tourne à gauche pour rejoindre la rue Saint-Patrick quand la sonnerie de mon téléphone se fait entendre. Ça doit être Zofia qui m'appelle pour m'annoncer si elle accepte ma proposition.

Quand je lui ai parlé en début d'après-midi alors que j'étais coincée sur l'autoroute 10 à cause de travaux qui n'en finissent plus, je lui ai offert de venir me voir pendant ses journées de congé.

Elle m'a répondu qu'elle vérifierait auprès de son superviseur, puisqu'elle doit souvent faire des heures supplémentaires pendant la période des vacances. Zofia est infirmière à l'urgence de l'hôpital le plus achalandé de Montréal. Ouf... Inutile de préciser qu'elle a toute mon admiration.

— Allô, mon amie !

— Allô, Val ! Tu t'es bien rendue, finalement ?

— Ç'a été long, mais, oui, je suis à Magog.

— T'es contente du chalet ?

« Contente » est un bien grand mot. Je dirais plutôt que je vais m'en accommoder. Mais pourquoi l'effaroucher avec une description détaillée ? Concentrons-nous sur les généralités pour l'instant.

— Euh... Oui, oui, ça va.

— Pas plus que ça ?

— Ben... euh... c'est juste que c'est pas conforme à mes souvenirs.

— C'est normal, non ? Ça fait longtemps.

— J'imagine, dis-je, nostalgique.

— Tu fais quoi, là ?

— Je suis sur la rue Principale, j'ai des courses à faire. Et toi, tu viens mercredi ou pas ?

Je ne veux pas trop m'attarder sur mon activité du moment. Zofia a le don de me poser des questions auxquelles je ne veux pas répondre.

— Je sais pas encore. Qu'est-ce que tu dois acheter ?

Bon, ça y est! Ma copine a compris que je ne voulais pas lui donner de précisions. Et comme je n'aime pas lui mentir, je ne m'en sauverai pas.

— Je cherche une trousse de premiers soins. Au cas où je me blesserais en exécutant des petits travaux.

— Hein? Des travaux? Où ça?

— Je t'expliquerai. Là, faut que je te laisse, je viens d'arriver.

— Où ça?

— Ben… euh… au magasin. Pour la trousse, je t'ai dit.

— Tu veux dire chez Jean Coutu?

Quelle inquisitrice! C'est ma faute, aussi, je n'aurais jamais dû lui confier mon amour pour cette chaîne de pharmacies. Maintenant, elle pense que j'en suis dépendante et que j'y dépense sans compter.

— Où est-ce que tu veux que je trouve une trousse de premiers soins, sinon chez Jean Coutu?

— Bon, OK… Mais essaie de pas flamber tout ton 4 %… Surtout que tu l'as pas eu!

— Han, han… Très drôle. Tu me donnes des news le plus vite possible, hein?

— Je te texte dès que je sais si je travaille ou pas.

— OK, cool. À bientôt.

Je raccroche et j'entre dans la pharmacie, bien décidée à prouver à ma meilleure amie que je suis capable de me contrôler devant les étalages de crèmes pour la peau. Et devant ceux du maquillage d'été aux belles couleurs vives. Et devant ceux des parfums à l'odeur enivrante. Et devant ceux des vernis à ongles au fini lustré. Et devant tous les autres produits de fille… même s'il y a des soldes!

•
••

De retour au shack, je m'empresse de sortir mes achats et de cacher leurs emballages dans la poubelle sous l'évier. Je tente de les « dissimuler » sous le cœur de la pomme que je viens de manger dans l'auto. Inutile de me faire réprimander par Zofia qui arrivera après-demain, comme elle me l'a appris par texto.

D'ici là, j'aurai utilisé un peu de mon gloss Lumière d'espoir, de mon mascara Hypnôse Star, et de mon nouveau parfum La Vie est Belle. Comme ça, elle croira que je les ai depuis un moment.

Le trognon de pomme ne cache pas grand-chose et je décide de ne prendre aucun risque. Je sors le sac de la poubelle. Euh… Ça va où, ça ? J'ai oublié de demander à mon proprio où se trouve le bac à ordures. Bon, je verrai ça plus tard. Je le laisse tout près de la porte pour ne pas oublier de le sortir demain.

Il est maintenant temps de faire du rangement. En traînant ma valise à roulettes à coque rigide décorée de belles cabines de plage, je me rends à la chambre. Ah non ! Les draps et le couvre-lit sont encore dans mon auto. Je ne les ai pas apportés à la buanderie. Quelle distraite je suis ! Ça ira à demain, je crois bien. D'ici là, je n'ai pas trop envie de refaire et défaire le lit. Il doit bien y avoir un sac de couchage quelque part. Comme dans tout chalet qui se respecte. Bon, ce n'est pas le cas du shack, mais qui sait ?

J'en déniche un dans le minuscule placard de la chambre et je l'étends sur le matelas. Il semble étroit, mais ça fera l'affaire pour une nuit. Je range ensuite mes vêtements et quelques accessoires que j'apporte toujours quand je pars pour plusieurs jours. Parmi ceux-là : mon pèse-personne… duquel je suis malheureusement dépendante. Je ne peux m'empêcher de vérifier mon poids régulièrement et ça me fait vivre des émotions en montagnes russes. Un matin, je suis euphorique parce que j'ai perdu deux kilos. Quelques jours plus tard, je suis déprimée parce qu'ils sont revenus. C'est le yoyo des kilos… J'espère qu'un jour ma relation avec mon pèse-personne sera plus saine, mais pour l'instant, c'est ça qui est ça ! Je le glisse sous le lit et je me rends à la cuisine pour préparer mon souper.

Depuis maintenant cinq ans que je vis seule, je suis habituée et j'apprécie généralement ma solitude… sauf à l'heure du repas du soir. Celui où j'aurais envie de partager mon mijoté de veau aux olives et ma bouteille de rouge avec quelqu'un.

Parfois, je me demande si je connaîtrai à nouveau la vie à deux. Autant je le souhaite, autant je ne suis pas prête à revivre une relation comme la dernière, marquée par l'infidélité. Never again !

J'accompagne ma terrine d'une gelée de champagne, de cornichons français et de biscottes au sésame. J'ouvre une bouteille de blanc et je mets le nouveau disque de Cœur de Pirate.

Je ne pars jamais sans mon iPad et mes petits haut-parleurs qui le transforment en minichaîne stéréo. Depuis quelques années, la musique est la complice de mes soupers. J'écoute de tout ; de Taylor Swift à Jean Leloup, en passant par du vieux disco comme Abba ou des valeurs sûres du jazz comme Miles Davis. J'aime la variété et je suis ouverte à découvrir de nouveaux artistes. Par contre, je ne supporte pas la techno, l'électro et le métal. Pas plus que la musique à la Bollywood. Un mélange de genres qui me tape sur les nerfs.

Je ferme les yeux pour savourer ma première gorgée de sauvignon et je me laisse porter quelques instants par la voix ensorcelante de la jeune chanteuse. Immédiatement, je me sens apaisée, et c'est dans un climat de quiétude que j'entame mon assiette.

Au début de mon célibat, je ne prenais pas la peine de me préparer un vrai souper, me contentant souvent d'un plat de pâtes commandé chez un traiteur ou de sushis livrés à domicile, que je mangeais pratiquement toujours devant la télé.

Mais après un an ou deux de ce mode de vie malsain et devant les kilos qui s'accumulaient, j'ai décidé que c'était assez. Ce n'est pas parce que je suis seule que je dois négliger ma santé et mon plaisir. Je me suis donc remise aux fourneaux, redécouvrant la passion pour la cuisine qui m'animait lorsque j'étais en couple. La différence, c'est que je peux maintenant ajouter des champignons dans mes plats sans entendre : « J'aime pas ça, moi, les champignons. »

Une fois mon repas terminé, je sors pour finir mon troisième verre de vin. La nuit va bientôt tomber et j'essaie de relaxer en me concentrant sur les bruits de la nature. Mais mes interrogations recommencent et m'empêchent d'apprécier le moment.

Ai-je eu une bonne idée de venir ici ? Aurait-il été plus sage de rester à Montréal et de chercher un autre boulot ? Quelle sorte de travail vais-je dénicher ? Quand ? Je peux vivre combien de semaines sans salaire ? Et ces cosmétiques achetés chez Jean Coutu, étaient-ils nécessaires ? Trop de questions se précipitent dans ma tête sans que j'y trouve de véritables réponses. Sauf pour l'histoire des produits de beauté. Je sais bien qu'ils n'étaient pas essentiels, mais j'en avais besoin pour mon équilibre mental. Point à la ligne.

Dès cet instant, je me sens bien seule pour affronter cette nouvelle épreuve. Bien sûr, j'ai mes amies, mais je ne veux pas trop les ennuyer avec ça. Ce serait tellement plus facile si j'avais un compagnon qui me prendrait dans ses bras pour me rassurer. Un jour, peut-être…

Mais pour l'instant, c'est la solitude et tout ce qui vient avec. Même si je ne suis pas certaine d'être si seule que ça ce soir. Les moustiques se sont passé le mot pour me tenir compagnie. Ils me mordent les chevilles et je viens d'ailleurs de sentir une piqûre derrière mon oreille. Je suis littéralement attaquée ! Terminé, la soirée à la belle étoile ! D'autant plus que je n'ai pas pensé une seconde à acheter du chasse-moustiques. C'est à mettre sur ma liste pour demain. Ça doit bien se trouver chez Jean Coutu.

Assise sur le sofa du salon, je tente de regarder un épisode de ma série favorite de l'heure, *Unreal*, sur les coulisses d'une émission de téléréalité. Jamais je ne travaillerai en télévision. Si je me fie à *Unreal*, c'est un milieu de fous pas à peu près. C'est incroyable, toutes les bassesses auxquelles se livrent les producteurs pour faire un bon show. Vive la vente au détail!

Le wifi de M. Francœur est tellement faible que ma vidéo s'arrête constamment. Découragée, je fais ma toilette et j'en profite pour constater l'étendue des dégâts causés par les moustiques ravageurs. Ouache! C'est pas très beau à voir. Dans la lumière crue de la chambre, le miroir reflète une image de moi que je préfère ne pas regarder trop longtemps. Si j'avais une baguette magique, je changerais certaines parties de mon corps, comme mon ventre rond que je rentre tant bien que mal, et mes hanches et mes cuisses fortes qui m'empêchent de porter certains vêtements à la dernière mode. Rapidement, j'enfile une chemise de nuit légère et j'oublie mon corps pour me focaliser sur mes cheveux, que je brosse vigoureusement. Eux, ils sont parfaits!

Je me mets au lit avec mon roman de filles préféré. C'est l'histoire d'une recherchiste en télévision qui, comme moi, adore la bouffe. Je me retrouve dans ce personnage, sauf que, moi, son amoureux français, je l'enverrais péter dans les fleurs big time.

Au moment où j'éteins la lampe de chevet, je songe qu'il est bien agréable de s'endormir sans tout ce qui me dérange en ville: le bruit de la porte du chalet voisin qui claque, la sirène de l'ambulance qui résonne dans la rue et le petit crisse de l'appartement du dessus qui fait rouler ses autos miniatures sur le plancher dès 6 heures. Ce sera une nuit paisible, j'en suis convaincue.

∴

C'est les cheveux trempés de sueur que je me réveille alors qu'il fait encore nuit. On crève de chaleur dans la petite chambre où l'air ne circule pas. De plus, le sac de couchage est beaucoup trop épais et j'y suis toute coincée. Quelle sensation désagréable!

Je commence à descendre la fermeture éclair. Je m'arrête au moment où j'entends un drôle de bruit tout près de moi. Comme si quelqu'un se trouvait dans mon lit et venait de bouger. Je crois même avoir senti du mouvement sur le matelas. OMG! Est-ce possible que je ne sois pas seule? Mais non, voyons! Mon imagination me joue des tours. Si une personne était entrée dans le chalet cette nuit, je m'en serais rendu compte, c'est évident. Je reprends le contrôle de mes émotions quand un autre bruit me fait sursauter. Serait-ce une respiration? Nahhh. Impossible.

J'ai beau essayer de me convaincre, je ne suis pas rassurée pour autant. Je vérifie en allumant la lampe de poche de mon iPhone. À ma droite, sur le lit, j'aperçois une boule grise, de laquelle s'échappe une queue rayée… FUCK! Y a un raton laveur dans la chambre!

— AHHHHHHHHHHHHHHHH!

Mon puissant cri réveille la bête, qui redresse lourdement la tête. RE-FUCK! D'une main tremblante, je descends la fermeture éclair du sac de couchage qui bloque à mi-chemin… Quand ça va mal… Je saute du lit, le sac de couchage coincé sur mes hanches. Dans ma précipitation, je tombe et je m'étale au sol de tout mon long. Ah non! S'il fallait qu'il s'approche! Yeurk! C'est plein de maladies, ces animaux-là, et ça mord en plus. Je dois fuir au plus vite.

Je réalise que c'est ma chemise de nuit qui est prise dans la fermeture éclair. Je tire pour la dégager, mais il n'y a rien à faire. Je vois le raton laveur se lever et marcher sur le lit.

— AHHHHHHHHHHHHHHHH!

À force de me tortiller, j'arrive à passer le vêtement par-dessus ma tête et à sortir du sac. Et c'est simplement vêtue d'une culotte garçonne rose pâle que je m'élance vers la porte. Au passage, je mets les pieds dans le contenu du sac de poubelle éventré que j'avais laissé près de la porte-moustiquaire. Bravo, championne ! L'animal a dû faire un trou dans la moustiquaire et se faufiler dans le chalet pour manger mes ordures. Ou bien elle était déjà brisée, ce qui ne m'étonnerait pas.

Une fois dehors, je respire mieux. Ici, si le raton laveur m'attaque, j'ai de l'espace pour fuir. Sauf que je suis presque nue… Heureusement qu'il fait noir et que personne ne peut me voir. Je crois que je vais devoir attendre que la bête sorte par elle-même. C'est pas demain la veille !

Je dois trouver une solution, et la première étape consiste à me mettre quelque chose sur le dos. Je pourrais risquer un aller-retour jusqu'au crochet doré dans la cuisine, où j'ai suspendu un linge à vaisselle. Ça me permettrait de me couvrir un peu. Mais s'il était là à fouiller ce qui reste des poubelles ? Pas envie de me retrouver nez à nez avec mon ennemi. D'autant plus qu'on n'y voit rien.

— Valéry ?

Je bondis de surprise en entendant mon prénom. Il y a quelqu'un derrière moi. Et ce n'est pas M. Francœur.

— Valéry, ça va ?

Je croise les bras devant moi pour cacher ma poitrine, mais ce n'est pas évident. Disons qu'elle est assez opulente ! Je vois la lueur d'une lampe de poche éclairer le sol. Sans me retourner, je demande qui est là.

— C'est moi, Christophe.

Christophe ? Je ne connais pas de Christophe, et sa voix ne me dit absolument rien. Comment se fait-il qu'il sache mon nom ? Ma question devra attendre. J'ai besoin de cet homme pour jouer les chasseurs de raton laveur. Mais avant tout, je me dois d'être décente.

— Donne-moi ton chandail, s'il te plaît.

— Euh… J'en ai pas. Je dormais quand j'ai été réveillé par tes cris.

— Tu dormais où ?

— Chez mon père.

— Qui ça ?

— Ben, André.

— Andréééééé ?

— André Francœur ! Voyons, Valéry, je suis Christophe Francœur. On se voyait ici quand tu venais avec tes parents.

Holy crap ! C'est le petit Christophe tout cute ? Le fils du propriétaire que je gardais de temps en temps ? C'est devant lui que je suis presque nue ? Quelle honte !

— Ah oui, oui. Je me rappelle maintenant. Écoute, Christophe, y a un raton laveur dans le chalet.

— Un raton laveur ? Ouache ! Comment il est entré là ?

— Je le sais-tu, moi ? Je dormais. Mais faut qu'il sorte.

— OK, je vais aller chercher mon père.

— Avant, peux-tu me trouver un chandail, s'il te plaît ? Je suis vraiment très embarrassée.

Un silence s'installe. Je suis de plus en plus mal à l'aise. D'autant plus que je ne le vois pas… En fait, je ne l'ai pas vu depuis mon adolescence. Je ne sais pas du tout de quoi il a l'air. Est-ce qu'il a belle allure ? Je me souviens qu'il avait de grands yeux gris-vert avec de longs cils. Est-ce qu'ils sont toujours aussi beaux ?

J'ignore aussi ce qu'il est devenu. Il pourrait être un motard, membre en règle des Hells Angels, que j'en aurais aucune idée.

— Christophe, dis-je du même ton autoritaire que j'employais quand je le gardais.

— Oui, oui, excuse-moi, je reviens.

Quelques minutes plus tard, il dépose un t-shirt sur mon épaule.

— Merci. Regarde ailleurs !

— Inquiète-toi pas.

Je préfère ignorer le sourire coquin que je devine dans sa voix. J'enfile le chandail et je me retourne vers lui. Dans la pénombre, je distingue mal ses traits, mais la silhouette que j'entrevois me laisse croire qu'il est plutôt bien bâti.

— Attends, me dit-il, je vais allumer le spot extérieur, mon père s'en vient.

Christophe passe tout près de moi et effleure mon épaule en se dirigeant vers le chalet. C'est étrange, mais j'ai l'impression qu'il l'a fait exprès. Et ça me trouble, mais juste légèrement. De toute manière, je ne suis pas dans le mood pour la cruise.

Une puissante lumière nous éclaire subitement et me fait plisser les yeux. Je pose mes mains sur mes paupières un instant pour me protéger de l'éclairage et, quand je les enlève, Christophe me regarde, l'air amusé. Pourquoi est-ce qu'il sourit comme ça ? Je m'empresse de tirer sur le chandail pour cacher mes cuisses et mes fesses.

— T'as encore les yeux sensibles, à ce que je constate ? me demande-t-il.

— Mais de quoi tu parles ?

Christophe fait référence à notre enfance, alors qu'il « s'amusait » à m'aveugler avec une lampe de poche. Pendant qu'il continue à évoquer des souvenirs, je ne peux que penser : comment peut-il se rappeler ce genre de détail ?

Et il y a longtemps que je ne l'écoute plus. Le petit garçon tannant, qui capturait des grenouilles pour les mettre dans mon lit, est devenu un homme au regard allumé. Ses grands yeux sont d'une profondeur rare, son sourire charmeur vaut un million de dollars et il a gardé la petite fossette qui lui apportait cet air espiègle. Il a grandi, le petit Christophe. Ses biceps sont bien développés et ses épaules carrées donnent envie d'y enfouir la tête. Bref, c'est un fichu de beau mec devant lequel je suis en bobettes et en t-shirt avec pas de brassière.

3

Complexée

— Comment il est sorti, finalement, ton raton laveur ?

— M. Francœur l'a chassé à coups de balai. Il a déguerpi assez vite, merci.

— Et la moustiquaire, elle est remplacée ?

— Pas encore, mais je vais le faire aujourd'hui.

— Toute seule ?

— Mais non, le proprio va m'aider. Enfin, j'espère…

Zofia vient d'arriver au shack pour ses « journées de farniente », comme elle me l'a précisé. Épuisée par son travail, elle ne souhaite qu'une chose : vedger en me posant des questions sur l'épisode raccoon. Et incidemment sur Christophe, de qui j'ai commencé à lui parler.

— Tu le gardais souvent, le petit Christophe ?

— À quelques reprises, pendant que ses parents sortaient. Moi, ça me faisait de l'argent de poche.

— Vous avez combien d'années de différence?

Je réfléchis tout en servant un smoothie aux fraises et au beurre d'amandes à mon amie qui n'a pas pris le temps de déjeuner avant de quitter la métropole.

— Je sais pas trop, je pense qu'il a trois ou quatre ans de moins que moi.

— Bof, y a rien là.

— Qu'est-ce que tu veux dire exactement?

— Que c'est pas un obstacle à le cruiser.

Je dépose ma tasse de café sur la table et je regarde ma copine droit dans les yeux. Le message que je lui lance est pourtant clair.

— Oublie ça.

— Pourquoi?

— Attends de le voir, tu vas tout comprendre.

— Comprendre quoi, Val?

— Que je suis pas une fille pour lui.

— Pourquoi tu le serais pas, hein?

— As-tu vu de quoi j'ai l'air?

— Je te rappelle que je t'ai déjà vue sous toutes les coutures…

Je rougis au souvenir de cette soirée où, après deux bouteilles de vin et tout plein de shooters de vodka à la cerise, nous avons dansé dans mon salon sur la fameuse chanson de strip-tease *You Can Leave Your Hat On*. Sauf que Zofia, contrairement à moi, en plus du chapeau, avait gardé sa petite culotte et son soutien-gorge. Moi, trop soûle, je n'avais pas eu cette gêne.

— Ouin, mais ça fait longtemps de ça. Au moins cinq ou six ans.

— Puis? T'es toujours aussi belle, Val. On recommencera pas avec ça! C'est toi qui t'en fais avec ton poids, pas les autres.

— Je m'en fais pas avec mon poids, je sais juste quel genre de gars me convient.

— Un gars comme ton ex, peut-être? me lance mon amie d'un ton sarcastique.

Sa remarque me blesse. Je sais que Zofia ne veut pas être méchante, mais, parfois, elle ne pense pas plus loin que le bout de son nez et y va un peu fort avec la franchise. Comme si je méritais un compagnon infidèle, imbu de lui-même et égocentrique. Je reste silencieuse et j'attrape une poire dans le panier de fruits sur la table. À défaut de chocolat…

— Ah, excuse-moi, Val. Mes paroles ont dépassé ma pensée.

— Si tu le penses pas, dis-le pas, d'abord.

Zofia soupire et avale une gorgée de smoothie avant de poursuivre.

— J'ai juste hâte que tu te voies avec mes yeux à moi.

Ce n'est pas la première fois que nous avons cette conversation sur mon apparence physique, et ça me met toujours un tantinet mal à l'aise. Comment Zofia peut-elle me comprendre, elle qui est mince comme un fil ? Ça ne fonctionne pas comme ça. Je le sais trop bien ! Je ne peux pas espérer sortir avec un pétard. Pour elle, c'est possible, mais pas pour moi.

Je croque dans mon fruit juteux, souhaitant conclure cette discussion, mais ma copine n'en a pas fini.

— Val, t'es super jolie, je te le répète souvent, mais on dirait que tu veux pas l'entendre.

— C'est pas ça, c'est juste que…

— Que quoi ? Que parce que tu rentres pas dans les standards de beauté que la société nous impose t'as pas le droit d'avoir un chum hot ? Mais toi aussi, t'es hot ! T'as les plus beaux cheveux que j'ai jamais vus. J'en suis tellement jalouse.

C'est vrai que je suis assez fière de mon épaisse chevelure rousse avec des boucles souples… quand le temps n'est pas trop humide.

— C'est pas ça qui attire les gars, les cheveux.

— Et tes yeux, hein ? Viens pas me dire qu'ils sont pas magnifiques ?

Ça aussi, c'est quelque chose que j'aime bien : mes yeux verts. Et avec mes extensions de cils, ils paraissent encore plus grands. Mais là s'arrête ce qui me plaît chez moi. Pour le reste, on repassera… Bon, d'accord, on me dit souvent que j'ai un sourire contagieux, mais, moi, je le trouve plutôt quelconque.

— Anyway, des beaux cheveux et des beaux yeux, ça donne pas le body d'enfer dont rêvent tous les gars, dis-je, résignée.

— Oui, d'accord, t'es ronde, mais t'es plus en forme que la majorité des filles minces que je connais. Regarde-moi, je suis pas capable de courir dix kilomètres comme tu le fais.

C'est vrai que depuis que je me suis mise à la course à pied trois fois par semaine, je me sens mieux dans ma peau. Mais ça ne change pas grand-chose à mon look. Oui, je suis un peu plus ferme, mais c'est tout.

— Ça fait pas de moi une fille mince, ça !

Zofia pousse un long soupir de découragement, mais elle n'insiste pas. Je lui en suis reconnaissante. Profitant de ce répit, je l'observe quelques instants. Malgré son air fatigué, elle est toujours aussi jolie avec ses cheveux châtain clair droits, ses yeux kaki et son nez légèrement aquilin qui lui donne beaucoup de style. Je ne comprends pas pourquoi elle est célibataire depuis plus de deux ans.

— Tu sais quoi, Zofia ?

— Non, quoi ?

— Peut-être que Christophe est un gars pour *toi* ? Elle me regarde avec incrédulité.

— Tu penses qu'il pourrait me plaire ?

— Ben oui… La différence d'âge est plus petite, un an ou deux. D'après moi, c'est ton style, musclé, grand et avec des yeux vraiment particuliers.

— Comment ça ?

— J'ai rarement vu un regard aussi intense. Le genre qui donne un air mystérieux.

— Ah ouin ? C'est intrigant. Sauf qu'on sait pas s'il est célibataire.

— T'as raison, faudrait faire notre enquête. Qu'est-ce que tu dirais si on l'invitait à souper ce soir ?

Toute fière de mon idée, je regarde Zofia avec insistance. Elle ne semble toutefois pas partager mon enthousiasme.

— Ben quoi ? Ça te tente pas ?

— C'est pas ça, Val, c'est juste que…

— Que quoi ?

— Tout à l'heure, quand tu me l'as décrit, t'avais l'air de le trouver de ton goût.

— Mais non, Zofia, fais-toi-z'en pas. Oui, c'est un beau gars, mais ça s'arrête là pour moi.

Ma copine hésite encore. J'en remets.

— De toute façon, Christophe, c'est un peu comme mon petit frère.

— T'es certaine ?

— Oui, oui, pas de soucis. Je te jure.

Je me lève et je débarrasse la table à la hâte. J'espère ainsi clore le sujet… Et aussi me convaincre que Christophe est resté ce gamin qui m'exaspérait et non pas cet homme viril au regard troublant.

4

Deux chicks pis un farmer

Toc, toc, toc.

Essoufflée par ma course de fin de matinée, je cogne à la porte de M. Francœur, espérant y trouver Christophe pour lui lancer notre invitation. Zofia a préféré rester au chalet pour créer un nouveau tableau sur Pinterest plutôt que de m'accompagner dans les sentiers.

— Ah, la belle petite Valéry! Quessé qui t'arrive encore? Pas une autre bibitte dans ton litte, toujours?

Quel estie de colon! Je souhaite sincèrement que le fils n'ait pas hérité du côté mononcle du père. Avant-hier, je n'ai guère eu l'occasion de converser avec Christophe et de connaître l'homme qu'il est devenu. Je me croise les doigts pour ne pas avoir de mauvaises surprises.

— Il m'arrive rien. Je viens de terminer mon entraînement. Est-ce que Christophe est là?

Je coupe court à la conversation, voulant me débarrasser de lui au plus vite.

— Non, il est à sa ferme.

— À sa ferme ?

Christophe Francœur, cultivateur ? Je m'attendais à tout, sauf à ça ! J'avoue que ça me déstabilise un peu. Je ne sais pas trop si j'aimerais fréquenter un gars qui se lève aux aurores et qui sent l'étable.

Voyons, Val ! Qu'est-ce qui te passe par la tête ? Ce sera le problème de Zofia, pas le tien.

— Ben oui, il a acheté ça y a deux ans. T'étais pas au courant ?

— Euh… Non.

Je ne comprends pas trop comment de nos jours un homme relativement jeune a les moyens de se porter acquéreur d'une production agricole, mais tant mieux pour lui. Peut-être que M. Francœur lui a donné un coup de main. Who knows ?

— Veux-tu que je lui fasse un message ?

— Avez-vous son numéro de cell ?

— 819 555-5555, récite-t-il à toute vitesse.

— Wô, wô, wô ! Attendez une minute.

Je sors mon iPhone et j'entre le nom de Christophe dans mes contacts. Devant moi, la porte toujours ouverte, M. Francœur s'impatiente.

— Un crayon pis un papier, c'est ben moins compliqué, me semble. C'est long, ton affaire, les mouches vont rentrer.

Imbécile… Voilà ce que j'aurais envie de lui crier par la tête. Il n'a qu'à fermer sa fichue porte ! Mais je me contente de lui demander de répéter le numéro de son fils que je m'empresse de noter. Je le remercie et il me rappelle qu'on se voit cet après-midi pour la réparation de la moustiquaire de mon shack.

— Ah, mais on va à la plage tantôt, ma copine et moi.

— OK, mais c'est pas moi qui vas dormir avec des visiteurs.

— Ça veut pas dire que le raton va revenir ! Y a rien eu cette nuit. J'ai juste à pas laisser de déchets près de la porte.

— Comme tu veux, mais, demain, je suis pas sûr d'être libre. Tsé, de l'ouvrage, c'est pas ça qui manque icitte !

Je lève les yeux au ciel, agacée par son ton manipulateur.

— Je vais m'arranger toute seule, d'abord.

— Parfait ! me répond-il comme s'il s'y attendait.

Je le quitte non sans noter son regard malicieux qui me fait croire qu'il doute de mon savoir-faire en matière de rénovation. Il me met au défi ? Eh bien, il va voir que je suis capable de me débrouiller. Même si je n'y connais rien ! Dans le pire des cas, je demanderai un coup de main à Christophe, s'il accepte de venir souper, bien entendu.

En regagnant lentement mon campement, j'envoie un texto à notre futur invité.

« Salut, c'est Val ! Je peux te remercier pour avant-hier en t'invitant à souper au petit shack ? 😌 »

J'appuie sur Envoyer et je me mords les doigts aussitôt. J'ai oublié de mentionner Zofia ! Quelle gourde je fais ! Il va penser que je prépare un souper en tête à tête, que je veux le séduire et peut-être même lui faire une proposition indécente.

Qui sait ce qu'il va s'imaginer ? Je dois lui préciser que nous serons trois. Et si j'attendais quelques secondes pour voir sa réaction. Juste pour le fun…

Je m'appuie contre un arbre et je fixe l'écran de mon iPhone. Je patiente quelques secondes qui me semblent interminables. Je jette un coup d'œil aux alentours pour m'assurer que Zofia n'a pas eu l'idée de venir marcher dans la forêt. Elle trouverait bizarre que je m'arrête simplement dans l'espoir de recevoir une réponse. Mais je n'ai pas à m'inquiéter, il n'y a personne à l'horizon.

Ding !

Yes ! Voilà que Christophe me fait signe.

« Ce soir ? »

C'est bref comme message, mais au moins il ne se défile pas. Ça mérite une réponse tout de go.

« Oui, si tu es libre. »

« Attends, je vérifie un truc. »

Bon, ça, c'est l'excuse parfaite pour refuser. Il va me dire qu'il a un rendez-vous d'affaires. Ou bien une partie de tennis avec un vieux chum qu'il devra ensuite consoler de sa peine d'amour. Ou bien un souper de famille pour fêter l'anniversaire de sa tante. Les échappatoires, je les ai déjà toutes entendues.

Je décide de jouer franc jeu et j'ajoute que mon amie Zofia sera des nôtres. Trois secondes plus tard, un nouveau message s'affiche sur mon iPhone.

« OK, ça marche. »

Pendant un instant, je suis partagée entre la joie de le voir dans quelques heures et la déception d'avoir dû mentionner la présence de ma copine pour qu'il veuille se joindre à nous. Je pousse un soupir de découragement et je me remets en route.

Je le savais, pourtant. Je ne suis pas une fille pour lui. C'est Zofia qui l'est. Mais ça m'aurait fait du bien de penser que Christophe aurait pu envisager de passer une soirée avec moi, seulement moi. Mais bon…

À moins qu'il ait accepté mon invitation *avant* de recevoir le texto dans lequel je mentionnais mon amie. Après tout, les messages se sont pratiquement chevauchés. C'est possible, mais comment le vérifier ?

Ça sert à quoi de brasser tout ça ? Je devrais plutôt me réjouir pour Zofia qui, ce soir, va peut-être rencontrer l'homme de sa vie. Et c'est ce que je ferai à partir de maintenant, me dis-je en reprenant mon chemin.

C'est avec un grand sourire aux lèvres et pleine de bonne volonté que j'arrive au shack pour annoncer la bonne nouvelle à l'heureuse élue. Élue de quoi, au juste ? Je l'ignore, mais je sais que c'est elle qu'il choisira… et non moi.

— Penses-tu qu'il aime le poisson?

Comment puis-je répondre à la question de Zofia? Tout ce que je me rappelle des goûts culinaires de Christophe, c'est son penchant pour les hot-dogs moutarde-relish et les chips au ketchup. Et ça date de près de vingt ans.

Nous sommes à l'épicerie où, depuis au moins trente minutes, nous tergiversons sur le menu de ce soir. Et nous remettons sans cesse en question notre invitation. Surtout depuis que nous savons quel métier Christophe exerce.

Est-ce que Zofia et moi, deux chicks urbaines qui ne connaissent pratiquement rien de la vie sur une terre, pourrons soutenir une conversation avec lui? Est-ce qu'il est du genre à ne parler que de sa job et de ses trucs? Et si on s'ennuyait à mourir?

— Val, faut se décider, là, il est presque 4 heures. Il est trop tard pour annuler de toute façon.

— T'as raison. Et puis arrêtons de voir des scénarios catastrophes partout. Think positive!

— J'espère juste qu'il trouvera pas que ça fait arrangé avec la fille des vues. Qu'il va pas penser que c'est un genre de blind date.

— C'est un peu ça, non?

— Je te rappelle qu'on sait toujours pas s'il est célibataire.

— S'il ne l'était pas, il aurait proposé de venir avec sa blonde, tu crois pas? Pour mettre les choses au clair dès le départ.

Zofia réfléchit en fixant les filets de tilapia marinés à la lime et au gingembre. Elle semble perdue dans ses pensées, que même le brouhaha autour de nous ne perturbe pas.

— Zofia?

Elle se tourne vers moi et ses yeux sont remplis de la méfiance que je lui connais tant. Celle qui l'habite depuis que son dernier amant n'a pas cru bon de l'informer qu'il était marié. Elle l'a découvert par hasard, après avoir passé quelques nuits dans ses bras et s'être imaginé qu'il était en train de devenir son chum… Mettons que ça laisse un goût amer.

— Tu crois qu'on peut lui faire confiance? me demande-t-elle.

J'aimerais pouvoir la rassurer et lui répondre oui. Mais la vérité, c'est que je n'en sais rien. Ça me désole de penser que mon amie pourrait avoir de la peine parce que je lui présente un mec dont je ne connais pas la vie.

— Écoute, attendons de voir comment ça se passe. Et si on a des doutes, je peux toujours questionner son père. Il doit bien savoir si son fils a une blonde ou pas.

Ma suggestion apaise ses craintes et nous pouvons nous concentrer sur le repas à venir. Pour nous faciliter la tâche, j'ai acheté un petit barbecue au charbon de bois. Plus facile que d'improviser la cuisson sur un feu de camp.

Notre choix se porte finalement sur des hamburgers au veau et parmesan, qu'on servira avec une salade d'avocats et tomates. En espérant que Christophe n'est pas végétarien…

5

Lubrifiant social

L e bruit d'un véhicule signale l'arrivée de notre invité... qui est en avance. Coudonc, il ne connaît pas la règle du fashionably late, lui! J'ai horreur des gens qui ne la respectent pas. Ça m'oblige à faire un sprint de ramassage, comme actuellement. Je balaie la table de cuisine de la main, pour laisser tomber mon kit de vernis à ongles dans le premier récipient que je trouve, en l'occurrence le plat de fruits. Et je me dirige vers la salle de bain pour retoucher mon rouge à lèvres, pendant que Zofia enfile ses Toms que j'adore. Ceux sur lesquels est inscrit: *Love never fails*. J'entends la portière du véhicule qui se referme, des pas qui s'approchent, puis des voix.

— Ah, j'ai oublié de prendre les bouteilles de vin.

— Je m'en occupe.

WHAT? Il n'est pas venu seul? Qui est avec lui? Qui est cet homme avec un accent français très prononcé?

Pas gêné, Christophe Francœur, de nous imposer un buddy qu'on ne connaît pas!

Je me précipite à la fenêtre pour apercevoir Christophe en compagnie d'un gars de son âge plutôt corpulent. Immédiatement, je saute aux conclusions : je ne peux pas croire qu'il m'a amené une date.

— Qu'est-ce qui se passe? me demande Zofia qui semble n'avoir rien remarqué.

— Il est avec un de ses chums.

— Ah ouin? C'est cool, ça.

Moi, je suis loin de trouver ça cool, mais je n'ose pas contredire ma copine. Et je garde pour moi la blessure que je ressens. Pourquoi faut-il toujours qu'on veuille me présenter un homme plutôt costaud? Oui, je suis enrobée, mais ça ne veut pas dire que j'aime les gars au physique impressionnant, comme celui qui s'en vient manger à ma table. On me fait le coup trop souvent! Est-ce qu'on peut au moins penser à un mec juste bien proportionné? Après tout, moi, je le suis. Je suis ronde de partout, mais c'est plutôt harmonieux. Surtout quand je porte mes Spanx!

Je prends une grande respiration pour me calmer et revenir à l'essentiel de ce souper, soit évaluer la possibilité que Christophe et Zofia forment un couple. C'est le moment de mon amie, pas le mien. Et si je suis chanceuse, le Français n'est que de passage et, après ce soir, je ne le reverrai plus jamais de ma vie.

J'ouvre la porte pour les accueillir, avant même qu'ils frappent. Christophe porte un jeans à coupe ajustée et un t-shirt tout simple à encolure en V. À ses pieds, des baskets noires. Pas mal cute, le petit Christophe. Même si je trouve que ses cheveux châtains sont coupés un peu court sur les côtés. Je sais que la chevelure plus longue sur le dessus de la tête est tendance, mais je préfère quand c'est plus symétrique.

Son compagnon, par contre, est moins séduisant. Bermuda cargo beige et grand t-shirt rouille pour cacher sa bedaine... Bon, pas une si grosse bedaine, soyons honnête. Sait-il qu'un chandail trop ample met l'accent sur ce qu'on souhaite camoufler? Visiblement, non. Pour compléter le tout, des sandales. Ne manque que les bas blancs…

Je dois admettre toutefois qu'il a un beau sourire et des yeux rieurs. Peut-être même qu'il est gentil? Laissons la chance au coureur. Pour devenir son amie, on s'entend…

— Salut, Valéry! lance Christophe d'un ton joyeux.

— Salut, Christophe, dis-je en lui faisant la bise.

— Je me suis permis d'amener mon partner d'affaires. J'espère que ça ne te dérange pas?

— Mais non, pas du tout. Moi, c'est Valéry.

Je tends la main à l'inconnu, qui la serre avec enthousiasme. Même si je ne fais pas un geste pour l'encourager, il s'approche et m'embrasse trois fois. Cela me déstabilise et il me faut quelques secondes pour me rappeler que c'est ainsi que font certains Français. Sa barbe légère a laissé une sensation de picotement sur mes joues et ça me rappelle un très mauvais souvenir. Mon dernier amoureux affichait le même look, croyant paraître plus viril. Passons…

Je me demande par quel hasard Christophe s'est associé avec ce Français. Est-ce qu'il serait gai? Ça m'étonnerait, mais on ne sait jamais. Une autre hypothèse à vérifier ce soir.

En tout cas, c'est clair qu'ils se sont lavés puisque je ne dénote aucune odeur d'étable et de fumier. Habituellement, ça me prend au nez. À moins qu'ils s'adonnent à la culture maraîchère. Ce qui serait, à mon avis, plus intéressant que l'élevage de veaux, vaches ou, pire, cochons…

— Romain. Enchanté. Voilà pour vous.

Il me tend deux bouteilles de vin blanc Réserve et un cidre de glace. Des produits québécois qui me sont familiers.

— Oh, merci! Y a longtemps que je veux les essayer.

— Ah oui? lance Christophe, ravi.

— Ben oui, j'achète souvent des vins de la région de Dunham. Ceux-là, je les ai vus au marché Jean-Talon. Ils étaient sur ma liste.

— Ah, mais dites donc, ça fait vraiment plaisir à entendre, ajoute Romain.

Je ne vois pas trop ce qu'il y a de si spectaculaire dans ma réponse, mais tant mieux si ça les rend encore plus de bonne humeur.

— Salut, les gars !

Zofia vient d'apparaître derrière moi. Ce soir, elle a vraiment joué la totale en portant sa robe tunique hyper courte qui met en valeur ses jambes filiformes. Son tatouage composé d'une kyrielle d'étoiles qui monte le long de sa cheville ajoute à son look sexy.

Je regrette que le mien ne soit pas aussi visible. Ma libellule turquoise est située dans le bas de mon dos, elle n'est accessible qu'à mes intimes. Le prochain, il sera plus apparent !

Je me compare à mon amie et j'en conclus que j'aurais dû revêtir un truc plus féminin que le t-shirt un peu banal que je porte actuellement. Mon cache-cœur mauve aurait été parfait. Surtout qu'il va super bien avec le capri noir que j'ai choisi.

Je dois trouver un prétexte pour me changer... Et ce, assez tôt dans la soirée. Me sentir attirante, même sans vouloir charmer, m'aide toujours à me donner confiance. Je ne devrais jamais l'oublier.

Je fais les présentations et je propose à tout le monde de s'asseoir sur les chaises Adirondack placées en demi-lune devant l'endroit où l'on fait le feu de camp. Je les laisse s'installer et je retourne à l'intérieur pour préparer l'apéro. Mais avant, une nouvelle tenue s'impose. Dès que je l'enfile, je me sens beaucoup mieux. En plus, ce haut me fait une belle poitrine.

Pour grignoter, nous avons prévu un cocktail de crevettes avec la petite sauce rouge et des rillettes de truite fumée servies sur des tranches de concombre.

D'une main, j'apporte l'assiette que je viens de dresser et, de l'autre, les quatre verres à vin. Doucement, Val, doucement. Faut pas tout laisser échapper, surtout pas devant tes invités.

En m'approchant, je constate que la chimie est bonne entre Zofia et nos nouveaux amis. Ils rigolent comme s'ils se connaissaient depuis toujours. Malgré moi, je ressens un léger pincement au cœur et une curieuse impression d'avoir été mise de côté pour jouer les serveuses. Quelle idiote je fais!

Je dépose le tout sur la bûche de bois qui sert de table à café et je les informe que je reviens avec le vin. Au fond, j'espère que Zofia suggérera d'aller le chercher, mais elle est beaucoup trop occupée à décrire les nuits de fous qu'elle passe à l'urgence.

— Voulez-vous un coup de main pour ouvrir la bouteille? me propose Romain.

J'avoue que je ne sais pas trop comment réagir. Son ton m'agace, comme si je n'étais pas capable de la déboucher moi-même et que j'avais besoin d'un homme pour le faire.

Sans même que j'aie eu le temps de lui répondre, il se lève. J'aurais envie de le laisser y aller seul, mais ça manquerait de politesse.

— Joli chandail que vous portez là, me complimente-t-il en me jetant un regard admirateur.

Gênée que mon changement de vêtement ne soit pas passé inaperçu, je le remercie d'un geste de la tête.

— Romain, tu peux lâcher le vouvoiement, je pense, lance Zofia. Val et moi, on est pas si vieilles que ça.

— Pardon, mesdames, c'est l'habitude. Mais j'accepte volontiers ton offre, Zofia.

Il la gratifie d'un sourire un peu trop séducteur à mon goût... Oh là là, s'il s'imagine quoi que ce soit avec Zofia, il sera déçu, le Français.

— Allons maintenant nous occuper du vin, ajoute Romain en se tournant vers moi et en empoignant deux des verres.

Il me précède à l'intérieur. Je suis plus ou moins heureuse de ce tête-à-tête improvisé. D'autant plus que je ne comprends pas pourquoi il rapporte deux coupes. Souhaite-t-il qu'on passe un moment seuls, tous les deux ? Ça, ça m'étonnerait.

Dans la cuisine, je n'arrive plus à retrouver le tire-bouchon. Où donc l'ai-je rangé ? Impatiente, je fouille dans chacun des tiroirs qui, immanquablement, me prennent un temps fou à refermer parce qu'ils sont à moitié déboîtés.

Mon compagnon regarde aussi de son côté, tout en jacassant constamment, ce qui me rend encore plus nerveuse.

Il me raconte qu'il est parti de la France il y a deux ans pour venir s'installer au Québec, à la demande de Christophe, qui lui a offert un partenariat dans l'entreprise qu'il voulait acheter. Je l'écoute d'une oreille distraite, tout occupée que je suis à retrouver mon accessoire pour pouvoir rejoindre les autres au plus sacrant.

Je le déniche finalement… dans la corbeille à pain, sous un vieux croûton à l'ail qui empeste. Et qui date d'avant mon séjour… Ouache ! Même le limonadier pue ! Allez donc savoir comment j'en suis arrivée à le mettre là, mais j'attribue ma distraction à la bouteille de rosé que j'ai bue toute seule hier soir.

— Alors on l'ouvre, ce vin formidable ?

— Euh… Oui, oui. Je vais juste laver ça, dis-je en lui montrant le tire-bouchon.

— Sans façon.

Et voilà que Romain me l'arrache des mains. Ses manières d'ours mal léché me prennent quelque peu par surprise.

— Il sent l'ail, c'est dégueu.

— Ça ne nous fera pas mourir.

Je me lave les mains pour chasser le léger haut-le-cœur que je ressens. J'ai toujours été particulièrement sensible aux odeurs. Autant elles peuvent me ravir, m'apaiser ou m'insuffler une dose d'énergie, autant elles peuvent m'écœurer et carrément me faire vomir. Les parfums qui nous entourent sont aussi là pour évoquer en nous d'innombrables souvenirs. Les bons comme les moins bons.

Romain goûte le vin comme s'il était un expert, le faisant rouler dans sa bouche entrouverte, levant la tête légèrement vers le ciel. Il peut arriver deux choses quand un homme se prête à cette pratique : soit c'est gracieux, soit c'est ridicule. Dans son cas, c'est malheureusement le deuxième qui l'emporte. Je me détourne pour ne pas pouffer de rire.

— Il est sublime. Comme toujours, affirme-t-il d'un ton solennel, un véritable lubrifiant social !

Ah, ces Français ! Toujours à essayer de nous en mettre plein la vue. Il me tend une coupe que je porte à mes lèvres, pour aussitôt la reculer avec une moue de dégoût.

— Holy crap !

— Non, mais attends… Il a un bon bouquet, ce vin. C'est quoi, le problème ?

— C'est pas ça. Mon verre sent l'ail. C'est à cause de tes mains.

— Houla… On a le nez fin, à ce que je vois.

— Très.

— Je suis rassuré que ce ne soit pas le vin. Ça m'aurait bien peiné.

Peiné ? Oh my God ! Romain prend son rôle d'invité très au sérieux. Il désire tellement me plaire qu'il dépose mon verre dans l'évier et m'en sort un nouveau, après s'être nettoyé vigoureusement les mains.

— Là, tu me diras.

Je déguste le seyval blanc et, tout de suite, je suis conquise. Son goût de vanille et ses notes fumées en font un vin rond qui se prolonge en finale.

— Wow ! Vraiment très bon.

Romain gonfle le torse comme un homme à qui on vient d'annoncer qu'il a gagné le premier prix du

Festival des hommes forts de Warwick. C'est tout juste s'il ne lève pas les bras pour montrer ses biceps développés… qu'il n'a probablement pas.

Je lui propose de retourner à l'extérieur, mais il ne semble pas pressé du tout. Il boit plutôt une longue gorgée, en appuyant son coude sur le vieux comptoir en stratifié beige taché.

— Tu veux qu'on prépare d'autres trucs puisqu'on est ici?

Non mais qu'est-ce qu'il s'imagine? Que nous allons jouer au couple de gros qui se découvrent et laisser nos amis minces faire la même chose? No way! Si un match se crée ce soir, ni lui ni moi n'en ferons partie!

— C'est pas nécessaire. Tout est prêt. Et je parierais qu'ils ont soif.

Je prends la bouteille et je me dirige vers la porte, le bousculant légèrement au passage. Mon message est clair, j'espère.

À l'extérieur, Zofia et Christophe ont rapproché leurs chaises Adirondack l'une de l'autre et sont engagés dans une conversation animée. Notre arrivée jette un froid que Romain comble rapidement en parlant du blanc Réserve. Encore.

— Valéry a adoré notre vin, Christophe.

— C'est génial, ça, répond-il en me faisant un grand sourire.

— Mais vous l'aimez donc ben! À croire que vous êtes payés pour le vendre.

— Ben, c'est un peu ça, non?

— Hein? Vous faites de la pub pour les vignerons québécois?

Les deux partenaires se dévisagent quelques secondes, puis ils éclatent de rire. Je n'y comprends rien. Et Zofia non plus, visiblement.

— Valéry, les vignerons, c'est nous! précise Christophe.

— Quoi?! Vous avez un vignoble aussi?

— Pourquoi aussi ?

— Ben, en plus de votre ferme de je-sais-pas-quoi !

— Quelle ferme ?

— Comment ça, quelle ferme ? Vous êtes pas des gentlemen-farmers ?

— Si pour toi un vigneron, c'est un gentleman-farmer, eh bien, oui, c'est ce qu'on est. Mais… euh… qui t'a dit qu'on avait une ferme ?

— Ton père. Il m'a vraiment fait croire que t'étais cultivateur.

— Ah lui, y appelle ça la ferme parce qu'on a quelques chèvres pour faire du fromage et un petit élevage de lapins. Mais c'est tout.

— T'oublies Fanfan, ajoute Romain.

— C'est qui, Fanfan ? demande Zofia.

— C'est notre poney, on fait faire des tours aux enfants.

— Oh, c'est chouette, ça !

Pendant que je sers du vin, la conversation se poursuit sur le vignoble Le Chercheur d'Or de Dunham, que nos amis ont acheté des mains du premier propriétaire, il y a deux ans.

Œnologue reconnu et apprécié à la Maison des vins de Beaune, en France, Romain a été enchanté de recevoir l'offre de Christophe, qu'il avait bien connu lors d'un séjour au Québec l'été précédent. Il a donc « paqueté ses petits », comme il s'amuse à le dire en prenant un accent québécois, et est venu s'installer ici, en Estrie. Deux défis l'attendaient : diversifier la production du vignoble et passer à travers les innombrables démarches administratives pour obtenir le droit de travailler au Canada et d'y avoir une business.

— Et finalement ? s'enquiert ma copine.

— Tout s'est réglé il y a quelques mois, et Christophe a pu me vendre la moitié de l'entreprise. Je suis maintenant ici pour y rester.

— Et j'en suis très heureux, souligne son associé tout en proposant de lever nos verres à notre nouveau compatriote.

J'ignore combien vaut un vignoble, mais ça doit certainement être plusieurs centaines de milliers de dollars. C'est assez impressionnant d'apprendre qu'un gars qui vient d'avoir trente ans possède un tel bien. Vive le financement!

— Mais toi, Christophe, t'étais dans quel domaine avant? lui demande Zofia en trempant une crevette dans la sauce cocktail.

— En programmation informatique.

— Palpitant, dis-je ironiquement.

— Peut-être pas, mais c'est ça qui m'a permis d'acheter le vignoble. J'ai conçu un jeu vidéo qui est devenu, mettons… assez populaire.

— C'est le moins qu'on puisse dire, ajoute son partenaire.

Nous comprenons tous que Christophe a fait une petite fortune avec ses talents de créateur, et ça semble beaucoup plaire à Zofia. Son regard admiratif n'échappe pas au beau vigneron, qui lui sourit d'un air complice.

Le bal est parti… Reste à s'assurer de son célibat. Mais, pour l'instant, je souhaite continuer d'enquêter sur sa vie professionnelle.

— J'ai une amie qui travaille dans les jeux vidéo. Peut-être que tu la connais?

— Qui ça?

— Daisy Michaud.

Christophe détourne la tête, mais j'ai le temps de remarquer son embarras. Là, il vient de piquer ma curiosité solide. Pourquoi l'évocation de ma mentore semble-t-il le mettre mal à l'aise?

— Tu sais qui elle est ou pas?

— Euh… De nom seulement… Eille! Elles sont vraiment bonnes, les rillettes de truite.

— Merci, dis-je en n'insistant pas davantage.

Je me promets cependant d'envoyer un message à Daisy dès que possible. Christophe Francœur, nous allons percer tous tes secrets !

La discussion bifurque maintenant vers mon départ précipité de la boutique il y a deux jours. Je leur raconte comment je me suis assurée d'obtenir mon 4 %, ce qui les fait bien rire.

— Je te félicite, Valéry, lance Romain. L'avenir appartient aux frondeurs de ce monde !

Le Français lève son verre à ma santé et me fait un clin d'œil. Oh non ! Pas de ça, s'il vous plaît ! Zofia, qui en est témoin, me regarde avec encouragement. Pas elle aussi ! Non mais de quoi se mêle-t-elle ? On se croirait dans un party du secondaire où chacun veut trouver sa chacune.

— Ça m'étonne pas de toi, ajoute Christophe à mon intention. T'as toujours su ce que tu voulais. Quand j'étais petit, ça m'impressionnait beaucoup.

Son commentaire me flatte et me surprend à la fois. Je ne me souviens pas d'avoir été particulièrement assurée pendant mon enfance. Et encore moins à l'adolescence.

— Elle est toujours comme ça. Je peux le confirmer, précise ma copine.

— Bah, pas tant que ça.

— Ben voyons, Val ! Quand t'as quelque chose dans la tête, t'es prête à tout pour l'obtenir.

Est-ce que c'est vraiment l'image que je projette ? Pourtant, ma confiance en moi est facilement ébranlable. Peut-être que je cache mieux mes angoisses que je le croyais.

— Surtout quand il s'agit de ta job, termine Zofia.

Son affirmation a maintenant plus de sens. C'est vrai qu'au boulot je suis du genre décidé et proactif… mais pour les autres pans de ma vie, c'est pas pareil.

— En tout cas, quand tu me gardais et qu'il était l'heure de se coucher, fallait pas que je niaise longtemps, reprend Christophe.

Mon esprit a de la difficulté à faire le lien entre cet homme au charme incontestable et le gamin turbulent de mon adolescence. Notre différence d'âge, qui me semblait énorme à l'époque, m'apparaît presque inexistante aujourd'hui.

— T'as une bonne mémoire. T'avais quoi… sept ou huit ans ?

— Neuf. C'est le dernier été de mon enfance que j'ai passé ici.

J'en avais treize, ce qui nous donne donc quatre ans d'écart. Avec Zofia, ça fait deux ans. Ça ne vaut même pas la peine de le souligner.

— Qu'est-ce qui est arrivé après tes neuf ans ? s'informe mon amie.

— Mes parents se sont séparés et j'ai suivi ma mère à Rimouski. Je venais ici seulement une semaine par année. Deux, max.

Je décèle une note de tristesse dans son ton. Mes compagnons le sentent aussi, puisqu'ils observent Christophe avec compassion, ce qui l'encourage à poursuivre.

— Ça m'a manqué, tout ça, dit-il en regardant autour de lui.

— Je te comprends, lance Romain. C'est un site magnifique.

— Et t'as même pas vu le bord de l'eau, lui dis-je.

— Mais si. On y est allés. On a fait du bateau.

— Ah oui ? Avec qui ?

— On a pris celui du père de Christophe.

— Ah bon ? Je savais pas qu'il en possédait un.

— Yep ! Il est vraiment cool, à part ça, répond Christophe. Avec une cabine et deux petites chambres.

— Wow !

— On ira faire un tour si ça vous tente.

— Si ça nous tente ? s'exclame Zofia. Mets-en ! Hein, Val ?

— Euh… Oui, oui.

Je n'ose pas gâcher le plaisir de mon amie en l'informant que je n'ai jamais eu le pied marin et que les quelques fois où j'ai fait une balade sur un lac ou une rivière j'ai passé mon temps à vomir. Mais, comme ça fait des années, mon mal de mer a peut-être disparu. Qui sait ?

— Par contre, moi, je repars demain soir pour Montréal, et je ne sais pas trop quand je vais revenir.

— Bien, allons-y en après-midi, propose Romain.

— Moi, je suis libre, spécifie Christophe.

— Yééééééé !!!

Zofia lève son verre pour trinquer à notre escapade sur le Memphrémagog et, moi, je prie en silence pour que le bateau de M. Francœur soit en panne.

6

AU VOLEUR !

— Je les ai trouvées !

Romain m'interpelle depuis la rangée voisine, où je le rejoins d'un pas alerte. Nous sommes dans une quincaillerie de Magog, où j'ai dû faire un saut pour acheter des briquettes de charbon, élément essentiel à la cuisson de nos hamburgers. Et, comme je l'appréhendais, Romain a insisté pour m'accompagner.

— On est bons ? me demande-t-il.

— On est bons.

Une fois à la caisse, je réalise que nous avons aussi besoin d'allume-feu en bran de scie. Romain s'offre pour aller en chercher. Je patiente quelques secondes… une minute… deux minutes. La file derrière moi s'allonge, et la caissière pousse un énorme soupir d'agacement.

— Je vais voir où est mon ami. Faites passer les autres.

Je m'éloigne vers le fond de la quincaillerie, à la recherche de mon compagnon. Qu'est-ce qu'il peut bien fricoter? Un coup d'œil dans la rangée des articles saisonniers me permet de constater qu'il n'y est pas. Quelle idée de continuer à magasiner quand quelqu'un nous attend à la caisse?

Je poursuis mon exploration jusqu'à ce que je trouve Romain dans la section des loisirs. Il se tient devant les accessoires de pêche.

— Hé! Qu'est-ce que tu fais?

Il se retourne promptement et m'indique de me taire en posant son index sur sa bouche.

— Ben voyons! Qu'est-ce qui...

— Chuuuuut! m'interrompt-il.

Je fige quelques instants devant ce comportement pour le moins bizarre. Puis je vois Romain ramasser une petite boîte carrée pour la mettre rapidement dans son sac à dos. WHAT? Est-ce que j'ai bien vu ce qui vient de se produire? Romain qui vole un truc de pêche? Je suis tellement abasourdie que j'en perds toute ma contenance.

Romain s'avance vers moi d'un pas assuré et me tend le paquet d'allume-feu.

— Rejoins-moi à l'extérieur, me souffle-t-il en s'éloignant comme si rien ne s'était passé.

Je le laisse partir et j'attends un peu, le temps de voir si une sirène quelconque résonnera dans le commerce. S'il est démasqué, pas question qu'on croie que je suis sa complice. Il ne m'attirera pas dans ses conneries!

Tout ça me rend particulièrement nerveuse et c'est avec appréhension que je retourne à la caisse. La minute qui suit semble durer une éternité et c'est avec un immense soulagement que je franchis la porte du magasin.

Romain est planté devant ma voiture, un grand sourire aux lèvres. Sans un mot et en adoptant un air volontairement sévère, je lui ordonne de monter à bord et je démarre illico.

— Tu fais la gueule, dis donc.

J'attends d'être immobilisée à un feu rouge pour lui répondre en le regardant dans le blanc des yeux.

— Ça va pas bien dans ta tête, toi!

— Hé! Oh! Tu n'as pas de leçon à donner avec ton histoire de 4 %.

— C'est pas la même chose.

— Mais si, Valéry.

— Non. J'ai fait ça devant mon patron, pas dans son dos. Toi, c'est carrément du vol à l'étalage.

— Je suis déçu, là.

— Déçu? C'est quoi, le rapport?

— Je croyais qu'on était dans le même clan.

— Quel clan? Celui des voleurs?

— Ah, les grands mots. C'est pour s'amuser, c'est tout.

— Je vois absolument pas ce qu'il y a de drôle là-dedans, dis-je en embrayant.

Nous poursuivons notre route en silence pendant quelques instants. Je n'ai plus du tout envie de passer ma soirée avec lui, mais je ne sais pas quoi faire pour m'en débarrasser sans priver Zofia de la présence de Christophe. Peut-être vaut-il mieux ne pas mentionner l'incident.

— Écoute, Romain, on va garder ça entre nous, d'accord? Inutile de gâcher la soirée.

— Comme tu voudras.

Son ton conciliant me ramène à de meilleurs sentiments.

— Je savais pas que t'étais un pêcheur.

— Ah, mais non, je ne pêche pas.

— Comment ça, tu pêches pas? Qu'est-ce que t'as volé d'abord?

— C'est un moulinet, dit-il, tout fier de son coup.

Il sort l'objet de son sac à dos et le regarde avec fascination.

— Qu'est-ce que tu vas faire avec ça?

— Ah! Mais ce n'est pas pour moi.

— Pour qui alors?

— Pour M. Roy.

— M. Roy?

— Mais oui, c'est un vieux pêcheur qu'on croise parfois sur le lac. Il est hyper sympa.

— Et?

— Et l'autre jour, on s'est arrêtés, Christophe et moi, pour causer un peu avec lui. Il nous a dit que son moulinet foutait le camp. Ça lui en fera un beau tout neuf.

— Bon, je comprends, mais il aurait pu s'en payer un, tu crois pas?

— Mais non. Il n'est pas en moyens, ce pauvre homme. D'autant plus qu'il est malade.

— Ah bon? Qu'est-ce qu'il a?

— Tumeur au cerveau. Il en a pour quelques mois seulement.

— Oh là là… Quel âge?

— Autour de soixante-quinze, je crois.

— Trop triste… N'empêche que c'est pas normal de voler des trucs, Romain.

— Bon, peut-être, mais ça va tellement lui faire plaisir.

— Pourquoi tu l'as pas simplement acheté dans ce cas-là?

— Bah… Je ne sais pas trop.

— T'es capable de payer un moulinet?

— Oui, oui.

— T'aimes le kick que ça te donne, c'est ça?

— C'est possible, mais je t'assure que je ne fais pas ça souvent.

— J'espère! T'imagines si tu te faisais arrêter? Ce serait pas trop bon pour la réputation du vignoble.

— Ça n'arrivera pas.

— Au contraire. C'est sûr que, si tu continues, la police va te mettre la main au collet. Je pense pas que Christophe serait très content d'apprendre que son partenaire est un voleur.

Silence radio dans l'habitacle. Plusieurs secondes s'écoulent avant que Romain reprenne la parole.

— Tu as raison, Valéry, ce sera notre secret.

Je n'acquiesce pas, préférant me réserver le droit d'en parler plus tard à Christophe. Je compte me taire seulement ce soir. Mais ça, inutile de le lui préciser.

Au moment où je me gare devant le chalet, Romain pose sa main sur mon bras, à la manière d'une caresse enveloppante.

— Comment puis-je me faire pardonner, Valéry?

Je ferme les yeux un instant, savourant la chaleur de ce contact humain. Il y a trop longtemps qu'un homme m'a touchée de cette façon. Combien de mois se sont écoulés depuis ma dernière baise, celle d'une nuit avec mon ex-voisin de palier? Neuf? Dix? Non… pas un an déjà? Holy crap! C'est trop, beaucoup trop. Mais pas assez pour tomber dans les bras de n'importe qui. Surtout pas dans ceux d'un cleptomane bien enrobé! Même s'il est somme toute assez sympathique.

Bon, d'accord, je ne souhaite pas de rapprochement avec lui, mais ça ne doit pas m'empêcher de profiter de la situation. Après tout, c'est lui qui a ouvert la porte.

— Tu veux vraiment me faire plaisir, Romain?

— Oui, bien sûr.

— Alors organise-toi pour que la sortie en bateau soit annulée. J'ai pas envie d'y aller.

Sur ces paroles qui le laissent pantois, je descends du véhicule et je lui demande de s'occuper de nos achats. À l'extérieur, tout est tranquille. Je n'entends pas les voix de mes amis. Sont-ils entrés dans le chalet?

Je ne peux pas croire qu'ils sont déjà au lit! Qu'ils se calment un peu! En fait, c'est moi que je devrais sermonner. Qu'est-ce qui me prend de penser qu'ils sont passés à l'action? Ils sont peut-être tout simplement en train de préparer la salade. Un peu de logique s'impose!

J'entre dans le shack et je vois qu'il est vide. La chambre aussi. Étrange…

— J'allume le feu ? me demande Romain en entrant dans le chalet, après avoir déposé les briquettes près du barbecue.

— Hein ? Ah oui, si tu veux.

— Nos amis nous ont abandonnés ?

— Euh… Je sais pas.

— Ça n'a pas trop tardé, à ce que je constate, me lance-t-il en prenant un air coquin.

Je ne relève pas son insinuation et je nettoie les deux coupes de vin que Zofia et Christophe ont laissées traîner sur le comptoir. J'en déduis que leur soirée ici est terminée. Sinon les verres seraient restés au coin apéro, non ? Comme le mien et celui de Romain.

Mon compagnon retourne à l'extérieur, pendant que j'essaie de chasser des sentiments négatifs. Malgré ma bonne volonté, je ne peux m'empêcher d'être fâchée contre ma copine. Elle a du front tout le tour de la tête de me laisser seule avec lui ! Comme si je n'attendais que ça ! Elle a pourtant bien dû remarquer qu'il ne m'intéressait pas. Quelle mauvaise amie !

Pour me contenter, j'attrape la deuxième bouteille de blanc Réserve dans le frigo, l'ouvre-bouteille, ainsi qu'un sac de chips au vinaigre qui traîne sur la table et je quitte le chalet en trombe. Ce n'est pas Zofia ni Christophe qui vont gâcher ma soirée, parole de Valéry Aubé ! Et si je m'emmerde trop avec Romain, je lui proposerai d'aller prendre un verre à Magog. Voilà tout !

— On les attend pour ouvrir le vin ? me demande le Français.

— Non. Je suis pas certaine qu'ils vont revenir.

— Mais bien sûr qu'ils nous rejoindront. Qu'est-ce que tu crois ?

Je lui explique ma théorie des verres à vin sales. Romain me dévisage d'un air incrédule, comme si j'étais une imbécile. Ce qui me met encore plus furieuse.

— Valéry, tu sautes un peu vite aux conclusions.

— Non.

— S'ils étaient partis pour la soirée, est-ce qu'ils l'auraient fait à pied?

Romain montre l'allée de gravier… et les trois véhicules. Ma voiture, celle de Zofia et le VUS de Christophe. Ou peut-être est-ce le sien, je l'ignore.

— Ouin… Peut-être que t'as raison.

— Pas peut-être. *J'ai* raison.

Son assurance me fait sourire et m'amène à me demander pourquoi je me suis imaginé un scénario aussi peu crédible. Il y a un truc qui me dérange et ce n'est pas seulement le comportement de Zofia. Comme si son départ avec Christophe m'enlevait quelque chose, à moi… ce qui n'est pourtant pas le cas.

D'accord… Je dois admettre que Christophe me fait de l'effet. Il faut dire que c'est tout un homme. Du genre qui pose pour des couvertures de magazines de mode masculine. Mais ça n'explique pas tout. Il y a plus que le paraître.

Dans son regard, je décèle une intensité toute particulière, comme j'en ai rarement vu. Comme s'il voulait mordre dans la vie à chaque instant. Comme si chaque moment était compté. Et ça le rend vraiment attirant.

J'ai l'impression que Christophe a vécu des choses difficiles et que derrière cette force tranquille se cache une certaine fragilité… Bon, tu dérapes, Valéry! Qu'est-ce que t'en sais? Rien! Mieux vaut te contenter du gars devant toi, qui fait une montagne avec les briquettes de charbon.

— Faut que tu les étendes plus que ça. Sinon on pourra jamais placer les grilles.

Sceptique, Romain recule pour admirer son «œuvre». Quel drôle de phénomène! C'est trop lui demander de me croire sur parole? Après quelques secondes de réflexion, il se rend à mes arguments et commence à défaire son tas.

— Désolé, c'est la première fois que j'utilise ce machin.

Son ton repentant m'attendrit et me surprend en même temps. Il agit comme s'il avait commis une grosse gaffe. On dirait qu'il veut vraiment me plaire et j'avoue que c'est trop cute.

— C'est pas grave, Romain, voyons.

— Je n'aime pas trop me faire reprendre, tu vois.

— Faut pas en faire toute une histoire.

— Peut-être, mais c'est important pour moi de donner une bonne impression. Et là, c'est un peu mal barré. Le truc à la quincaillerie, le feu…

— Eille ! Ça suffit, la pression, on est relax. Pense au vin. Ça, c'est vraiment réussi. D'ailleurs, quand t'auras fini de taponner les briquettes, j'aimerais bien que tu ouvres la bouteille.

— Taponner ? Ça veut dire quoi ?

— Ben… euh… tâter. Comme ça.

Je m'approche et je lui palpe le bras. Oh… C'est plus dur que je le croyais. Pas si mou que ça, le Français. Je ne m'aventurerai pas jusqu'à la bedaine, mais j'admets que je suis agréablement surprise.

Pendant un court instant, nos regards se fondent l'un dans l'autre et je sens tout le désir qui l'habite. Par prudence, je m'éloigne. Mais je ne peux m'empêcher de ressentir un léger trouble… sans doute dû, une fois de plus, à ma trop longue privation de sexe.

— Alors ça vient, ce vin ? dis-je pour dissiper le malaise.

— À vos ordres, chef !

Romain termine rapidos la mise en place du barbecue, l'allume et s'attaque au vin qu'il goûte avec beaucoup de concentration. Je le regarde et c'est curieux comme je ne le vois plus de la même façon. Autant je l'ai trouvé ridicule quand il a fait ça en début de soirée, autant son geste m'apparaît maintenant tout à fait crédible. Peut-être est-ce parce que je sais qu'il est vigneron ? Possiblement…

Une fois sa dégustation terminée, mon compagnon me fait un immense sourire. Celui du vainqueur.

— Encore un formidable grand cru ?

Mon ton narquois ne le déstabilise pas une seconde.

— Attention, il a de la gueule, ce vin ! Et attends le prochain millésime, je t'assure qu'on raflera tous les prix.

— Décidément, c'est pas la modestie qui t'étouffe.

— Et pourquoi ça le serait ? répond-il de but en blanc.

— Ben… euh… je sais pas trop. Mais c'est normal d'avoir une certaine réserve, non ?

— Normal ? Non. Je prends ce qui me revient, voilà tout.

Wow ! Que j'aimerais avoir cette belle assurance ! La mienne est fragile, elle diffère beaucoup selon mes humeurs… et malheureusement selon le regard des autres. Ce à quoi Romain semble insensible.

— Personne ne m'a fait de cadeau, Valéry. J'ai bûché comme pas un pour obtenir la reconnaissance professionnelle. En réalité, j'ai travaillé plus fort que tous les Christophe de ce monde.

Là, je vois exactement ce qu'il tente de m'expliquer. La foutue image corporelle. Celle qui nous suit comme une ombre… qu'il fasse soleil ou pas. Celle qui nous catalogue dans une catégorie pas toujours flatteuse. Celle qui nous oblige à être meilleurs, plus drôles, plus patients pour avoir ce que l'on désire. Celle dont j'aimerais parfois me débarrasser… Celle que j'espère un jour finir par accepter. Pour de vrai.

Des bruits de pas derrière moi me sortent de ma réflexion. Je fais demi-tour et j'aperçois Zofia et Christophe qui viennent nous rejoindre, tout sourire.

— Hé ! Vous êtes revenus ? m'interroge mon amie.

Quelle question imbécile ! C'est évident que nous sommes revenus.

— Ben oui ! Vous êtes allés où ?

— Ah… euh… Chez le père de Christophe.

— Ouais, renchérit-il. On lui a demandé le bateau pour demain, mais ce ne sera pas possible. Mon père a déjà prévu une sortie.

Thank God ! Pas de mal de mer à l'horizon, pas de vomissements par-dessus bord et, surtout, pas de taches de rousseur qui risquent d'apparaître par milliers en raison du soleil qui plombe trop fort.

— Par contre, ajoute Christophe, ça fonctionne pour après-demain.

— Ben non ! Zofia va être repartie à Montréal.

— Non, je vais caller malade.

— Ah bon ? C'est rare que tu fasses ça.

— Ben, là, j'en ai besoin. C'est une question d'équilibre.

Me semble, oui. Une question de séduction, plutôt. Je regarde Romain, espérant qu'il interviendra tel que je le lui ai demandé plus tôt, mais il fait comme s'il ne me voyait pas. Un autre qui tient à naviguer, faut croire !

— On apportera quelques bonnes bouteilles, dit Romain après un moment de réflexion.

Comme si ça réglait tout. Au contraire, pour moi, ça va être pire. Alcool et mal de mer… tout un cocktail !

— Ouiiiii ! Et nous, on s'occupe du pique-nique. Hein, Val ? suggère mon amie.

Oh là là, je crois bien que je n'ai pas trop le choix de les accompagner. À moins de vouloir briser le cœur de ma copine… ce qui ne fait pas partie de mes valeurs.

— D'accord, on va préparer la bouffe.

Toute contente, Zofia applaudit comme une petite fille, ce qui ramène ma bonne humeur. La sonnerie d'un téléphone se fait entendre. Ça vient de mon appareil. Je l'ai laissé traîner sur une chaise longue, un peu plus loin.

— C'est moi ! Désolée, je reviens.

Je m'éloigne pendant que Romain se rend dans la cuisine chercher les verres à vin de nos amis. Serviable tout de même, le Français.

L'afficheur de mon iPhone indique « Papa ». Ô joie !
Il y a un moment qu'on ne s'est pas parlé. Son appel
tombe à point, il me permettra de me changer les idées
et de fuir quelques instants cette ambiance de blind
date.

— Allô, papa !

— Allô, mon trésor. Comment vas-tu ?

Mon père est un homme que je qualifie sans
retenue d'extraordinaire. Peut-être parce qu'il m'aime
inconditionnellement et que, depuis toujours, je suis
son trésor. Ça aide à apprécier quelqu'un.

— Très bien. Et toi ?

— Bien aussi. Quoi de neuf ?

Bon, voilà le moment que j'appréhendais : celui où
il va s'inquiéter pour moi comme c'est pas possible.
C'est pourquoi je ne l'ai pas encore appelé pour lui
dire que je suis sans travail. Mais c'est maintenant le
temps de tout lui raconter.

— Ben… Euh… Je suis à Magog.

— T'es en vacances ? Je croyais que t'en avais pas
cet été ?

— En fait, c'est pas vraiment des vacances.

— Ah bon ? Comment ça ? me demande-t-il, déjà
inquiet.

Je prends une grande respiration et je m'assois à
l'écart. Je lui défile d'une traite tout ce qui s'est passé
à la boutique lundi matin : la fermeture du magasin,
mon départ précipité et la façon dont je me suis
assurée d'obtenir mon 4 %.

— Wô, wô, wô, pas trop vite, Valéry. T'es vraiment
partie avec des vêtements ?

Je crois déceler un certain reproche dans son ton.
J'ai bien l'impression que je vais me faire gronder
comme une petite fille.

— Ouin…

Papa garde le silence quelques instants puis, contre
toute attente, il éclate de rire.

— T'as bien fait ! Tes patrons te méritent pas.

Wow! Obtenir l'approbation de mon père m'enlève un poids des épaules. Depuis que c'est arrivé, j'essaie d'agir comme si tout allait bien, mais l'angoisse n'est pas très loin. Elle est même assez présente. Est-ce que j'ai commis un acte répréhensible en m'enfuyant les bras pleins? Serai-je poursuivie par la compagnie? Citée à comparaître en cour?

Et ce compte en banque qui ne cesse de descendre à une vitesse vertigineuse... Comment vais-je le renflouer, une fois vide? J'ai soumis une demande à l'assurance-emploi, mais je suis toujours en attente de la décision. Eh misère...

— Tu trouves vraiment ça correct?

— Je te dis pas d'en prendre une habitude, mais c'était justifié, si tu veux mon avis. Te mettre devant le fait accompli, c'est carrément te manquer de respect.

Que j'adore mon père et les valeurs qu'il m'a transmises, dont le respect des autres! Quand mes parents se sont séparés, alors que je m'apprêtais à entrer dans l'âge adulte, je n'ai pas compris le choix de papa, et je lui en ai longtemps voulu. Mais aujourd'hui, je salue sa décision et je m'en accommode très bien. Même que j'en suis particulièrement fière.

Je lui raconte que j'ai loué le petit chalet de mon adolescence et, ensemble, nous nous remémorons quelques souvenirs heureux. Puis c'est la grande question. Celle que je craignais.

— T'as appelé ta mère?

— Euh... J'ai pas eu le temps. Mais je vais le faire dès que possible.

— Valéry, t'es à dix minutes de chez elle.

— Je sais...

— Promis?

Je ne réponds pas, n'ayant pas le goût de m'engager aussi formellement quand je ne suis pas du tout certaine de vouloir donner signe de vie à ma mère. En tout cas, pas dans l'immédiat.

— Mon trésor?

— OK, OK, c'est beau. Je vais l'appeler. Plus tard…

Papa soupire au bout du fil, mais il n'insiste pas. Il respecte mon rythme, comme il m'a enseigné à le faire. Même si j'ai envie de continuer à jaser avec lui, je mets fin à la conversation. Je ne veux pas paraître impolie envers mes convives. Je le quitte sur une invitation, pour lui et l'amour de sa vie, à venir me voir et je rejoins les autres.

— Excusez-moi, c'était mon père.

— Le beau Michel! Comment va-t-il? me demande Zofia qui l'apprécie beaucoup et qui l'a rencontré à quelques reprises.

— Super bien.

— Et Jean-Charles?

— Honn… j'ai oublié de lui poser la question.

Romain suit la conversation d'un air perplexe, tandis que Christophe semble carrément s'en foutre. Pourtant, il aimait bien mon père quand il était enfant. Mais il faut croire que son cellulaire est plus intéressant. Ça me déçoit un peu, mais bon, peut-être qu'il y a une urgence au vignoble. Dans le genre d'une immense fuite dans les tonneaux… Ou d'une tempête de grêle locale qui menace la production. Ou de Fanfan qui a les quatre pattes cassées à la suite d'une collision avec un tracteur. Son visage n'indique toutefois rien en ce sens et il a plutôt l'air du gars qui fait défiler son fil d'actualité sur Facebook. Trop poche…

— Qui est Jean-Charles? demande Romain.

Pendant quelques instants, je songe à ne pas dire la vérité. Pas parce que j'éprouve de la honte, mais c'est simplement que je n'ai pas envie de raconter l'histoire de ma famille. Mais Zofia ne me laisse pas réfléchir longtemps.

— C'est le chum de son père.

— Houla, c'est du sérieux, dites donc!

Son ton quelque peu condescendant m'irrite.

— Quoi? T'as quelque chose contre les gais, Romain?

— Mais non, pas du tout. Mais avoue, Valéry, que c'est surprenant.

— Pas tant que ça. Y a plein d'hommes qui ont vécu avec une femme avant d'affirmer leur vraie identité sexuelle.

— Quand on était jeunes, tes parents étaient ensemble, non ? me questionne Christophe qui émerge enfin de sa léthargie virtuelle.

— Oui, oui. Mon père est parti quand j'avais dix-sept ans.

Je me souviens parfaitement de ce soir glacial de février où mon père a quitté la maison familiale après une virulente dispute avec ma mère. Aussitôt qu'il a fermé la porte, ma mère a lancé une bouteille de rhum contre le mur en criant : « Va-t'en, câlisse de tapette ! »

C'est ainsi que j'ai appris que mon papa aimait les hommes. Aussi brusquement que ça. Sans préavis…

Devant le désarroi de ma mère, j'ai tout d'abord jugé mon père, ne comprenant pas comment il pouvait « nous faire ça à nous ». Ce n'est que plus tard, après quelques conversations avec lui, que j'ai réalisé que son geste n'était pas dirigé contre nous. Papa s'était choisi et je devais respecter son choix.

Aujourd'hui, je suis très proche de lui et de son conjoint. Quant à ma relation avec ma mère, elle est plutôt à l'opposé.

— Le charcoal a l'air prêt, nous informe Christophe comme s'il sentait que je n'avais pas envie de pousser la discussion plus loin.

Une délicate attention qui me fait vraiment plaisir.

J'échange un regard de complicité avec lui, ce qui n'échappe pas à Zofia qui me fait les gros yeux. Oups… Tiens-le-toi pour dit, Valéry Aubé !

7

Avec pas de maillot!

— Come on! Ça va être le fun! Pis personne va nous voir.

Zofia en fait vraiment une obsession. Depuis la fin du souper, elle ne cesse de nous défier d'aller prendre un bain de minuit dans le lac. Un *vrai* bain de minuit.

Elle est folle ou quoi? Pas question de me foutre à poil devant deux mecs que je connais à peine, aussi gentils soient-ils.

— Pourquoi pas? renchérit Christophe.

— Allez-y, vous deux, dis-je.

— Ah, mais non. J'y vais aussi, décide Romain. Il ne manque que toi, Valéry.

— Viens donc, Val, insiste mon amie. T'as juste à apporter un maillot si ça te gêne. Mais moi, j'en mets pas!

Incrédule, je la regarde. Qu'est-ce qui lui arrive ce soir? Je veux bien croire que l'alcool a coulé à flots et qu'ils sont tous plus ou moins soûls, mais ce n'est pas dans ses habitudes de jouer les dévergondées. Pour ma part, je suis toujours au stade cocktail, ayant été plus raisonnable.

— Envoye donc !

Voilà qu'elle en rajoute. Comble de tout, elle me fait son regard de chien piteux. Celui auquel j'ai bien du mal à résister.

— Va-lé-ry ! Va-lé-ry ! scande-t-elle, aussitôt suivie de nos deux invités.

— Bon, OK... Mais, les gars, vous gardez vos bobettes.

— Ouais, ouais, répondent-ils en chœur, d'un ton peu convaincu.

Oh my God ! Dans quelle galère suis-je en train de m'embarquer ? J'avale cul sec le reste de mon verre de cidre de glace pour me donner du courage et je me lève pour aller enfiler mon maillot.

Quelques minutes plus tard, nous marchons dans le sentier, à la lueur de mon iPhone et de celui de Christophe. Romain transporte les serviettes, sauf la mienne que j'ai enroulée autour de mes hanches et qui rend la marche difficile. Zofia s'occupe de la bouteille de vodka aromatisée à la framboise qu'elle a apportée.

— Coudonc, il fait ben noir ! observe-t-elle.

Je me rapproche de ma copine pour éclairer devant elle pendant qu'elle avale une bonne rasade d'eau-de-vie.

— T'en veux ?

Je m'apprête à répondre non, craignant un mal de tête carabiné au réveil, puis je me ravise. Pourquoi serais-je la seule à être sage ce soir ? Je n'ai aucune obligation demain, je suis en genre de vacances et je ne conduis pas... Il est où, le problème ? Come on, Val, laisse-toi aller un peu... J'empoigne la bouteille et je m'arrête pour avaler une longue lampée qui me réchauffe la gorge.

— Oh, yeah! s'exclame Zofia en me faisant un high five plutôt chancelant.

— Allez, les filles, on avance, ordonne Romain qui ferme la marche.

Devant, Christophe a la responsabilité de détecter toute présence indésirable, comme celle d'un raton laveur. Jusqu'ici, aucune trace d'intrus.

— On y est, annonce-t-il quelques instants plus tard.

— OK, éteignez vos téléphones, exige Zofia.

— Pourquoi? demande Christophe.

— Parce que je vais me déshabiller.

Je suis stupéfaite par l'audace de ma copine. Mes deux compagnons, eux, semblent plutôt ravis. Peut-être s'imaginent-ils déjà un trip à trois? Ça m'étonnerait qu'elle aille jusque-là, mais, ce soir, je m'attends à tout. Une véritable boîte à surprise, mon amie.

Une fois les téléphones éteints, la petite plage sablonneuse est plongée dans le noir. Seules quelques étoiles brillent dans le ciel, mais ce n'est pas suffisant pour nous éclairer comme la lune le ferait.

Rapidos, mes amis retirent leurs vêtements, les mettent dans un tas avec les serviettes et se lancent à l'eau. Par curiosité, je jette des coups d'œil, mais il n'y a que des ombres. Ça me déçoit et ça me rassure en même temps. Eux non plus ne pourront pas me voir…

— Wow! Elle est super bonne. Viens, Val, m'interpelle Zofia.

Je prends une nouvelle gorgée de vodka, je dépose mon cellulaire, mon t-shirt et ma serviette avec les autres vêtements, et je vais les rejoindre, vêtue de mon maillot noir une pièce.

L'eau est plutôt calme en cette nuit sombre, et les vagues se font discrètes. J'entre tranquillement dans le lac, tandis que mes compagnons nagent un peu plus loin.

— Ohh! Elle est fraîche, quand même.

— Mais non, on est bien, une fois saucés, répond Christophe.

— L'eau est toute douce, vous trouvez pas ? demande Zofia.

— Surtout sans maillot, relève Christophe.

— Ouais, c'est comme une caresse, ajoute Romain, en revenant vers moi.

Il me tend la main et je ne sais pas trop comment réagir. Je ne veux pas lui donner de faux espoirs, mais comme je déteste ne pas voir où je pose les pieds, son offre me rassure et je m'agrippe solidement à lui.

Il m'entraîne dans les eaux noires et j'avoue que, une fois mon corps plongé dans le lac, c'est particulièrement agréable. Me rappelant que Romain est tout nu – bien entendu, ils ne m'ont pas obéi et ils n'ont pas gardé leurs bobettes –, je lâche sa main et je nage vers le large.

— Ne t'éloigne pas trop, Valéry, me recommande-t-il.

— Non, non, dis-je en faisant le contraire.

À force de les entendre parler de douceur sur la peau, j'ai envie, moi aussi, de goûter à cette sensation, de vivre l'expérience totale en étant nue. Une fois à l'écart, j'exécute quelques acrobaties et je retire mon vêtement. Wow ! Que c'est bon ! Il y a quelque chose de sensuel et de voluptueux à me mouvoir sans barrière contre mon corps.

Je savoure ce doux feeling quelques instants, en m'assurant de bien tenir la bretelle de mon maillot entre mes mains. Je tournoie sur moi-même et je m'amuse à me laisser flotter sur l'eau.

— Ahhhhhhhhhhhhhh ! Ahhhhhhhhhhhhhhh !

Le cri de Zofia déchire la nuit et me fait sursauter. À un point tel que je laisse échapper mon maillot. Eh merde ! J'essaie de le rattraper, mais comme je ne vois rien, je n'y parviens pas. Je plonge sous l'eau pour tenter de le repérer, en battant frénétiquement des bras, mais je ne sens rien. En plus, on n'y voit que dalle dans la nuit noire ! Fuck ! Je ne peux pas croire que je l'ai perdu !

— VALÉRYYYYYYYYYY !

Je ne peux plus me préoccuper de mon maillot, je dois aller voir ce qui arrive à mon amie. J'entends Christophe et Romain la bombarder de questions, mais Zofia est muette. Non, non, non ! J'espère qu'elle ne s'est pas fait mordre par un quelconque membre de la faune aquatique, comme un requin. Wô ! Calme-toi, Valéry. On n'est pas en Caroline du Sud, ici ! Le seul monstre qui habite le lac Memphrémagog est un serpent qui tient plutôt de la légende.

— Y a un sanglier ou un truc du genre sur le bord ! crie-t-elle.

Un sanglier ? Ben voyons donc ! Quelle imagination ! On n'est pas dans une BD d'Astérix ! Je n'ai jamais vu ça ici. Par contre, ce qui peut s'en rapprocher, c'est un petit ours… Et ça, je sais qu'il y en a dans le secteur. OMFG !!!

— Venez ici tout de suite ! lâché-je d'un ton sans équivoque.

Zofia ne se le fait pas dire deux fois et elle nage rapidement vers moi. Nos deux compagnons ne semblent pas prendre la chose au sérieux et restent tout près de la rive.

— Les filles, calmez-vous, lance Christophe. Il n'y a pas de sanglier.

— Non, c'est un ours ! lui dis-je.

— Je pense pas, non, je vois rien qui bouge.

Il scrute la plage pendant que Zofia se cache derrière moi, ce que je trouve un peu exagéré. Est-ce qu'elle en met plus que le client en demande ? Est-ce une stratégie pour provoquer les choses avec Christophe ? Ça se pourrait bien…

— Dis-moi, Zofia, tu l'as vue où, ta grosse bibitte ?

— Là.

Sans aucune hésitation, elle désigne le coin gauche de la berge. Mes yeux s'attardent à cet endroit, mais je ne vois aucune trace de vie. Puis, soudainement, j'entends des bruits de feuillage qu'on écarte pour se frayer un chemin et je crois percevoir du mouvement.

— Ah non ! T'as raison, y est là !

— Je te l'avais dit ! Je te l'avais dit ! Je te l'avais dit !

— Les gars, faites attention !

Romain et Christophe éclatent de rire et je les trouve vraiment inconscients. Ne sont-ils pas au courant que les ours peuvent attaquer les humains, leur arracher un bras ou une jambe, les déchiqueter et même les dévorer ? On voit ce genre d'histoire régulièrement aux nouvelles.

— Vous avez beaucoup trop d'imagination, les filles. Ça doit être un raton laveur, rien de bien dangereux, lance Christophe.

— Allez, cessez de vous inquiéter, tout va bien, ajoute son partenaire.

— Vous croyez ?

— Mais oui ! insiste-t-il.

Leurs paroles apaisent mes craintes et je me dis qu'au fond ils ont peut-être raison. Zofia et moi, on a parfois tendance à dramatiser les choses. Ce n'est pas la première fois qu'on se fait des films dans notre tête.

J'y pense… Un raton laveur, c'est certes moins imposant qu'un ours, mais ça peut être menaçant. Surtout s'il a la rage. Une hypothèse que je m'empresse de partager avec le groupe, mais que Christophe démolit sur-le-champ.

— Bof, ils sont plutôt inoffensifs dans le coin. J'ai jamais entendu parler de cas de rage.

— Ben, nous autres, on aime pas ça, lance Zofia.

Son cri du cœur incite les deux hommes à s'approcher. Holy crap ! Et moi qui n'ai toujours pas retrouvé mon maillot !

Paniquée, j'agite de nouveau mes bras dans l'eau dans l'espoir de mettre la main sur ce qui me sauvera du déshonneur.

— Qu'est-ce que tu fais ? me demande ma copine.

— J'ai perdu mon costume de bain.

— Honnnnn… C'est plate! se moque-t-elle.

— Sérieux, aide-moi donc au lieu de dire n'importe quoi.

— Je dis pas n'importe quoi, Val. Je suis juste contente que tu sois moins stuck-up. T'as vu Romain? Comment il…

— Hé! Oh! On parle de moi ici? demande le principal intéressé en surgissant à nos côtés.

— Non, non, pas vraiment… Euh… Peut-être un peu.

Ma réponse plutôt imbécile laisse Romain perplexe. Christophe profite de ce silence pour s'enquérir de l'état de Zofia.

— Ça va mieux, maintenant?

Maintenant que quoi? aurais-je envie de lui répondre. Maintenant que le chevalier servant est venu sauver la belle princesse? Quel cliché, tout de même!

— Maintenant que t'es là, oui, affirme mon amie, tout miel.

Ah là là… Cette romance cucul me donne le goût d'être loin, très loin d'ici. En fait, j'ai vraiment hâte de me retrouver seule. Cette soirée est trop weird, et les gorgées de vodka que j'ai avalées avant la baignade m'enlèvent mes inhibitions… mais pas sexuelles, contrairement à ce que semble souhaiter mon amie.

L'alcool me rend moins bien élevée, me retire tout savoir-vivre et me transforme en fille sur le point de quitter ses amis sans même leur dire bonsoir. Mon câlisse de tabarnak de maillot est au fond du lac et, malgré mes efforts considérables, je ne le reverrai plus… Ça peut pas être pire…

Pour Zofia et Christophe, par contre, ça se passe bien. Ils nous permettent d'assister en direct à leur premier baiser. Honnêtement, je ne serais pas capable de me comporter comme elle. Se retrouver toute nue dans les bras d'un homme qu'on embrasse pour la première fois? J'ai trop de pudeur pour ça!

Oui, d'accord, il m'est arrivé d'avoir des aventures d'un soir. Mais nous avions frenché avant de nous déshabiller. Là, c'est un tout premier contact…

— Tu veux sortir de l'eau, Valéry? s'enquiert Romain qui, heureusement, ne semble pas vouloir jouer les imitateurs.

Il a lu dans mes pensées. Oui, j'aimerais bien mettre fin à la baignade, d'autant plus que je commence à avoir froid. Mais comment le faire décemment? Sans qu'il me voie.

Je pourrais exiger qu'il ferme les yeux. Ou ramper sur le sable jusqu'à mon t-shirt. Me couvrir avec du feuillage, en espérant que ce sont des fougères et non de l'herbe à puce. Ou simplement déguerpir rapidement en misant sur le fait que c'est la nuit.

Pendant que je réfléchis à ces possibilités, une odeur nauséabonde me monte au nez. Intense et insupportable.

— Ouache! C'est pas vrai!

— Ça pue, ça n'a pas de bon sens, renchérit Romain.

— Tabarnak! lance Christophe en sortant de sa douce volupté.

Après ces éclats, c'est le silence qui s'impose. À croire que nous sommes terrifiés par… une moufette! Mais quand on y pense, c'est presque aussi menaçant qu'un sanglier ou un ours. Et surtout, ça peut laisser des traces. Longtemps.

— Bon, pas de panique, tout le monde. On reste tranquilles et elle devrait déguerpir d'elle-même, dit Romain.

Toute une stratégie! Je déteste être inactive et me sentir impuissante devant une situation risquée. Ça ne me ressemble pas. Et s'il lui venait l'idée d'éjecter son *parfum* dans l'eau? Un bain de pipi de moufette… Pas trop ragoûtant. Mais non, Val, ces bêtes-là attaquent seulement si on les provoque... En tout cas, c'est ce qu'on m'a déjà dit.

La meilleure solution, c'est celle de Romain. Keep calm and wait for the skunk to go away.

— Ouin, mais là, qu'est-ce qu'on va faire? On peut pas attendre ici toute la nuit, on va mourir d'hypothermie.

Zofia, qui n'avait pas ouvert la bouche depuis longtemps, sauf pour embrasser Christophe, tente de nous servir le jeu de la victime. Ses propos exagérés, voire complètement improbables, et son ton légèrement braillard me l'indiquent. Encore une tactique pour amener Christophe à se faire protecteur. Et ça marche! Il s'empresse de rassurer Zofia d'une voix douce. Ah! Si seulement j'avais ce pouvoir-là sur les hommes!

Ma copine ne s'en contente pas et elle en remet. Quelle diva elle fait, ce soir! Trop d'alcool, trop de stress au boulot, trop d'hormones dans le tapis: voilà le résultat!

Je dois admettre toutefois que je ne peux pas lui en vouloir. Elle a cruellement souffert de l'absence de son père, qui a quitté la famille alors qu'elle n'avait qu'un an... pour ne plus jamais revenir. Retourné en Pologne après avoir émigré au Québec et eu trois enfants, il a coupé les ponts avec les siens et refuse encore aujourd'hui tout contact. Un abandon qui marque ses relations avec ses amoureux depuis la nuit des temps.

Silencieux, nous guettons le moindre signe de disparition de notre ennemie, que nous avons repérée sur la gauche grâce aux lignes blanches de sa fourrure. Mais on ne l'entend pas bouger. Puis, soudainement, des bruits proviennent de l'autre côté, comme si un intrus arrivait sur la rive.

— Y a un truc là, à droite, observe Romain.

— C'est quoi, tu penses?

— Aucune idée, me répond-il. Mais on ne s'énerve pas, d'accord?

— Facile à dire, réplique Zofia. As-tu déjà été arrosé par une moufette ?

— Non.

— Mon chien, oui ! Pis je te dis que c'est pas drôle. Pas drôle pantoute. L'odeur dure des semaines. Tu me vois aller travailler à l'hôpital en sentant le swing ?

La voilà partie dans une tirade d'une rare intensité. Elle n'écoute pas le conseil de Romain et s'énerve de plus en plus, clapotant dans l'eau à grands coups de bras et de mains. Christophe s'approche pour l'apaiser, mais elle l'écarte brusquement. Holy crap ! Elle est vraiment en crise de panique.

Christophe semble désemparé et ignore comment réagir. Je lui fais signe de me laisser le plancher, j'ai déjà vu mon amie dans cet état et je sais comment la ramener avec nous. Il faut lui parler doucement en mettant les mains sur ses épaules et en la regardant droit dans les yeux, ce que je fais à l'instant.

— Respire tranquillement. Inspire, expire. Inspire… OUACHE !

Une odeur encore plus écœurante me prend à la gorge, et que sent également Romain.

— Ah, câlisse, elle vient de pisser !

— Dégueu ! dit Christophe.

Je retourne à Zofia que je parviens finalement à calmer, pendant que les gars discutent du plan de match. Romain préconise la sortie de l'eau, tandis que Christophe propose qu'on attende un peu, histoire de ne pas tomber face à face avec la bête puante. Ce avec quoi je suis d'accord.

— J'en ai marre. J'y vais en éclaireur.

Sans qu'on puisse l'en empêcher, Romain nage vers le bord et je dois admettre que, même si je crains qu'il se fasse arroser, je suis soulagée qu'un de nous passe à l'action. Ce bain de minuit s'éternise un peu trop à mon goût.

Maintenant apaisée, Zofia se réfugie auprès de Christophe pour attendre le go de Romain.

Je vois sa silhouette sortir de l'eau et je constate que, oui, il est un peu enrobé, mais sans plus. Malgré la noirceur, je tente de l'étudier sous toutes les coutures ; ses cuisses sont assez larges, mais ne semblent pas flasques. Ses épaules sont carrées, ses bras m'apparaissent assez forts, et son ventre est moins imposant que je l'aurais cru. La seule chose que je ne parviens pas à distinguer, c'est la taille de son plus petit membre.

On dit que le pénis est proportionnel au nez. Si c'est le cas, il n'y a pas de quoi fouetter un chat... Christophe, par contre, serait beaucoup mieux équipé... Mais ça, ce sera à Zofia de le découvrir. Et je crois bien que ça se passera ce soir. En souhaitant qu'ils choisissent le chalet du père de Christophe. Avec ses murs en carton, mon petit shack n'offre aucune intimité.

Sur la rive, Romain fait une reconnaissance des lieux. Je retiens mon souffle, espérant de tout cœur que la moufette est bien loin maintenant. Je pense au jus de tomate que je n'ai pas et aux épiceries qui sont fermées depuis belle lurette. OMG !

Romain se penche et tâte quelque chose au sol. Il se relève en criant à son tour.

— TABERNACLE ! Elle a pissé sur nos vêtements !

— WHAT ? hurle Zofia.

— T'es pas sérieux ? clame Christophe.

— Qu'est-ce qu'on va faire ?

Moi, c'est le côté pratique qui m'inquiète. Comment retourner au chalet sans rien sur le dos ? En plus d'être terriblement gênée devant les gars, je vais me retrouver tout égratignée par les broussailles. No fucking way !

— Sur nos serviettes aussi ?

— Oui, sur tout, tout, tout !

Ça, ça veut dire que la moufette a arrosé tout ce qui pouvait me recouvrir, en plus de mon iPhone ! Je suis mal prise pas à peu près ! C'est moi qui ai le goût de sacrer maintenant.

— La bonne nouvelle, par contre, c'est que la moufette est partie, observe Romain. Vous pouvez venir.

Zofia et Christophe ne se font pas prier et s'exécutent aussitôt. Moi, je reste immobile. Au bord du lac, la lumière d'un cellulaire se fait voir… et se tourne vers moi. Instinctivement, je cache ma poitrine.

— Allez, sors de l'eau, Valéry.

— Non, j'ai perdu mon maillot. Romain, tu voudrais pas aller me chercher un t-shirt au chalet, hein ? S'il te plaît…

Il ne répond pas, laissant toute la place à ma copine.

— Ah non, j'ai hâte de rentrer, moi. Valéry, fais pas ta compliquée.

Franchement ! Mon but n'est pas de compliquer les choses. Je ne veux juste pas que tout le monde me voie nue. Ce n'est pas trop demander, il me semble.

— Allez-y, les trois. Moi, je vais attendre Romain ici.

— Ben, là ! On va pas te laisser seule, ajoute Zofia.

— Oui, oui, pas de problème.

Je fais ma brave, mais, au fond, je ne suis pas très rassurée à l'idée qu'ils partent tous.

— T'es certaine ? Je peux rester si ça te sécurise, propose Christophe.

— Ah non, je veux que tu rentres avec moi ! Valéry, arrête de niaiser, pis viens-t'en !

Zofia n'est vraiment pas commode ce soir. Je n'ai pas envie que la situation tourne au vinaigre. Je décide donc de mettre de l'eau dans mon vin.

— Romain, tu peux me trouver des fougères, s'il te plaît ?

— Volontiers.

— Qui sentent pas la moufette, idéalement !

Ma remarque détend l'atmosphère et c'est ainsi que, quelques minutes plus tard et une fois la lumière du téléphone éteinte, je sors du lac avec de la végétation pour me couvrir.

Sur le chemin du retour, je reste à l'arrière du groupe, dans le noir, bien décidée à ce que personne ne puisse me voir. Quitte à me fouler une cheville, m'érafler les bras ou marcher sur une couleuvre. Je croise les doigts en espérant que notre escapade au lac se termine paisiblement. Après tout, on ne peut pas toujours jouer de malchance !

8

Gros bobo

— Qu'est-ce qui lui arrive exactement?
     — Le médecin a dit qu'il a une dermatite de contact.

Au bout du fil, Christophe m'explique pourquoi Romain ne pourra pas participer à la balade en bateau prévue aujourd'hui. Il a le corps recouvert de rougeurs et de petites cloques, en plus de souffrir le martyre, selon son partenaire.

— Pauvre lui! C'est dû à quoi?

— À de l'herbe à puce.

— De l'herbe à puce? Quand est-ce qu'il a attrapé ça?

— Possiblement le soir de la baignade.

— Hein? Mais ça fait à peine deux jours.

— C'est le temps d'incubation normal. Toi, t'es correcte?

J'espère que oui. Avec inquiétude, j'examine mes jambes et mes cuisses, en remontant ma jupe rose pâle.

Aucune trace d'inflammation ici. Je soulève la manche trois-quarts de ma blouse blanche avec de la dentelle, mais toujours rien. Finalement, je dégage mes cheveux et j'observe mon cou dans le miroir. Pas d'irritation en vue. Fiou…

— Moi, ça va. Pauvre lui. C'est bien souffrant?

— Très. En plus, il a l'air d'une momie avec tous les bandages. Il en a presque partout.

— Dans le visage aussi?

— Non, quand même pas. C'est surtout les bras, les mains et le torse.

Je réalise que la responsable de l'état de Romain, c'est moi! Il a dû attraper cette cochonnerie quand je lui ai demandé de me donner du feuillage. Non, non, non! Il va m'en vouloir toute sa vie.

— Est-ce que je peux faire quelque chose pour l'aider?

— Non, non, faut juste attendre que ça passe.

— Dis-lui que je suis vraiment désolée, d'accord?

— OK.

Ma culpabilité grandit de seconde en seconde. D'autant plus que Romain a été terriblement gentleman le soir de la baignade. Sur le chemin menant au shack, il ne s'est pas retourné une fois pour me regarder. Par contre, il a tracé la voie en m'informant des obstacles que nous rencontrions, comme une branche au sol, une roche pointue à gauche, etc.

En arrivant au chalet, Zofia est allée chercher des t-shirts et des serviettes pour les gars et elle m'a rapporté ma robe de chambre, que j'ai enfilée derrière le bâtiment. Elle est ensuite repartie main dans la main avec Christophe au domicile de M. Francœur.

Romain a bien tenté de se glisser dans un de mes chandails, mais il était trop petit. C'est donc vêtu uniquement d'une serviette enroulée autour de sa taille qu'il est monté dans son VUS pour retourner chez lui. Sans faire de chichi. Je l'ai dit, un véritable gentleman.

— J'imagine que tu voulais parler à Zofia?

— J'ai essayé son cell, mais elle ne répond pas.

— Elle est partie prendre sa douche.

— OK. De toute façon, je vous attends pour 11 heures, comme prévu ?

Est-ce que j'ai envie de me taper une excursion en bateau avec nos tourtereaux qui en sont à leurs débuts ? Non. Aucunement !

— Euh… Je vais vous laisser y aller tous les deux, je pense.

— Ah bon ? T'es certaine ?

Est-ce que je rêve ou je perçois un soupçon de déception dans sa voix ? Pourtant, il serait normal que Christophe souhaite se retrouver seul avec Zofia. Étrange… Ça doit être mon imagination qui me joue des tours.

— Oui, c'est correct. En plus, je l'ai pas dit l'autre soir, mais j'ai souvent le mal de mer. Ça fait mon affaire dans le fond.

— Ah, mais si c'est juste ça, j'ai des Gravol, si tu veux. C'est super efficace.

Pourquoi s'acharne-t-il comme ça ? À croire qu'il a envie que je joue les chaperons. Je ne comprends pas trop son comportement. Zofia m'a raconté qu'ils avaient passé une nuit extraordinaire, tous les deux, et qu'ils s'étaient trouvés plein de points en commun. J'en ai même eu un léger pincement au cœur… que je me suis empressée de chasser pour ne pas gâcher le bonheur de mon amie qui flotte sur un nuage depuis son arrivée.

— T'es gentil, Christophe, mais on va se reprendre. Je dirai à Zofia de te rappeler, OK ?

— Comme tu veux, Valéry. À bientôt, j'espère.

— Euh… Oui, oui, à bientôt.

— Bye.

Je m'apprête à raccrocher quand une autre question surgit dans ma tête.

— Christophe ?

— Oui ?

— Est-ce que Romain est au vignoble ?

— Non, pas aujourd'hui. Il va rester chez lui.

— Ah, OK.

J'hésite quelques secondes, puis je décide de ne pas lui demander l'adresse de Romain. Je ne suis pas très à l'aise à l'idée d'aller le visiter à la maison. Je vais plutôt lui écrire un message Facebook.

Je mets fin à la conversation et, pour la centième fois en deux jours, je sens mon téléphone. Heureusement, l'odeur de moufette a disparu. Le vinaigre et le bicarbonate de soude en sont venus à bout. Pour les vêtements, peine perdue. J'ai tout jeté à la poubelle. Du même geste, je m'assure, une fois de plus, que je n'ai aucun signe d'éruption cutanée. Comment se fait-il que je m'en sorte sans séquelles, alors que j'ai été en contact de longues minutes avec l'herbe à puce ? Romain, lui, l'a touchée quelques secondes à peine. Je suis vraiment bénie des dieux.

⁙

Wouf ! Wouf ! Wouf !

Un petit terrier surgit à mes côtés et me déstabilise. Je suis en pleine course, dans les vastes sentiers du marais de la rivière aux Cerises, pendant que Zofia et Christophe se baladent sur le lac. Bonne nouvelle : j'ai presque atteint mon objectif et ce n'est pas ce dynamo sur quatre pattes qui va m'empêcher de battre mon record de cinq kilomètres.

La bête ne cesse de tournoyer autour de moi tout en jappant joyeusement et je commence à en avoir marre. Où est donc son maître ? Et comment se fait-il qu'elle ne soit pas attachée ? C'est pourtant le règlement.

Un nouveau coup d'œil au chien me laisse perplexe. On jurerait qu'il me reconnaît… et moi aussi, j'ai l'impression qu'il m'est familier. Ah non ! Ne me dites pas que c'est Granit ! L'animal dont je ne veux surtout pas voir la propriétaire. J'accélère encore plus, essayant de fuir celle qui se trouve peut-être derrière moi. Je finirai bien par la semer.

— GRANIT! ICI!

Eh merde! C'est bien elle. Comment lui échapper maintenant? J'aurais bien envie de me cacher en dehors des sentiers de bois sur pilotis, mais les marécages ne sont guère attirants. Je n'ai pas le choix de continuer à courir tout droit en croisant les doigts pour qu'elle ne voie qu'une silhouette au loin, même si je sais que ma crinière rousse peut me trahir.

— Valéry?

Câlisse! Je suis prise au piège. Si je ne m'arrête pas, elle ne me le pardonnera jamais et je vais en entendre parler pendant des années. Ça m'irrite profondément, d'autant plus que je suis à moins d'une minute de mon record. Comme toujours, elle me fait chier.

Je ralentis et je reprends mon souffle, mais je ne suis pas encore prête à lui faire face.

— Valéry, c'est bien toi?

Je me retourne finalement et je la regarde venir à ma rencontre, dans ses éternels vêtements Lululemon et maquillée pour une soirée de gala plutôt que pour une marche en plein air. Ce qui m'indique qu'elle est toujours à la recherche d'un compagnon.

— Bonjour, maman.

Marie-Lyne Poitras, alias ma mère, s'avance vers moi avec un air pincé. Marie-Lyne Poitras, c'est une femme baptisée Line, mais qui a changé son prénom pour le rendre plus sexy. C'est aussi une femme qui se teint les cheveux blond platine pour ressembler à son idole. À trente-six ans, c'est charmant. À cinquante-neuf, c'est ridicule.

— Je savais pas que t'étais dans le coin, Valéry.

— Euh… Je viens juste d'arriver. J'allais t'appeler.

— J'espère!

Déjà des reproches! Ça augure bien… Je fais un effort incommensurable pour ne pas causer une chicane et je m'approche pour l'embrasser.

— T'es pas mal en sueur, tu vas défaire mon maquillage, dit-elle en s'écartant.

Je soupire d'exaspération, mais je laisse passer. Une fois de plus. Maman se penche pour attraper son chien, mais Granit se démène et continue de tournoyer autour de nous.

Le regard de ma mère se pose sur moi. Je crois deviner qu'elle n'aime pas que je porte un tel kit de coureuse. Pourtant, ça me va très bien! C'est vrai qu'il est moulant, mais c'est fait comme ça, les vêtements de jogging! Et moi, je m'y sens à l'aise.

— Je savais pas que tu t'étais mise à la course.

— Oui, ça fait un moment déjà. Je cours cinq kilomètres quelques fois par semaine.

Ça, c'est quelque chose dont je suis assez fière. Et je souhaiterais bien que ma mère partage mes sentiments, mais à voir son visage fermé, il n'en est rien.

— C'est populaire, hein? Tout le monde court maintenant. C'est pas très original.

Qu'elle peut être cassante parfois! M'encourager ne lui viendrait pas à l'idée. Non, ce qu'elle aime, c'est me dévaloriser.

— Peu importe, moi, ça me plaît!

— Tu cours pour perdre du poids ou pour te trouver un chum?

Si je m'écoutais, je tournerais les talons et je la laisserais en plan avec son look de femme qui ne veut pas vieillir! Mais je suis une gentille fille qui va prendre sur elle.

— Je cours pour être en santé. C'est tout.

— Ah… Et t'es à Magog pour longtemps? me demande-t-elle.

— Je sais pas trop encore.

— En vacances?

— Oui. En vacances. Bien méritées, à part ça!

Aucune hésitation dans ma voix. Pas question de lui donner le moindre signe que j'ai perdu mon emploi.

— Tu travailles si fort que ça ? Le commerce au détail, c'est pas très difficile, il me semble ?

Respire, Valéry, respire ! Elle se prend pour qui ? Elle qui a passé sa vie à bosser quinze heures par semaine comme préposée à l'accueil d'une petite salle de spectacle. C'est papa qui nous a fait vivre tous les trois grâce à son agence de publicité, la plus importante de Sherby.

— Toi, ça va ? dis-je pour changer de sujet.

— Hum, hum, mais c'est pas toujours évident, habiter seule.

Comme si je ne le savais pas ! Qui vit seule depuis cinq ans ? C'est bibi ! Ma mère, ça fait à peine un an, soit depuis que son dernier amoureux a fait ses valises.

— Faut tout faire soi-même, reprend-elle, ça devient épuisant. Et puis, pour le budget, on repassera. Je n'ai plus les moyens d'acheter quoi que ce soit, je dois me priver de tout.

Ah bon ? Et cet ensemble que tu portes ? Celui qui vaut certainement quelques centaines de dollars… Tu l'as pris dans une friperie peut-être ? Nahhhh… Bullshit ! Maman continue de se plaindre comme toujours et je l'écoute d'une oreille distraite.

Depuis que mon père est sorti du placard, ma mère se positionne en victime. Non seulement elle a été abandonnée, clame-t-elle, mais elle a été profondément blessée dans sa féminité. Je comprends très bien ce qu'elle a pu ressentir. Les premières années, du moins. Mais qu'elle joue encore les malheureuses dix-sept ans plus tard, ça me dépasse. C'est ce que j'appelle de la manipulation.

— Madame ! Votre chien doit être en laisse.

Le commentaire d'un marcheur est bienvenu. Il permet de mettre fin au babillage de ma mère. Enfin…

Elle lui lance un regard noir, mais s'exécute néanmoins. J'en profite pour l'informer que je vais continuer ma course.

— Pourquoi on ne va pas prendre un café plutôt?
On pourrait jaser un peu.

Ah oui? Tu veux dire que *tu* pourrais jaser. À ce que je sache, ma vie ne t'intéresse pas beaucoup. Ça, c'est ce que je voudrais – et devrais – lui rappeler. Mais je ne suis pas une fille ingrate. Alors j'accepte malgré moi.

— D'accord.

— Mais avant, tu vas aller prendre ta douche?

Qu'elle est contrôlante! Bon, c'est vrai que je me sentirais plus à l'aise. D'autant plus que ça me permettrait de faire diminuer mon stress qui est monté en flèche depuis que je parle avec elle. Je capote sur la douche en plein air. Depuis que je suis arrivée au shack, ce sont à peu près les seuls moments zen que je connais.

— Oui, oui. Tu veux qu'on se rejoigne où?

Maman regarde l'écran de son immense téléphone que je suppose être le iPhone 6S Plus et je me retiens de lui faire une remarque sur le coût de l'appareil.

— Écoute, il est presque 16 heures, j'ai quelques courses à faire. Si on se retrouvait pour souper à la place?

Ouf… Un repas en tête à tête avec maman ne m'enchante guère, mais, d'un autre côté, je suis seule ce soir et je n'ai rien au programme.

J'accepte son invitation et je suis ravie quand elle propose un petit resto mexicain dont la terrasse donne sur la rivière. J'adore cet endroit. Je la quitte en espérant que la soirée ne sera pas trop lourde. Je mise sur les margaritas pour détendre l'atmosphère.

9

La samouraï

— Yééé! J'ai gagné! T'es rien qu'un pas bon, Théo!
   — C'est pas vrai! Moi aussi, je suis capable de compter des buts. Regarde.

Les cris des deux garçons qui jouent au hockey sur le patio de pavés m'empêchent de prendre ma douche en toute tranquillité. Moi qui rêvais de ce moment en plein air pour recharger mes batteries avant mon souper avec maman...

Je ferme les yeux pour trouver un peu de calme et je laisse l'eau chaude couler sur mes cheveux que je rince abondamment. Soudainement, je sens quelque chose frôler mon mollet.

— Ahhhhhhhhhhhh!

Ce n'est pas vrai! Pas un autre animal sauvage! Je commence à en avoir ras le bol de la nature! Même que je songe à rentrer illico en ville où ma sécurité n'est pas menacée. J'ouvre les paupières, mais je ne vois rien. Pour plus de précautions, je m'éloigne du jet d'eau, observant toujours le plancher de ciment. Puis une petite main se glisse sous le mur de la cabine de bois, tâtant le sol. Il n'est pas gêné, cet enfant-là !

— Eille ! Qu'est-ce que tu fais là, toi ?

— Je cherche ma balle.

Un coup d'œil circulaire me permet de constater qu'elle n'y est pas.

— Elle est pas ici.

— Oui, je l'ai vue, elle a roulé en dessous.

— Je te dis que je la vois pas ! Laisse-moi prendre ma douche tranquille !

— Non, je veux ma balle, chigne-t-il en avançant la main, puis le bras.

Voilà maintenant qu'il glisse l'épaule sous la porte. Quel garçon effronté ! Coudonc, est-ce qu'il va rentrer dans la douche avec moi ?

Je m'empare de ma serviette et je me cache le corps juste à temps. Deux petits yeux bruns haïssables me fixent. OMG ! C'est un tout petit garçon ! J'espère qu'il ne voit pas sous le drap de bain ! Je serre les cuisses en lui criant de déguerpir.

— Non ! J'veux ma balle !

— Est pas là, tu vois bien ! Allez, ouste !

Le gamin se fiche de moi et il continue de chercher sa balle sur le sol détrempé. Ça ne se passera pas comme ça ! Aux grands maux les grands remèdes ! Je décroche la douche et je lui envoie un puissant jet d'eau dans le dos. Quin, toé !

— Ahhhhhh ! Arrête !

Pas question ! Je fermerai l'eau quand il aura disparu. Après quelques secondes de ce traitement-choc, il comprend qu'il a perdu la partie et il se faufile sous la porte pour s'enfuir en courant. Je souris intérieurement. Ça lui apprendra, espèce de petit mal élevé !

— La grosse m'a tout arrosé !

QUOI ? Est-ce que j'ai bien entendu ? Il vient de me traiter de grosse ?

— Grosse torche! ajoute l'autre gamin.

Bon, là, ça suffit! Généralement, j'ignore ce genre d'insultes, surtout quand elles proviennent d'enfants. Mais aujourd'hui, je n'ai qu'une envie: crier à la planète entière que je NE suis PAS grosse. Juste ronde!

— Grosse patate!

— T'es comme une montgolfière!

OMFG! Celle-là, je ne l'avais jamais entendue. Et puis elle est loin d'être vraie. Je ne fais quand même pas du 28!

Si je m'écoutais, je les ramasserais par le chignon du cou et je les ramènerais à leurs parents. Je prends plutôt une grande respiration pour me calmer. L'ignorance a toujours été ma meilleure arme et je ne vois pas pourquoi ça changerait aujourd'hui.

— Tu marches pas, tu roules!

Là, j'en ai vraiment plus que marre! Pourquoi est-ce que j'endure ça? J'ai droit, moi aussi, à du respect. À compter de maintenant, je ne me fermerai plus la gueule. Mon arme redoutable sera la réplique.

Je m'essuie, je m'habille en vitesse et je sors, le regard plus noir que jamais. Les deux petits crisses se tiennent devant moi, leurs bâtons de hockey à la main. J'hésite entre leur servir leur propre médecine, c'est-à-dire les insulter, leur faire la leçon ou jouer la carte de l'humour. Humm… Je ne suis pas certaine de cette dernière possibilité. C'est trop nuancé pour des enfants de cet âge. Non. Ils ont besoin d'un message sans équivoque!

— Vous vous pensez drôles, hein?

— Hi! Hi! Hi!

— Vous aimez ça, vous moquer des autres? Vous vous trouvez intelligents?

— Hi! Hi! Hi!

Les gamins ne semblent pas me prendre au sérieux. J'avance en les fixant d'un air menaçant. Du coup, ils cessent de rire et reculent légèrement. Le plus grand des deux tente de s'échapper, mais je lui dérobe son bâton et je lui bloque le passage. Il est estomaqué.

— Tu trouves ça moins l'fun, là, hein ?

Je profite d'un moment de distraction de celui qui a toujours le sien dans ses mains pour le lui enlever aussi.

— Eille ! Mon bâton !

— Tu veux le ravoir ? Recule.

Les garçons m'obéissent jusqu'à ce qu'ils soient coincés contre la haie de cèdres. Ils ont maintenant perdu leur air baveux et leur arrogance. Je crois même qu'ils se demandent ce qui va leur arriver. Bon, je pense leur avoir fait assez peur. Serait-il temps d'exiger des excuses ?

Dans ma vie, il y a peu d'enfants. Étant fille unique, je n'ai ni neveu ni nièce, et la majorité de mes amis ne sont pas encore parents. Pour moi, ça demeure un peu abstrait. J'ignore donc quel vocabulaire employer avec eux. Allons-y de manière simple et efficace.

— Les gars, vous allez vous excuser.

— Pffff ! C'est pas de notre faute si t'es grosse, lance le plus grand des deux, qui a soudainement repris de l'aplomb.

Ah bon ? Il veut jouer les tough ? Montrons-lui qu'il n'est pas le seul.

J'envoie valser un des deux bâtons derrière moi et j'approche l'autre de mon genou, sous-entendant que j'ai bien l'intention de le casser s'il continue. Comprenant la menace, le gamin devient immédiatement sérieux.

— Savez-vous ce qu'est le kendo ?

Impressionnés, les flos se contentent de secouer la tête. Je dois admettre que, moi non plus, je ne connais pas grand-chose à cette discipline. Mais la vidéo que j'ai visionnée sur Facebook l'autre soir me convainc que cette technique de combat au sabre a de quoi intimider n'importe qui.

— C'est un art martial pratiqué au Japon par les samouraïs.

— Les quoi? risque le plus jeune.

— Les samouraïs. Des guerriers japonais très, très méchants qui se battent avec des sabres. Et moi, j'en suis un.

Je me retiens pour ne pas éclater de rire devant ma propre effronterie. Mais j'ai beaucoup trop de plaisir pour arrêter. Ces garçons sont en train de payer pour tous les enfants qui se sont moqués de moi depuis ma première année du primaire. Et je trouve ça jouissif!

— Donc, soit je casse votre bâton, soit je m'en sers comme sabre.

— Noooooooon!

— Ah! C'est ça ou des excuses.

— S'cuse, marmonne le plus petit.

— J'ai pas compris!

— ESCUSE, bon.

— C'est mieux, dis-je en me tournant vers l'autre qui marmonne des regrets, lui aussi.

Je jette le bâton derrière moi, mais je ne laisse pas partir les petits mal élevés pour autant. Je n'ai pas fini de leur inculquer un peu de savoir-vivre.

— Promettez-moi que vous ne répéterez plus jamais ce que vous m'avez dit.

— OK, promis.

— Promis, madame. On peut-tu y aller, là?

— Oui, mais que je vous y reprenne pas, sinon je vais voir vos parents.

Et voilà qu'ils détalent comme des lapins pendant que je me félicite intérieurement. Je suis fière de mon coup. Il y a longtemps que j'aurais dû me venger de toutes les Isabelle Gauthier qui m'ont fait la vie dure dans ma jeunesse. Plus jamais je ne me laisserai insulter par qui que ce soit sans réagir immédiatement. Plus jamais.

10

Dans ta face, Marie-Lyne Poitras !

Bon, enfin ! Un coup d'œil à mon cellulaire me permet de constater que Daisy a répondu à mon message FB. Je le lis tout en marchant dans la rue Principale pour aller à mon rendez-vous avec maman.

« Bonjour Valéry,

Désolée pour le retard, j'ai été dans le jus ces derniers jours. De gros changements s'en viennent au bureau, je t'en reparlerai. »

Ah non ! J'espère que sa compagnie ne fermera pas, elle aussi ! Avec la décrépitude de la rue Saint-Denis et les problèmes de stationnement sur le Plateau, de moins en moins de business survivent.

« Christophe Francœur ? Oui, je le connais… mais c'est un mauvais souvenir. Appelle-moi, je te raconterai. xx »

Son message m'intrigue. Je regarde ma montre, espérant avoir suffisamment de temps pour lui lâcher un coup de fil, mais ce n'est malheureusement pas le cas. Je suis déjà en retard. Je devrai prendre mon mal en patience…

Qu'est-ce que Christophe a bien pu faire pour que Daisy soit si hostile à son endroit? J'ai trop hâte que ce fucking souper avec ma mère soit derrière moi. Et pas seulement à cause de mon impatience à parler à ma mentore.

J'accélère le pas et j'arrive au resto légèrement essoufflée… pour me rendre compte que maman n'est pas là. J'aurais dû le prévoir, elle est toujours en retard. Je m'assois sur la terrasse, je commande une margarita ainsi que des croustilles avec du pico de gallo. J'en profite pour observer les gens autour de moi.

L'ambiance est festive en ce vendredi soir. Ça me rappelle quelques virées mémorables dans Magog avec mes amis du secondaire et du cégep. La première fois que je suis entrée dans un bar, alors que j'avais seulement quinze ans, c'était ici, dans la rue Principale. La première fois que j'ai été malade de boisson, c'était aussi ici, dans le stationnement du McDonald's, près de la rivière. Ma première peine d'amour, je l'ai vécue dans les toilettes du Liquor Store, un bar mythique de la ville, qui s'appelait auparavant La Grosse Pomme. Des souvenirs, certes, mais pas toujours heureux.

— J'ai eu gros du fun!

OMG! Il y a longtemps que je n'avais pas entendu cette expression. Dire «gros» au lieu de «beaucoup», je le faisais plus jeune. Ça vient d'une table à ma gauche, où se trouvent une dizaine d'amis qui rient et parlent fort.

J'aimerais tant être assise avec eux plutôt que de me taper un tête-à-tête avec ma mère. Depuis que j'ai quitté la région pour aller étudier à Montréal, à vingt et un ans, je ne l'ai revue que lorsque c'était nécessaire : à Noël, à son anniversaire, au mien et à la fête des Mères. Et je l'appelle environ deux fois par mois, ce qui me suffit amplement.

Notre relation n'a jamais été facile, mais elle s'est particulièrement envenimée quand papa est parti. Maman a alors redoublé d'efforts pour déverser sa frustration sur moi, s'attaquant à un aspect qui la dérange depuis toujours : mon poids.

Je crois que Line Poitras n'a jamais accepté que sa fille ne suive pas les standards de beauté habituels. Marie-Lyne encore moins. Ce qui la fâche le plus, c'est que, contrairement à elle, je ne me prive pas de tout pour rester mince. Parce que si ma mère mangeait ne serait-ce que normalement, elle pèserait bien plus que son poids de cinquante-six kilos qu'elle ne cesse de claironner avec fierté. Comble de tout, elle affirme qu'elle a le même âge que son poids… ce qui est faux puisqu'elle aura soixante ans l'hiver prochain. « Authentique » n'est décidément pas le qualificatif qui convient le plus quand on parle d'elle.

— Je t'en apporte un autre ?

La serveuse ramasse mon verre vide. J'ai déjà fini ma margarita ? Je bois beaucoup trop vite, signe de ma nervosité. Être anxieuse à cause d'un souper avec sa mère, ce n'est pas dans la norme, il me semble.

— Non, merci. Je vais prendre de l'eau.

— Je t'apporte ça tout de suite.

La familiarité avec laquelle elle s'adresse à moi me surprend un peu, mais, en même temps, je me rappelle qu'ici tout est plus laid-back. C'est moins formel. Une atmosphère de vacances, quoi !

Je plonge ma main dans le bol de croustilles au maïs et je m'apprête à en tremper une dans le pico de gallo quand la voix de ma mère se fait entendre derrière moi.

— Allô, Valéry !

Je sursaute et je laisse échapper ma chips dans la sauce. Est-ce vraiment par maladresse ou est-ce que j'ai encore ce fichu réflexe de ne pas manger des trucs « interdits » devant elle, de peur de me faire chicaner ?

Heureusement, elle ne me lance pas de regard désapprobateur.

— Allô!

Je me lève pour l'embrasser et, cette fois-ci, elle me laisse faire. Elle choisit de s'asseoir face à moi à la petite table carrée, plutôt qu'à mes côtés, créant une certaine distance entre nous. Ce qui me convient très bien.

— Je t'ai pas vue arriver. Est-ce qu'il y a une autre entrée que celle-là?

Je lui désigne la porte-fenêtre ouverte sur l'intérieur du resto, juste devant moi.

— J'étais assise là-bas, derrière.

— Hein? Je t'ai jamais vue, désolée.

— Pas grave.

— Non, vraiment, excuse-moi.

— Fais-toi-z'en pas. J'étais pas toute seule, j'ai pris un apéro avec des amis que j'ai croisés en arrivant ici.

WHAT? Madame me fait poireauter une vingtaine de minutes alors qu'elle s'éclatait derrière moi!

— J'étais un peu en avance, poursuit-elle.

D'accord, je comprends, mais pourquoi ne pas m'avoir rejointe plus vite? À moins que…

— Tu m'avais pas vue, c'est ça?

— Non, non, je t'ai bien vue, mais je voulais finir mon verre avant. Ç'aurait été impoli pour mes amis, tu trouves pas?

Est-ce que j'ai bien entendu? Impoli?

Elle regarde derrière moi et fait un signe de la main à ses copains tout en leur offrant son plus beau sourire. Curieuse, je me retourne et j'aperçois deux sexagénaires qui répondent à maman, tout miel. Je comprends pourquoi elle ne m'a pas invitée à sa table, elle ne voulait surtout pas partager la vedette.

J'essaie d'établir un contact visuel avec elle, mais elle ne me voit pas. Je n'existe pas. C'est ça, le problème avec ma mère: je n'existe pas ou j'existe trop… Et le «trop», c'est comme dans trop de poids. Combien de fois m'a-t-elle reproché mon alimentation, pourtant assez saine dans l'ensemble? Un simple malheureux dessert dégusté dans un resto m'a attiré ses foudres à de nombreuses reprises.

Même qu'une fois elle s'est permis de retourner le pouding-chômeur que le serveur venait de déposer devant moi. Je me suis sentie humiliée au max. Peut-être que j'aurais mieux vécu ce moment pénible si j'avais eu sept ans, mais j'en avais dix-sept… C'était tout juste après le départ de papa. Un événement qui a rendu ma vie à la maison infernale.

Est-ce qu'aujourd'hui ma mère va encore se permettre de tout gérer et d'annuler les plátanos con crema que j'ai l'intention de commander à la fin du repas? Je ne suis pas certaine de vouloir le savoir. En fait, je suis même convaincue du contraire!

Je réfléchis quelques secondes à l'idée qui vient de me passer par la tête. Est-ce que j'ai vraiment le culot de faire ça? Est-ce que j'ai assez de courage? La réponse est… OUI!

J'attrape mon sac en bandoulière sur le dossier de la chaise et je me lève tranquillement. Maman daigne finalement poser ses yeux sur moi.

— Je te laisse.

— Goddamn, Valéry, sois pas si sérieuse pour me dire que tu vas aux toilettes.

— T'as pas compris. Je m'en vais.

— Hein?

— Je crisse mon camp, si tu veux que ce soit plus clair.

— Ben voyons! On a même pas commandé.

— Tu m'as coupé l'appétit.

— Ah ben, ça, c'est une bonne chose, je trouve. Ça se pourrait-tu que t'aies pris quelques kilos depuis qu'on s'est vues?

S'il me restait encore un soupçon d'hésitation, elle vient de le faire disparaître solide. Mon petit sentiment de culpabilité s'est lui aussi volatilisé. Et tant pis pour papa qui souhaite que je me rapproche de maman. Je n'en ai aucune envie.

Je me souviens de ces paroles lancées par un chef entrepreneur que j'admire, il y a quelques mois à la télé : les gens négatifs, ceux qui ne croient pas en nous, il faut les flusher… même s'ils font partie de la famille. Tous ceux qui nous empêchent d'avancer : out ! Je pense qu'il a bien raison.

C'est donc avec confiance, mais non sans une certaine nervosité, que je regarde ma mère quelques secondes et que je quitte le resto.

Je ne me retourne pas, de peur de flancher devant l'air de victime qu'elle doit afficher… sans être vraiment sincère, dois-je me rappeler.

Une fois dans la rue, je respire mieux. Et j'éclate de rire en songeant qu'elle va payer mon addition ! Je me sens légère comme je ne l'ai pas été depuis longtemps et j'ai envie de fêter ce que je considère comme une victoire. Est-ce que je reviendrai vers elle un jour ? Peut-être. Je l'ignore. Mais pour l'instant, je prends mes distances. Je refuse de poursuivre cette relation toxique. Et surtout, je ne dois plus avoir d'attentes, espérer qu'elle change et qu'elle m'aime, moi, malgré mes kilos en trop. C'est peine perdue.

Quand j'arrive à ma voiture, mon enthousiasme baisse d'un cran. L'idée de retourner au petit shack ne m'inspire guère. Célébrer en solo ? Assez plate, merci ! Et il n'est pas question de retrouver Zofia et Christophe au bateau et de briser leur intimité.

À moins que j'appelle Daisy ? Serait-elle libre ? Je pourrais lui proposer qu'on se rejoigne pour boire un verre quelque part entre Magog et Montréal ? Nahhh… Pas trop envie de la déranger ni de prendre la route. Il me reste quoi alors ? D'autres amis à Montréal, bien entendu, mais ils doivent tous avoir des plans. Bon, je dois faire mon deuil de compagnie pour ce soir.

Je poursuis donc à pied, avec l'intention d'aller acheter des sushis puisque mon appétit est revenu aussitôt après que j'ai quitté le resto. Je compte aussi faire un détour par la pharmacie, histoire de me procurer quelques magazines de mode pour m'occuper. Rien d'autre, je le promets. À moins, bien entendu, qu'il y ait une promotion de l'enfer sur certains produits de mes marques préférées.

Quelque peu rassurée par mon nouveau programme, j'entre dans le restaurant de sushis. Un couple devant moi s'obstine quant à sa commande. Au moins, toute seule, je n'ai pas à faire de concessions. C'est toujours ça de gagné !

— Non, j'aime pas ça, les dragons. Prends des makis végé à la place, demande la jeune femme à son compagnon.

— Ah non, pas des affaires aux légumes, ça goûte rien !

— C'est pas vrai. Pis c'est bon pour la santé !

Leur discussion s'éternise et gêne l'employée du commerce. Je commence aussi à m'impatienter. Allez donc vivre votre vie à deux ailleurs !

Puis le ton s'adoucit et l'homme concède finalement que les sushis végétariens, c'est « pas si pire ». Et il accepte la proposition de sa blonde, en insistant pour dire que c'est important pour lui de lui faire plaisir. Elle le remercie. Elle lui répond qu'il est « le meilleur chum du monde » et elle lui donne un bisou sur la joue.

C'est trop de romance pour moi, j'en ai presque mal au cœur. Je sors du resto et je m'enfuis devant tant d'étalement de bonheur.

À l'extérieur, la solitude m'envahit encore plus. J'erre quelques minutes dans la rue Principale à la recherche d'un plan B pour remplacer les sushis, mais ni la succulente pizza Generosa de ma pizzeria favorite ni le risotto aux champignons du chic resto à proximité ne me tentent.

En fait, tout semble délicieux… jusqu'à ce que je m'imagine seule à ma table. Une fois de plus. Qui d'autre peut bien être en solitaire ce soir ? Ah oui. Peut-être lui. L'idée d'appeler Romain m'effleure l'esprit, mais je la chasse rapidement. D'autant plus qu'il n'a pas répondu au message FB que je lui ai écrit plus tôt aujourd'hui pour prendre de ses nouvelles. Je suppose qu'il m'en veut pour l'épisode de l'herbe à puce.

Ça me fait penser que j'ai coupé la sonnerie de mon téléphone tout à l'heure en attendant maman. Je fouille dans mon sac Desigual pour le récupérer et j'y trouve mon portefeuille avec un dessin de hibou – je capote sur les hiboux, j'en ai partout –, mes lunettes fumées, mes rouges à lèvres, ma lime à ongles orange avec des bulles roses, ma paire de gougounes que je chausse quand je ne suis plus capable d'endurer mes talons, mon serre-tête turquoise à pois blancs et quelques trucs insignifiants dont de vieilles factures de pharmacie, des serviettes hygiéniques et des Advil extra-forts. Aucune trace de mon cellulaire. Shit !

Un peu paniquée, je fige, ne sachant plus trop quoi faire. Retourner au resto et risquer de revoir ma mère ne m'enchante guère, mais je n'ai pas trop le choix. Quelle soirée de cul !

Je reviens sur mes pas quand je me rends compte que j'ai oublié, comme toujours, de vérifier les pochettes extérieures de mon sac. Elles sont nombreuses et ça me joue des tours chaque fois. J'y ai même déjà laissé un restant de muffin. J'ai mis plusieurs jours à découvrir d'où venait cette mauvaise odeur. Dire que j'ai traîné cet effluve de moisi avec moi au travail… La honte !

Remplie d'espoir, j'ouvre les différents compartiments pour finalement trouver mon appareil dans une pochette du côté gauche. Fiou ! Une rencontre désagréable évitée et cinq cents dollars épargnés. Ce qui constitue une petite fortune, surtout pour la chômeuse sans prestations que je suis pour l'instant.

La situation semble tourner à mon avantage. Qui sait, peut-être que je découvrirai une chouette invitation de dernière minute ? De qui ? À cette heure-ci, ça n'a pas beaucoup d'importance.

Mon enthousiasme disparaît rapidement quand je réalise que je n'ai ni message FB ni texto… Bon, je devrai m'organiser toute seule. Mon attention est soudainement attirée vers mes notifications Facebook.

« Romain Brasier vous invite à un événement. »

J'adore le nom de famille de Romain. Beaucoup plus original que le mien. Je lis le titre de l'invitation et, déjà, je me réjouis.

« Dégustation de vins du vignoble Le Chercheur d'Or. »

Oh, j'adore les dégustations de vin ! À ce que je vois, même incommodé, Romain demeure actif. Je reste surprise devant la date indiquée. C'est aujourd'hui. En fait, c'est en ce moment même. Il organise des soirées vinicoles avec des bandages partout sur le corps ? Pas très raisonnable, il me semble.

Ah, mais je comprends. Il a dû oublier de l'annuler. Mais pourquoi m'a-t-il lancé une invitation cet après-midi ? Une erreur de sa part, je suppose. Dommage, ç'aurait été chouette…

« Venez découvrir les différents cépages du plus célèbre vignoble des Cantons-de-l'Est. Blanc, rosé, mousseux, vin de glace et notre cuvée Réserve 2012 vous attendent dans le bonheur ! Fromages régionaux en accompagnement. »

La description me fait saliver et je regrette amèrement d'avoir demandé à Romain d'arracher du feuillage l'autre soir. Maudite pudeur, aussi !

Selon l'invitation, l'événement a lieu au « kiosque blanc et vert, dans le parc de la baie de Magog ». C'est à deux pas d'ici ! Et si j'allais voir, juste au cas ?

Anyway, ce n'est pas comme si mon horaire était hyper chargé… À ma grande joie, je repère l'abri blanc et vert sur lequel flotte le drapeau du vignoble de mes amis. Youpi ! En plein ce qu'il me faut !

En m'approchant, je ressens une certaine nervosité. Est-ce que Romain sera mécontent de me voir ? Mais non, nounoune, il t'a invitée !

Dans le kiosque, une jeune femme que je ne connais pas discute avec un couple dans la cinquantaine qui porte des vêtements de plein air et qui déguste un verre de blanc. Romain ne semble pas y être. J'éprouve une légère déception, mais j'aurais bien dû me douter qu'il serait absent.

Bon, ça ne veut pas dire que je ne peux pas en profiter pour autant. Je m'avance, décidée à échanger avec ceux qui y sont.

— Voulez-vous essayer notre cuvée Réserve ?

— Avec plaisir, dis-je même si je la connais très bien.

Celle qui se prénomme Lou, selon l'étiquette qu'elle porte à son tablier, me verse du vin avec un sourire tout à fait charmant. Elle est vraiment très belle. Ses grands yeux bleus sont encadrés par une magnifique chevelure bronde, cette couleur très fashion adoptée par de nombreuses stars, et elle est mince comme un fil. Je me demande quel est son lien avec Christophe et Romain. Une copine ? Une employée ? Une amante ?

— Connaissez-vous nos produits ?

— Oui. En fait, je suis une amie de Christophe et de Romain. J'en ai bu avec eux cette semaine.

— Très bien.

Elle reporte son attention sur le couple en lui offrant un autre verre, celui-ci de vin de glace. Je porte la coupe à mes lèvres et je m'interroge sur ce qu'elle a voulu dire par « Très bien ». C'est bizarre, comme commentaire. Un truc du genre « Ah, chouette ! » ou « Ah, super ! » aurait mieux convenu.

Je suis d'autant plus intriguée que j'ai vu son sourire s'assombrir légèrement quand j'ai mentionné leurs noms.

— D'ailleurs, ils ne sont pas ici ?

Ma question semble l'irriter.

— Tu dois savoir que Christophe est parti sur le lac, non ?

Ouch ! La balade en bateau ne fait pas son affaire. Peut-être qu'elle est fâchée parce qu'il l'a laissée seule avec l'événement. J'avoue que, si c'est le cas, c'est un peu cavalier de sa part.

Quand nos amis vignerons ont proposé une sortie sur le Memphrémagog, il n'a jamais été question de cette dégustation en fin de journée. Comme si elle n'avait pas existé. Étrange.

— Ah oui, c'est vrai, il est parti avec ma copine Zofia.

Ici, je fais exprès de mentionner que Christophe se trouve en tête à tête avec une femme. Question d'en apprendre plus sur la raison de la mauvaise humeur de Lou.

— Je sais, répond-elle sèchement.

Bingo ! Elle en pince pour lui, c'est clair. Reste maintenant à découvrir leur lien exact. Je parierais sur une amante éconduite.

— Tu travailles au vignoble depuis longtemps ?

— Un an environ. Veux-tu goûter aux fromages ? Ils viennent de l'abbaye de Saint-Benoît-du-Lac.

Je choisis un morceau de St-Augustin, que je savoure tranquillement en cherchant une façon de rediriger la conversation sur elle. Je sens qu'elle n'en a pas trop envie, mais je me dois d'investiguer. Ne serait-ce que pour donner l'heure juste à Zofia sur son nouvel amoureux autour duquel flotte une aura de mystère.

— Alors, il est toujours aussi bon, mon vin ?

Je sursaute en entendant cette voix familière derrière moi. Je me retourne et je vois Romain, tout sourire, un sac d'épicerie en jute à la main. Il est vêtu tout de noir : une superbe chemise aux manches longues, ornée de légers motifs blancs et gris à l'encolure, un pantalon classique et des sneakers chics. Totalement différent du soir où je l'ai rencontré.

J'hallucine ou quoi? Il n'est pas censé être sur son lit de mort à souffrir le martyre? Faut croire que non. Les seules traces de sa mésaventure sont les bandages visibles à ses mains. Le reste, il l'a bien caché sous des vêtements dans lesquels il doit crever de chaleur.

— Valéry, c'est mon look qui te rend muette? Tu sais, je n'ai pas toujours l'air de la chienne à Jacques, comme vous dites ici.

— Euh… J'ai pas dit ça.

— Non, mais tu l'as pensé. C'est vrai que, lorsque je bosse sur la terre, je ne fais pas trop attention à ce que je porte. Et ce vin, tu m'en donnes des nouvelles?

La franchise de cet homme me déconcerte. Tout comme son aisance naturelle. En plus, il ne semble même pas fâché contre moi. Si j'étais dans ses culottes, je serais furax.

— Délicieux! Mais toi, comment ça va? C'est pas trop douloureux?

— Je ne te cacherai pas que c'est désagréable, mais j'en ai vu d'autres. Et puis, il faut en prendre son parti, hein? Life goes on.

Je repense à ce que je lui ai dit le soir de notre souper-baignade-moufette: «Organise-toi pour que la sortie en bateau soit annulée. J'ai pas envie d'y aller.»

— Je croyais pas que tu prendrais ma demande au pied de la lettre, lui dis-je d'un air amusé.

— Qu'est-ce que tu veux dire?

Je lui rappelle ma requête et il s'esclaffe.

— Valéry, je suis prêt à faire bien des choses pour satisfaire une femme, mais pas à être couvert de rougeurs et de petites cloques à vouloir m'en arracher la peau.

Malgré son ton léger, je ne peux m'empêcher d'éprouver une fois de plus de la culpabilité. Romain s'en aperçoit et me rassure du regard.

— On oublie ça, maintenant, on passe à autre chose.

Pour appuyer son affirmation, Romain sort des paquets de biscottes de son sac, les déballe et les place dans un panier en osier. Lou, de son côté, s'occupe de deux nouveaux dégustateurs qui semblent apprécier le vin de glace.

— Je suis heureux que tu sois venue, me lance-t-il avec un grand sourire.

Je ressens un léger malaise, je ne veux surtout pas lui faire croire que je suis ici dans un but plus qu'amical. Même s'il a belle apparence dans son kit noir, il demeure un cleptomane. Et même s'il est charmant et qu'il se prend pour un Robin des Bois des temps modernes, cette manie me dérange beaucoup. Vraiment beaucoup.

— En fait, quand j'ai vu ton invitation, j'étais déjà dans le coin.

— C'est vrai que je l'ai envoyée tard, c'était plutôt à la dernière minute.

— Ah bon ? Donc c'était pas prévu ?

— Non, c'est seulement après le lunch, quand j'ai constaté que j'allais mieux, que j'ai décidé d'improviser ce petit truc.

— Oui, mais c'est moi pis Fred qui nous sommes tapé tout le travail : monter le kiosque, apporter le vin et acheter les fromages, nous interrompt Lou après avoir salué ses clients qui sont repartis les mains vides.

— Oui, et je t'en remercie du fond du cœur. Vous êtes des employés extraordinaires.

Romain me fait l'air de celui qui a des croûtes à manger pour se racheter. Je lui souris avec complicité. Pour appuyer ses paroles, il donne un bisou à Lou, qui semble se radoucir.

— Au moins, tu t'es occupé de la paperasse et de la promo.

— Oui, c'est tout ce que je pouvais faire dans mon état. Ça et les relations publiques.

— Christophe aurait quand même pu rentrer plus tôt pour nous aider ! ajoute-t-elle, mécontente.

— Bah, qu'il jouisse de la vie un peu ! On se débrouille bien, non ?

— Comme si ça lui arrivait jamais de prendre congé ! C'est toujours pareil avec lui, il aime mieux faire travailler les autres !

— T'en mets pas un peu, là ?

— À peine. Et tu le sais très bien.

Si je me fie aux dires de Lou, Christophe n'est pas le plus vaillant des entrepreneurs. Je la comprends d'être fâchée ; je déteste les patrons qui ne donnent pas l'exemple.

— Lou, avoue qu'on passe un beau moment. Il fait un temps magnifique, on a eu du monde, on boit du vin… Quoi demander de mieux ?

Visiblement, Romain tente de ramener Lou à de meilleurs sentiments. Je sens qu'elle commence à se laisser gagner.

— OK, Romain, c'est correct. Je suis de bonne humeur, là, dit-elle en affichant maintenant un sourire.

J'écoute la conversation avec beaucoup d'intérêt. Romain me fait penser à moi dans sa gestion du personnel : complimenter, remercier, dédramatiser… Comme gérante, je ne suis pas du genre à mettre des gros sabots. Je suis ferme quand c'est nécessaire, mais mon talent de gestionnaire est plutôt à titre de leader affective. Réaliser que nous sommes sur la même longueur d'onde me donne une idée.

— Eille, Romain, si vous avez besoin d'aide cet été au vignoble, je suis disponible. J'aimerais ça travailler avec vous autres.

— Ah bon ?

Pourquoi a-t-il cet air surpris ? Suis-je si anormale de vouloir me rendre utile et de gagner un peu d'argent ?

— Tu sais, reprend-il, les vendanges, c'est à l'automne.

— Ah, mais je veux rien savoir de faire ça. Moi, me salir les mains… Je parlais plutôt de l'accueil, de la dégustation au comptoir, des visites guidées.

— Je vois… Je vais regarder les horaires et te revenir, merci beaucoup.

— Tu sais que j'ai de l'expérience. Ça fait long-temps que je travaille dans des commerces. J'étais aussi gérante.

— Oui, je sais. T'inquiète.

Son manque d'enthousiasme me refroidit. Même qu'il me blesse un peu.

— C'est une bonne idée, je trouve, commente Lou. Ça me permettrait de prendre une semaine de vacances. Celle que je voulais pour aller rejoindre ma famille à Cape Cod.

Ma proposition fait au moins une heureuse.

— Euh… On en reparle, Lou, d'accord ?

— Comme tu veux.

Sa réaction me laisse perplexe. Je veux en savoir plus.

— Coudonc, Romain, tu me fais pas confiance ?

— Mais non, ce n'est pas ça. Je suis convaincu que tu serais formidable et que tous les clients t'adoreraient.

— Bon, alors c'est quoi, le problème ?

— Ouin, c'est quoi, le problème ? renchérit Lou. Je comprends que tu pouvais pas me donner mes vacances quand t'avais personne pour me remplacer. Mais là, je vois pas pourquoi je me priverais d'un séjour au bord de la mer !

J'admire l'aplomb de cette fille ! Plus j'y pense et plus je suis emballée à l'idée de travailler dans un vignoble. C'est tout à fait moi ! Festif et tout !

— Bon, d'accord, vous avez gagné.

— Yé ! Je commence quand ?

— Écoute, laisse-moi d'abord en parler à Christophe. Pour la forme, tu vois.

Je me rembrunis aussitôt. Vraiment, c'est compliqué de se faire embaucher au Chercheur d'Or. Je ne pose quand même pas ma candidature pour un poste à l'ONU !

— T'as juste à le texter, suggère Lou.

— Oui, fais donc ça, s'il te plaît.

— Houla, vous êtes pressées, vous deux!

— On a hâte d'être fixées, hein, Lou?

— Yep!

Romain cède à notre demande et envoie un message à son partenaire. Quelques secondes plus tard, il reçoit une réponse.

«Excellente idée.»

— Bon, il est d'accord. Vous êtes satisfaites maintenant?

— Mets-en! Mon été sera pas mal moins plate, dis-je.

— Et moi, c'est ma famille qui sera contente, ajoute Lou.

Nous convenons d'un rendez-vous pour une journée d'observation et de formation. Et je remplacerai Lou la semaine suivante.

— Valéry, ça ne te laisse pas beaucoup de temps pour bien connaître nos produits, s'inquiète-t-il.

— Fais-toi-z'en pas. J'apprends vite. Et puis c'est pas comme si j'avais jamais bu vos vins.

Je lui fais un clin d'œil complice, espérant le rassurer. Peut-être que c'est ça qui le chicotait depuis le début? Le fait que je ne connais pas hyper bien leurs récoltes? Ce serait compréhensible.

— Par contre, pour les visites guidées, ce serait préférable que je m'en occupe.

— Comme tu veux, Romain, mais attends de me voir aller avant de prendre ta décision.

Mon audace me surprend. Certes, je sais que je suis qualifiée pour ce boulot, mais de là à me vanter de la sorte… Je pense que j'ai vraiment besoin de travailler. Et ça me permettrait de manger puisque je n'ai toujours pas de nouvelles de l'assurance-emploi.

Le cellulaire de mon ami vigneron émet un bruit. Il baisse les yeux sur son écran et affiche un air amusé.

— Certains font la belle vie, à ce que je vois.

— Qui ça? demande Lou.

— Christophe.

En entendant le nom, Lou arrache le téléphone des mains de Romain. Décidément, ce n'est pas la subtilité qui l'étouffe. Elle jette un coup d'œil à l'appareil, qu'elle dépose ensuite brusquement sur la table de dégustation. Curieuse, je m'étire le cou pour voir.

Christophe a envoyé une photo plutôt révélatrice. L'étendue du lac en arrière-plan, avec la jambe de Zofia qui entrelace la sienne. Oups…

— Tu sais quoi, Romain ? lance Lou tout de go. Moi aussi, j'ai envie de prendre du bon temps. Y a pas juste lui qui a le droit.

Et voilà qu'elle enlève son tablier rayé vert et blanc, le chiffonne et l'enfonce dans son cabas.

— Hé ! Oh ! C'est quoi ? Tu t'en vas ?

— Yes, monsieur ! Organisez-vous avec vos troubles !

Oh my God ! C'est une vraie crise qu'elle nous fait là. Et à voir l'air de Romain, ce n'est pas la première fois que ça survient. Heureusement que les clients se font rares.

— Lou, je t'en prie. On a déjà parlé de tout ça. C'était ton choix de rester.

Ça se précise de plus en plus. C'est clair que Christophe et elle ont eu une histoire. Sincèrement, ça me dépasse. Christophe ne connaît donc pas la maxime « Don't fuck with the payroll » ? Tout le monde le sait, ça n'apporte jamais rien de bon ! Surtout pas entre un patron et son employée.

— Il pourrait être plus délicat. Là, il a gâché ma soirée, observe Lou.

Romain a beau lui expliquer que la photo ne lui était pas destinée, Lou ne fléchit pas pour autant. Elle avale cul sec un demi-verre de vin rouge et quitte le kiosque, toujours aussi furieuse. Sa colère semble cacher une grande peine.

— Désolé de te faire subir ça, Valéry.

— Ç'a duré longtemps, leur petite histoire ?

— C'est ça qui est incroyable, ils ont couché ensemble une seule fois.

— Juste une fois ? Puis elle supporte pas qu'il voie d'autres filles ?

— Elle est tombée amoureuse et, à mon avis, elle s'est fait des films.

— Oui, mais de là à réagir aussi vivement. Surtout devant toi, t'es son patron.

— Je lui pardonne, tu sais. Elle a vraiment une peine d'amour. Mais j'avoue que ça complique un peu les choses. Le mieux, ç'aurait été que je l'aide à trouver un travail dans un autre vignoble, mais elle refuse de partir. Je ne peux quand même pas la mettre dehors.

— Non, c'est sûr !

Romain sort un vin rosé de la glacière et l'ouvre d'un geste précis.

— Tu m'accompagnes ? demande-t-il en me montrant la bouteille.

— Bien sûr ! Tu veux que je reste pour te donner un coup de main ?

— Ce serait chouette, oui, merci.

— Ça me fait plaisir, je vais commencer tout de suite mon apprentissage.

— Génial !

Romain se lance dans la description détaillée de son vin rosé en nous servant, mais je l'écoute d'une oreille plus ou moins attentive. Je repense à Lou.

— Excuse-moi, Romain, mais y a quelque chose qui marche pas dans l'histoire de Lou et Christophe.

— Tu penses ?

— J'en suis certaine.

Notre conversation est interrompue par une jeune femme en vélo électrique, qui souhaite goûter aux produits. Elle nous raconte que, demain, elle reçoit ses amies de fille et qu'elle servira du foie gras.

— Alors le vin de glace est tout indiqué.

En bon vendeur qu'il est, Romain réussit à lui faire acheter trois bouteilles. Aussitôt la cliente repartie, je lui parle de ce qui me tracasse.

— Comment t'as su qu'ils avaient couché ensemble juste une fois ?

— Ben… Euh… C'est Christophe qui me l'a dit.

— Ah oui ? Et je suppose qu'il t'a raconté qu'il n'avait jamais fait de promesses à Lou ?

— En effet.

— Et tu le crois ?

— Comment, si je le crois ? Bien sûr !

Je lui lance un regard légèrement incrédule et amusé. C'est fou comme les gens sont parfois enclins à gober ce qui fait leur affaire. Ici, c'est bien plus facile de donner le rôle de la « pas fine » à Lou. Et de s'imaginer que Christophe n'est que la pauvre victime d'une femme qui s'est amourachée trop vite.

— En tout cas, moi, je suis convaincue que c'est beaucoup plus complexe qu'une simple aventure d'un soir. Si tu veux mon avis, il t'a pas tout dit.

Romain hausse les épaules et je n'insiste pas. Cependant, j'ai l'intuition que Christophe n'est peut-être pas le gars le plus honnête avec les filles. Une mise en garde que je devrai faire à mon amie, en plus de l'informer de ce que Daisy sait à son sujet. D'ailleurs, c'est quoi, au juste, ce « mauvais souvenir » ?

Après avoir servi un volubile adepte du kitesurf, mon compagnon s'évente avec un feuillet explicatif des différents produits du vignoble. Je le comprends, je ne porte qu'une robe à manches courtes en coton et j'ai chaud. Dire que c'est à cause de moi qu'il doit s'habiller comme si c'était l'automne.

— Romain, je suis vraiment désolée pour l'herbe à puce.

— Mais pourquoi ? Ce n'est pas ta faute.

— Un peu quand même. Si j'avais pas perdu mon maillot aussi, t'aurais pas été obligé d'arracher du feuillage.

— Ce qui est fait est fait. D'ici environ une semaine, ça devrait avoir disparu.

— C'est pas trop compliqué de faire les pansements?

— Si. C'est pourquoi je dois aller au CLSC tous les jours.

Tous les jours… C'est time consuming, ça! Et selon ce que je connais de l'emploi du temps de mon ami vigneron, il est assez chargé! Si j'étais généreuse, je lui offrirais de jouer à l'infirmière en allant le visiter quotidiennement, lui évitant ainsi de poireauter dans la salle d'attente du CLSC. Mais la Valéry généreuse que je suis en général est légèrement tourmentée à l'idée d'avoir des moments d'intimité avec Romain… Au fond de moi, je sais que cet homme m'attire, mais je refuse d'aller plus loin avec lui. Trop compliqué! Par contre, comme ami – et futur patron –, il est *top*!

— Alors, boss, on termine à quelle heure?

— À 20 h 30, ça te va?

Je regarde ma montre. Encore une heure et demie avant de me mettre quelque chose sous la dent et, déjà, mon ventre crie. Je pourrais piger dans l'assiette de fromages, mais elle est destinée aux clients et je ne veux surtout pas avoir l'air gourmande. Je vais prendre mon mal en patience… comme toujours.

Exprimer ma faim aux autres n'a jamais été naturel pour moi. À l'adolescence, j'ai même cessé de prononcer ce mot. Je me souviens précisément du moment où j'ai pris cette décision. J'avais treize ans et je faisais du shopping avec mes amies de la poly au Carrefour de l'Estrie un samedi pour nos tenues de Noël.

Vers midi, en passant devant la foire alimentaire, j'avais lancé: «J'ai super faim. Me semble que ce serait bon, une poutine. On arrête-tu?» Ce à quoi une des filles de la gang avait répondu: «On sait ben, toé, Val, t'as toujours faim. Tu peux pas attendre qu'on ait fini notre magasinage comme on s'était dit?» Et une autre d'ajouter: «Une poutine, en plus…»

Depuis, je n'ose plus parler de mon appétit ni mentionner que j'ai envie de manger de la junk. Ces remarques ont laissé des traces qu'il me faudra bien effacer un jour. Mais je ne crois pas que ce sera aujourd'hui et j'acquiesce donc à la demande de Romain.

— À 8 h 30, ça me va parfaitement.

— On ira souper après, si tu veux, Valéry.

— Peut-être, on verra.

— En attendant, on ne va pas mourir de faim.

Romain sort un saucisson de son sac de jute… comme s'il avait deviné mes pensées, ce qui est tout de même troublant. Puis fuck! Pourquoi gâcher mon plaisir? J'adore les charcuteries et, avec un verre de rosé, ça va être trop bon!

À l'aide de son couteau suisse, il découpe le Si Pousse à la bière noire qui semble sec comme j'aime. Il pique ensuite une rondelle avec son canif et me l'offre gentiment. Je la saisis et je me l'enfile un peu trop rapidement.

— T'en veux un autre morceau?

— Non, non, quand même.

— Allez, insiste-t-il.

— Bon, d'accord, mais après c'est tout.

Romain lève les yeux au ciel comme si je venais de dire une énormité. Je ne réagis pas. Je porte plutôt ma coupe à mes lèvres. Romain interrompt mon geste en proposant un toast.

— À cette belle soirée, passée en très agréable compagnie.

Son sourire enjôleur me déstabilise. Au moment où je cogne mon verre de vin contre le sien, je ne sais plus trop si j'ai eu une bonne idée d'accepter de jouer les vignerons avec lui et, surtout, de devenir son employée. Je pense que ce n'est pas le seul rôle qu'il a en tête pour moi.

11

Mon papa Nutella

J e me suis défilée. Pas de la job, mais du souper. Quand l'employé de Romain s'est pointé pour démonter le kiosque comme prévu à 20 h 30, j'ai prétexté un mal de tête.

Inquiet, mon compagnon s'est demandé si c'était son vin qui était la source de mon malaise. Je lui ai dit que non, que c'était probablement le soleil que j'avais pris dans la journée.

Il a ensuite avancé qu'un bon repas ferait peut-être passer ma migraine, mais j'ai tenu mon bout et je me suis enfuie après l'avoir rapidement embrassé sur les joues.

Et là, assise toute seule dans le salon du petit shack, devant ma poutine inachevée, je m'en veux à mort. De quoi ai-je eu peur au juste ? Qu'il me saute dessus avec tous ses bandages sur le corps ? Hello la Terre !

Il y a des moments où je ne me comprends pas moi-même. Romain est gentil, charmeur et visiblement intéressé par moi. Qu'est-ce qui me retient ? À cet instant précis, je souhaiterais que quelqu'un d'autre réponde à ma place. Mais qui ?

Qui puis-je déranger un vendredi soir à 21 h 45 ? Quel ami me connaît assez bien pour m'expliquer les dérapages de mon propre cœur ?

Je m'aperçois avec tristesse que je ne suis pas aussi bien entourée que je l'imaginais. Il y a Zofia, certes, mais elle est occupée à naviguer ou à faire je ne sais quoi avec Christophe. De toute manière, j'ai l'impression qu'elle ne me comprend pas toujours bien. Et qu'elle me juge, ce dont je n'ai surtout pas besoin ce soir. Ni jamais d'ailleurs.

Il y a aussi Daisy, mais je ne suis pas assez intime avec elle pour lui confier mes angoisses personnelles. Mes autres copains de Montréal, peut-être ? En fait, il serait plus juste de parler de simples connaissances. Quelqu'un qui ne m'a jamais vue sous un jour vulnérable ne peut pas être qualifié d'ami.

Reste la bouteille d'amaretto. Ce n'est certainement pas elle qui me donnera une réponse, mais, au moins, elle me fera oublier mon comportement imbécile. Ou lâche, selon le point de vue.

Je me verse une grosse larme de digestif dans un petit contenant qui me rappelle mon enfance. Ma mère a tellement acheté de moutarde qu'elle a sa collection de verres à motifs de jeux de cartes !

En prenant ma première gorgée, une idée me vient en tête. Comment n'y ai-je pas pensé avant ? C'est d'une évidence même ! C'est à papa que je dois parler. Il est la personne parfaite pour éclairer ma lanterne.

Un nouveau coup d'œil à mon iPhone me confirme que c'est le moment parfait pour l'appeler. Il doit être de retour du cinéma, où il se rend presque tous les vendredis soir avec son conjoint. Mon père est un homme d'habitudes.

— Valéry, me répond-il chaleureusement.

— Allô, papa, ton film était bon ?

— Pas trop, non. Moi, tu sais, les blockbusters américains…

— Ouin… On est loin du cinéma de répertoire.

— En effet, mais Jean-Charles est content. C'est lui qui voulait le voir. Toi, ça va bien ? T'as pas quitté Magog ?

Non, toujours à Magog avec le sentiment de ne pas vraiment savoir ce que je fais ici. Mais ce n'est pas mon propos de ce soir, donc je garderai pour moi cette deuxième angoisse. Parlons-lui de la première.

— Bof, ça va, mais je pense que je me complique encore la vie avec un gars.

— Ah bon ? Je le connais ?

Papa est au courant d'à peu près toutes mes aventures amoureuses. Même de celles qui sont restées dans ma tête. La première fois que je me suis confiée à lui, c'était plutôt weird… Après tout, un père ne devrait pas savoir des choses si intimes sur sa fille.

Mais avec Michel, c'est différent. Je n'éprouve pas cette gêne qui caractérise souvent les relations père-fille. Bon, d'accord, je ne lui donne quand même pas de détails sur ma sexualité, mais c'est la seule facette de ma vie affective qu'il ignore.

Est-ce que c'est parce qu'il est gai ? Ou tout simplement parce qu'il est altruiste ? Quoi qu'il en soit, mes conversations avec lui me font le plus grand bien.

Je lui raconte donc ma semaine, notre souper à quatre, l'histoire de la moufette qui le fait bien rire, la naissance d'une relation entre Christophe et Zofia. Et, finalement, je lui parle de mes sentiments mitigés envers Romain, en lui dévoilant aussi son côté cleptomane.

— C'est ça qui t'arrête ?

— Ben, entre autres. C'est assez grave, tu ne trouves pas ?

Papa garde un moment le silence. Derrière lui, je reconnais une œuvre de Bach, un compositeur qu'il écoute depuis toujours.

— Honnêtement, ça m'inquiète. Tu sais que c'est un problème de santé mentale et que, s'il ne se soigne pas, ça ne peut qu'empirer.

Une tonne de pression vient de m'être enlevée des épaules. Elle est là, la réponse : claire, nette et précise. Je ne peux pas fréquenter Romain, c'est un voleur. Même si son côté attentionné envers les autres me plaît beaucoup, tout comme son humour, ça n'excuse pas son comportement. Je ne dois pas l'oublier.

— T'as raison, papa.

— Je ne dis pas que je détiens la vérité absolue, mais je pense que la cleptomanie peut être très difficile à gérer. Est-ce qu'il admet qu'il a un problème ?

— Pas vraiment. De toute façon, je suis pas certaine qu'il me plaît tant que ça.

— Ça, c'est toi qui le sais. Mais parle-moi donc de Christophe. Quel genre d'homme il est devenu ? Je me souviens qu'il était pas mal tannant quand il était petit, non ?

— Tellement turbulent, mais il s'est pas mal assagi. Il est très gentil et il a plutôt bien réussi en affaires.

— Tant mieux. Et il a l'air de quoi ?

— Ah, ben… euh… il est normal, là.

— Normaaaal ?

— Ben, tu sais ce que je veux dire : grandeur normale, poids normal, visage normal.

— Toute une description, ça, se moque papa.

— Je vois pas ce que je pourrais ajouter.

— Peut-être qu'il est hot ?

Je ne peux m'empêcher de sourire devant l'utilisation du mot « hot ». Je comprends que papa tienne à se garder jeune, mais ça l'incite parfois à adopter un langage qui sonne faux dans sa bouche. Comme présentement. Mais ce n'est pas ça qui me trouble le plus. C'est encore une fois sa perspicacité légendaire. Comment se fait-il qu'il sache que je trouve Christophe hot ? Et pourquoi ça me dérange de le lui avouer ?

— Euh… Oui, oui… Il est assez bel homme, je dirais.

— D'accord. Et avec Zofia, ça semble sérieux ?

— Je sais pas trop. Je pense qu'elle est déjà accro. En tout cas, il lui plaît assez pour qu'elle se déclare malade à l'hôpital.

— C'est du Zofia tout craché, ça. Elle s'emballe toujours un peu vite, non ?

— Oui, en effet.

En donnant ma réponse à papa, je me rends compte qu'elle pourrait s'appliquer à bien des femmes, moi comprise. S'enthousiasmer rapidement, on dirait que ça fait partie de notre ADN. Certaines réussissent à le cacher mieux que d'autres, mais ce n'est ni mon cas ni celui de Zofia.

C'est pourquoi je pense aussi que Romain n'est pas vraiment celui qu'il me faut, sinon je serais plus « emballée »… Du genre à faire des projets dans ma tête, comme déménager dans une grande maison de campagne, située à mi-chemin entre Dunham et Montréal, devenir partenaire du vignoble, avoir un enfant avec lui dans trois ou quatre ans… Bref, ce ne seraient pas les rêves qui manqueraient. Alors que, là, c'est le néant.

— Et toi, en quoi ça te dérange, cette relation-là ?

C'est quoi, cette foutue question ? Je pique ma fourchette de plastique dans ma poutine. Beurk ! Elle est froide et toute ramollie. Je repousse l'assiette et je prends plutôt une gorgée d'amaretto. Ah… Voilà du vrai réconfort !

— Papa, arrête de supposer que ça me dérange. C'est n'importe quoi !

— Si tu le dis, Valéry.

Je ne suis pas dupe de son ton. Je sais qu'il ne me croit pas.

— Bon, OK, peut-être, et je dis bien « peut-être », que ça m'énerve un peu.

— Pourquoi ? me demande-t-il doucement.

— C'est niaiseux. Ça vaut pas la peine d'en parler.

Je ne peux tout de même pas avouer à mon père que, en plus de trouver Christophe incroyablement sexy, je rêve de me pavaner au bras d'un gars comme lui afin de susciter l'envie de toutes les filles de la terre.

J'ai honte d'avoir de telles pensées et j'estime que c'est terriblement macho. Comme si un gars de cinquante ans parlait d'exposer sa pitoune qui a la moitié de son âge. Pathétique, mon affaire…

— Essaie toujours, Valéry.

— Non, non, oublie ça. De toute façon, je suis pas certaine que Christophe soit un si bon gars que ça.

— Ah non?

— Non, j'ai le feeling qu'il pourrait jouer sur deux tableaux.

— Vraiment?

— Ouin, pis faudrait que j'en parle à Zofia, mais je sais pas trop comment.

— Le plus simplement possible, je pense.

— T'as raison. Comme toujours.

— Écoute, mon trésor, c'est pas que je m'ennuie, mais Jean-Charles m'attend pour manger notre dessert.

— Ah oui! Votre petite gâterie d'après-cinéma. C'est quoi, ce soir?

— Panna cotta au Nutella.

— Au Nutella? T'aimes encore ça?

À la maison, quand j'étais enfant, les pots de tartinade aux noisettes qu'achetait mon père disparaissaient mystérieusement quelques jours après leur ouverture. Enfin, pas si mystérieusement que ça, papa savait très bien qui était la coupable… Mais au lieu d'affronter ma mère, il se procurait un autre pot, qu'il cachait parfois dans son bureau. Les rôties au Nutella qu'on a mangées tous les deux en guise de souper les soirs où maman travaillait au théâtre sont parmi mes plus beaux souvenirs d'enfance.

— Oui, et maintenant, y a plus personne qui m'empêche d'en manger comme je veux.

— Parfait, ça !

Je m'empresse de mettre un terme à la conversation, craignant que l'évocation de maman lui donne envie de me demander si je l'ai rencontrée. Je préfère garder l'incident du resto pour moi le plus longtemps possible.

Après mon appel, je me sens à la fois libérée… et triste. Je suis soulagée d'avoir décidé de ne pas aller plus loin avec Romain, mais ça me chagrine tout de même. Je suis encore et toujours seule. J'ignore si mon célibat va se terminer un jour. Décourageant…

Non, Valéry, non ! Défense de t'apitoyer sur ton sort ! IN-TER-DIT ! Comme je sais que c'est plus facile à dire qu'à faire, je me change les idées en naviguant sur Internet.

Après avoir fait le tour des médias sociaux qui sont d'une platitude incroyable ce soir, je rejoins quelques sites viticoles afin de parfaire mes connaissances sur le vin. Plus j'y pense et plus la possibilité de travailler dans ce domaine m'enchante. Je sens que je pourrais y être très créative. Mais pour ça, j'ai besoin d'être top sur le plan du contenu et de maîtriser le sujet. Comme tout dans ma carrière.

Je n'ai jamais été une simple « vendeuse de linge ». Non. J'ai toujours été capable d'expliquer comment le vêtement était confectionné, avec quels tissus, quels accessoires, quels boutons. J'aimais pouvoir expliquer pourquoi telle couture existait, pourquoi telle pièce se lavait à la main, pourquoi on devait éviter le fer à repasser avec telle autre.

Je ferai la même chose avec les vins. Bon, d'accord, la tâche est immense et je ne pourrai pas tout apprendre d'ici la semaine prochaine. Je mangerai l'éléphant une bouchée à la fois. Et mes amuse-gueules seront les vins québécois et canadiens.

J'explore les sites de certains vignobles quand je tombe sur une maison de la vallée de l'Okanagan, en

Colombie-Britannique. Non, ce n'est pas vrai! Une maison des vins coquine! Un sexy saloon avec des soutiens-gorge rouge et noir, des culottes en dentelle, des corsets qui pendent sur une corde à linge, des employées déguisées en tenancières de bordel et des accessoires fantaisistes pour le vin... Le Dirty Laundry Vineyard semble un endroit vraiment particulier et je rêve déjà d'acheter le concept pour en ouvrir un ici. Venez visiter le Vignoble de la Lessive sale... Euh... Peut-être qu'une traduction littérale du concept n'est pas une bonne idée, mais je suis convaincue qu'on pourrait s'en inspirer pour en trouver une tout aussi intéressante.

C'est bien beau, tout ça, mais, pour se lancer en affaires, il faut des sous. Et c'est ce qui me manque cruellement. Dur retour à la réalité... Mais pourquoi voir grand tout de suite? Pourquoi ne pas simplement m'inspirer de ce vignoble pour créer un événement spécial à mon nouveau travail? Je laisserais tomber tout le côté Far West du Dirty Laundry. De toute façon, ça convient mieux à l'Ouest canadien qu'à Dunham. En fait, moi, c'est une journée girly que j'organiserais. Et ça, c'est plus réaliste. En espérant que mes patrons acceptent de me faire confiance et de me laisser de la liberté. Beaucoup de liberté.

12

Satisfaction malsaine

— Avoue que ce serait tout un succès !

— Je sais pas trop, Valéry. C'est pas l'image qu'on veut donner de notre vignoble. C'est pas très viril, ton idée.

Venant de Christophe, cette affirmation ne m'étonne pas du tout. Surtout depuis que je connais son problème avec l'autorité féminine. C'est ce que m'a dévoilé Daisy l'autre soir quand nous nous sommes finalement parlé.

Alors que j'étais persuadée qu'elle me ferait des révélations sur la vie personnelle de Christophe, c'est plutôt de sa vie professionnelle qu'elle voulait m'entretenir. Dans le milieu des jeux vidéo, Christophe Francœur est reconnu comme quelqu'un qui supportait mal qu'une femme réussisse mieux que lui et, surtout, qu'elle obtienne un contrat qu'il convoitait. Mon amie a goûté à sa médecine à quelques reprises ; du mépris rempli de subtilité, mais du mépris quand même.

J'avoue que je n'en suis pas revenue. Comment un homme peut-il agir ainsi de nos jours ? On n'est plus dans les années 1950 ! Mais elle m'a confirmé que c'était bien le cas.

Maintenant qu'il est assis devant moi, dans son bureau du vignoble où je viens de terminer ma journée de formation, je me dis que, oui, c'est envisageable.

— Écoute, Christophe, je suis certaine que ça pognerait au boutte. Un samedi girly avec plein d'activités pour les filles.

— Du genre ?

— Manucure, maquillage, massage, styliste sur place, kiosque de bijoux, de livres de chicks, d'objets de déco. Tout est possible.

— C'est pas un peu bizarre d'organiser ça dans un vignoble ?

— Ben non, justement, c'est différent et ça t'amènerait une autre clientèle.

— Je suis pas convaincu.

— Moi oui, voyons ! Pis on ferait venir un traiteur pour un lunch santé. Et on vendrait du vin, beaucoup de vin.

— Mais va falloir payer tout ce monde-là.

— Le traiteur, oui, mais on demande quinze dollars aux filles pour leur dîner. Le reste, c'est gratuit. Les entrepreneures qui viennent ici le font pour la visibilité.

— Elles vendent pas leurs trucs ?

— Peut-être, mais l'idée, c'est de proposer des services gratuits aux visiteuses.

— Ça marche pas pour celle qui vient avec ses bijoux.

— T'as raison. Dans son cas, il faudra qu'elle offre un rabais sur ses produits. Comme pour la déco, ou les savons artisanaux, ou whatever.

— J'ai peur que ça ressemble à un cirque.

Je fixe Christophe pour tenter de lui faire comprendre que son manque d'ouverture me déplaît.

À croire qu'il fait de l'obstruction pour le plaisir de me contredire, pour ne pas admettre que j'ai une bonne idée. Mon insistance ne semble pas le perturber, il reste de marbre. Mais je ne me décourage pas pour autant, j'essaie de trouver de meilleurs arguments.

— Écoute, Christophe, je suis certaine qu'avec une publicité efficace sur les médias sociaux ce sera un succès. Et on va inviter des hommes aussi. Crois-moi, tu vas en avoir, du monde.

— Peut-être, mais c'est de l'organisation en chien.

— Je m'en occupe. Je te promets que t'auras rien à faire.

— Valéry, tu sais bien que ça fonctionne pas comme ça. C'est ma business, faut que j'y voie.

— Oui. Et c'est celle de Romain aussi.

Je n'ai pas pu m'empêcher de le lui rappeler un peu sèchement. Son petit air supérieur est énervant, à la fin !

— Romain est plus du côté de la production du vin. Moi, je m'occupe de la gestion.

— Ouin, mais on peut quand même lui demander son avis, non ?

Christophe ne répond pas tout de suite, mais il finit par acquiescer d'un signe de tête. Oh, que ça manque de naturel, ça !

— Tu vas lui en parler ?

— Oui, oui.

— Est-ce qu'il va passer aujourd'hui ?

Je suis un peu surprise de constater que Romain ne s'est pas pointé au vignoble de toute la journée. Je pensais bien que c'est lui qui allait me former, mais non. Je dois dire cependant que, avec Lou, ç'a été comme un charme.

— À cette heure-ci, ça m'étonnerait, dit-il en regardant sa montre.

Je m'aperçois qu'il est près de 18 heures. Le temps a filé à une vitesse folle.

— Ah… Il était où, toute la journée ?

— T'es donc bien curieuse, toi! me lance-t-il en prenant un air que je n'arrive pas à saisir.

Est-il amusé ou agacé?

— Ben, c'est juste pour savoir.

— Il est allé faire des courses à Montréal.

— Ah bon. Pour le vignoble?

En m'imaginant Romain dans un magasin, je repense à l'épisode du vol. Ce serait un bon moment pour en aviser Christophe, mais je ne suis plus certaine de vouloir le faire. Son attitude négative envers mon projet ne m'incite pas à lui rendre service.

— Nope! Des trucs perso. Il avait des rendez-vous aussi.

— OK.

Malgré moi, j'ai envie d'en savoir plus sur les occupations de Romain, mais je préfère ne pas le montrer à son partenaire. Et puis, en quoi ça me regarde, ce qu'il fait à Montréal et qui il rencontre? En rien! Par contre, là où je peux me permettre de poser des questions, c'est sur sa santé.

— Est-ce qu'il a encore des marques à cause de l'herbe à puce?

— Il m'a quand même pas montré son body, mais il m'a dit que ça s'en allait tranquillement.

— Est-ce que tu sais si c'est toujours douloureux?

— Euh… non, je lui ai pas demandé.

Un peu nul comme ami, ce Christophe. À croire qu'il se fout complètement de savoir si Romain souffre ou pas. Il est temps de partir avant que je prenne en grippe mon nouveau patron.

— Je vais y aller, moi, dis-je en me levant. Tu me reviens quand sur mon idée?

— Tu y tiens tant que ça? me demande-t-il d'un ton plus compréhensif.

— Oui, ça me branche vraiment. En plus, je suis convaincue que ça ferait connaître le vignoble à une tout autre clientèle.

Christophe se lève à son tour, ouvre la porte d'un petit frigo pour y saisir une bouteille de rosé. De l'autre main, il attrape deux verres à dégustation et se dirige vers la sortie de son bureau.

— On va boire l'apéro dehors?

— Euh… Je sais pas trop.

— Pourquoi? T'as mieux à faire?

Non, je n'ai absolument rien au programme, mais son invitation me laisse perplexe. Il y a quelque chose dans son ton qui m'indispose. Autant il peut être tranchant et sec dans le cadre professionnel, autant il est charmeur dans les rencontres privées… Comme s'il souhaitait obtenir un je-ne-sais-quoi.

Je n'aime pas non plus sa façon de sous-entendre que je n'ai pas de vie. «T'as mieux à faire?» Comme s'il croyait que je suis à sa disposition. Cet homme-là n'est pas clean, j'en suis persuadée, et ça m'inquiète pour mon amie. Je décide d'accepter en me disant que l'occasion est belle pour en apprendre plus sur lui.

— OK, un verre.

Il sourit et me précède dans le couloir. Dans la salle de dégustation, Lou est occupée à servir un groupe de touristes anglophones qui parle fort. Au moment où nous passons devant elle, Lou foudroie Christophe du regard, mais il ne semble pas s'en formaliser. Moi, je serais incapable de vivre un tel conflit au boulot.

Une fois à l'extérieur, Christophe choisit une table de pique-nique légèrement en retrait. D'ici, la vue sur les vignes est magnifique. Nous prenons place côte à côte pour en profiter.

— En tout cas, Christophe, je sais pas comment tu fais pour travailler dans un climat comme ça.

— Qu'est-ce que tu veux dire?

— Ben… Lou!

— Ah… Ce sont des choses qui arrivent quand tu gères du personnel.

— Franchement! Comme si ça tombait du ciel! Ça *arrive* pas quand tu couches pas avec tes employés.

OMG ! C'est sorti tout seul ! Pendant un court instant, je m'en veux de lui avoir balancé ça en plein visage. Mais après tout, c'est la vérité !

Mon compagnon garde le silence pendant qu'il verse le vin. J'ignore si je l'ai blessé, fâché ou insulté. Et puis tant pis s'il ne le prend pas. J'ai bien le droit de critiquer le petit garçon dont je m'occupais à l'adolescence. Ça me confère une certaine autorité sur lui.

— Parce que, toi, il s'est jamais rien passé avec quelqu'un au boulot ? me demande-t-il.

— Non.

— C'est rare, ça.

— Remarque que...

Mon ton espiègle n'échappe pas à Christophe, qui semble intrigué.

— Que quoi ?

— C'est que je travaillais plutôt avec des filles, dis-je en rigolant.

— T'as aucun mérite, d'abord !

— Sérieusement, Christophe, c'est pas pour rien qu'on dit : « Don't fuck with the payroll. » C'est juste du trouble. La preuve... Lou.

— Ouin, mais, honnêtement, elle exagère.

Je suis surprise de constater que, depuis que nous sommes sortis, Christophe semble avoir quitté son rôle d'emmerdeur. Notre discussion ressemble à celle de deux vieux amis. Je n'aurais pas pu imaginer un pareil revirement il y a cinq minutes.

— Je pense pas que ce soit une question d'exagération. Elle a de la peine, c'est tout.

— Je comprends pas trop pourquoi.

— Voyons, Christophe ! Elle est amoureuse, c'est clair.

— Ouin, mais tu tombes pas en amour aussi facilement.

— Facilemeeeeeeeent ?

— Ben, on a pas été vraiment ensemble. On a eu une aventure, c'est tout.

— Un soir ?

— Ben oui, juste une fois. Une gaffe, là. Je t'assure, Val.

— Humm…

— Quoi, humm ?

— Je sais pas. T'es certain qu'il s'est pas passé autre chose ? Que tu lui as rien promis ?

— Pantoute !

Sa réponse précipitée et la façon dont il fuit mon regard me font croire qu'il ne me dit pas tout. Pffff… S'il pense que je vais m'en tenir à ça. J'ai l'intention de m'informer à la source. Je suis certaine que Lou, avec qui je commence à développer une belle amitié, me dira la vérité.

— Eille, salut, Yann !

Je me tourne pour voir la personne que vient de saluer Christophe. Vêtu d'un t-shirt au logo caractéristique du Vert & Or de l'Université de Sherbrooke, le club omnisports par excellence de l'Estrie, un homme se dirige vers notre table. Plus il s'approche, plus je ressens un malaise. Ce Yann, je le connais bien. Trop bien, même.

C'est Yannick Santerre, alias mon ex, alias le gars qui m'a laissée tomber comme une vieille chaussette après quatre ans de fréquentations, alias un salaud. Soudainement, il s'arrête à quelques mètres de nous. Il vient de me reconnaître, et je crois que lui non plus n'apprécie pas ces « retrouvailles ». Mais probablement pour d'autres raisons, comme celle d'avoir honte de ce qu'il a fait. Enfin, j'espère…

— Salut, Christophe, comment ça va ?

— Bien, toi ?

— En pleine forme, répond-il, en lui serrant la main.

— Long time…

— Ouais, j'étais pas mal occupé ces temps-ci. J'ai donc fait comme bien du monde, je suis allé à la SAQ.

— Je t'en tiendrai pas rigueur. Yann, je te présente…

— C'est pas nécessaire, on se connaît, dis-je sèchement.

— En effet. Tu vas bien, Valéry?

— Très bien!

— Je savais pas que vous vous étiez déjà rencontrés, s'étonne mon ami patron.

Ni moi ni Yannick ne répondons. Ça crée un malaise que Christophe tente de rattraper.

— Yann est un de mes bons clients. C'est un fidèle et on l'invite à tous nos événements.

Sauf à ma journée de filles que je vais organiser. Ça, c'est certain!

— Tes vins me plaisent, Christophe. Ils se bonifient d'année en année et ils gagnent en précision. Et j'aime bien encourager des gens de la région.

C'est une chouette initiative, mais ce n'est pas moi qui vais le lui dire. Je me contente de hocher la tête pendant qu'ils poursuivent leur discussion sur le dernier millésime. J'en profite pour observer mon ancien amoureux discrètement. Je dois avouer qu'il a toujours belle allure, même s'il a pris un peu de poids depuis que nous nous sommes laissés, il y a maintenant cinq ans. Déjà...

Je me souviens précisément du soir où il m'a annoncé qu'il souhaitait rompre. J'ai d'abord cru que c'était à cause de la distance et j'ai voulu le convaincre de quitter Sherbrooke pour venir me rejoindre à Montréal. Mais ce n'était pas ça, la vraie raison. Celle-là, je crois que j'aurais préféré ne pas la connaître. Je n'aurais pas dû autant insister. J'ai tellement souffert de sa réponse, mais je tenais tant à savoir pourquoi il ne voulait plus de moi...

— Et toi, Valéry, qu'est-ce que tu fais dans le coin? me demande Yannick.

J'aurais envie de lui répondre que je suis ici... pour engraisser. Parce que c'était ça, LA RAISON qu'il a finalement évoquée quand il m'a laissée: « Je trouve que t'as pas mal engraissé. » Net, frette, sec. Comme ça. Juste à y repenser, la colère me gagne.

C'est vrai que prendre une dizaine de kilos quand tu mesures un mètre soixante, ça paraît beaucoup. Il avait raison sur la forme, mais qui mérite de se faire lancer ça en pleine face? Par son amoureux de surcroît!

Ces paroles m'ont longtemps hantée et c'est là que j'ai commencé à enfiler les régimes les uns après les autres: Atkins, Fletcher, hyperprotéiné, chrononutrition, sans oublier la fameuse diète de la soupe aux choux… De quoi vous écœurer de manger de la soupe pour le reste de vos jours.

J'ai joué au yoyo avec mon poids pendant quelques années, puis j'ai abandonné les régimes… sauf un. Chaque printemps, je fais deux mois du programme Weight Watchers. Est-ce que ça donne des résultats? Oui. Est-ce que ça dure? Humm… Pas aussi longtemps que je le souhaiterais. Inévitablement, je finis par ranger mes vêtements de plus petite taille, mais je rêve encore du jour où je les porterai de manière définitive.

— En fait, je travaille ici, dis-je pleine d'assurance.

Ce n'est pas vrai que je vais me laisser intimider par sa présence et retomber dans mon vieux pattern de dévalorisation.

— Ah, cool.

Son langage corporel indique tout le contraire. Il semble plutôt embarrassé par notre rencontre fortuite, comme en témoigne la façon dont il se balance d'un pied sur l'autre. Son regard fuyant le trahit également. Pourquoi jette-t-il constamment un œil derrière lui? Étrange…

— Et toi? Tu travailles encore à l'université?

— Oui, oui…

— Toujours au service des sports?

À l'époque, Yannick était coordonnateur des activités de football. Il était aussi un peu plus athlète… donc plus en forme. Ce que j'aurais le goût de lui lancer par la tête. Mais il me faudrait un peu plus de courage. Je me sers donc un deuxième verre, en faisant la même chose pour Christophe, sans me soucier du nouveau venu.

— Euh… Non. Je suis maintenant aux ressources humaines.

Aux ressources humaines? Un secteur qui exige du doigté, de l'empathie et de la psychologie? J'ignore qui a embauché Yannick Santerre, mais je crois qu'il s'est royalement trompé.

— Ah bon, dis-je, laissant planer mon étonnement.

— As-tu le temps de prendre l'apéro? s'informe Christophe.

Mauvaise idée! S'il accepte, je sacre mon camp. Je ne peux pas croire qu'il sera assez imbécile pour rester. Mon attitude envers lui est plutôt claire.

— Une autre fois, peut-être? Là, je suis un peu pressé.

Bon débarras! En enfilant une grande gorgée de rosé et en reportant mon attention sur les vignes devant moi, je me rends compte que je réagis très vivement. Je n'aime pas l'idée que Yannick ait encore le pouvoir de me faire sortir de mes gonds tant d'années plus tard. Pourquoi est-ce que ça vient autant me chercher? C'est la preuve qu'il me reste bien des choses à régler dans ma tête. Vais-je y parvenir un jour? I hope so…

— Yannick! I was looking for you. We have to go.

Je me tourne pour voir si je connais la femme qui interpelle mon ex. Elle se dirige vers nous d'un pas décidé. Est-ce sa conjointe? Je ne peux pas croire que je vois ce que je vois…

— Coming, répond-il.

— We're already late for the dinner at your parent's, hon.

Ben ça parle au diable! C'est elle, son amoureuse? Une Anglo plus grosse que moi! C'est à n'y rien comprendre. Je dévisage longuement Yannick pendant que sa «hon» nous rejoint et qu'il nous la présente.

Shannon est une femme dans la jeune trentaine avec de magnifiques cheveux châtains bouclés qui lui tombent sur les épaules et de grands yeux marron. Elle est super jolie… mais elle doit porter au moins six tailles de plus que moi. WTF!!!

Je lance un regard moqueur à Yannick qui semble très bien en comprendre le sens. Voilà pourquoi il surveillait toujours ses arrières! Il espérait que je ne rencontre pas sa Shannon. Bien fait pour lui!

Mon incrédulité laisse place à un doux plaisir coupable : la vengeance. Même si je n'ai rien contre cette femme avec sa taille « plus-plus-plus », elle vient de me rendre justice. Et ça me fait un bien immense.

Une fois qu'ils se sont éloignés après quelques échanges polis, je ne peux m'empêcher de rire.

— Quoi? Qu'est-ce qu'il y a de drôle?

— Oublie ça, Christophe.

— Envoye donc!

Je ne sais pas trop si j'ai envie de parler de poids et d'apparence avec lui, mais je sens le besoin de partager ce que je considère comme une petite victoire. Je raconte à Christophe mon histoire avec Yannick et, surtout, comment elle s'est terminée.

— Il t'a vraiment dit ça?

— Textuellement… Non, attends… C'est pas engraisser qu'il a dit. Je pense qu'il a utilisé le verbe grossir, comme dans : « T'as pas mal grossi. »

— Full classe, ça.

— De la grosse crisse de clââââsse, dis-je en rigolant.

— Mais… c'est ça qui te fait rire?

— Ben non!

— Quoi alors?

— Ben! T'as vu sa femme?

— Ouin, j'avoue…

— Mettons qu'elle est… bien en chair!

— Ça, oui, mais elle a vraiment un beau visage.

J'ai tellement entendu souvent ce compliment : « T'as un beau visage, de beaux yeux, de belles dents,

un beau sourire, une belle fossette, de belles oreilles. »
Bon, j'exagère un peu, mais c'est fou tout ce que les
gens peuvent inventer pour éviter de parler de mon
corps. Et ça m'irrite profondément.

— Comme toutes les filles rondes, hein,
Christophe?

— Euh… J'ai pas dit ça. Je comprends pas trop ce
que tu insinues.

Son ton légèrement ébranlé me fait descendre de
mes grands chevaux. Sa remarque était sans malice et
il ne pouvait pas deviner qu'elle m'horripilerait autant.

— Excuse-moi. Je suis un peu fatiguée. Je vais y
aller.

— Déjà? On a même pas fini la bouteille!

— Je conduis de toute façon, j'en prendrai pas plus.

Christophe semble déçu et je me demande bien
pourquoi. Peut-être qu'il s'ennuie et qu'il souhaite
avoir de la compagnie? Mais ce n'est pas mon problème. Il n'a qu'à appeler sa blonde, en l'occurrence
ma meilleure amie.

— Et si on se faisait un p'tit souper au chalet?
propose-t-il.

— Hein? Au shack?

— Ben oui, comme ça, tu serais déjà rendue. Et
moi, je peux coucher chez mon père.

— Juste toi et moi?

— Hein? Tu veux dormir chez mon père aussi?

— Niaiseux. Non, je parlais du souper. On pourrait
inviter d'autre monde.

— Ah… À qui tu penses? Zofia travaille ce soir.

— Et Romain?

— On peut l'appeler si tu veux.

— OK, bonne idée!

Voyons, Valéry, qu'est-ce qui te prend? C'est tout,
sauf une bonne idée. Revoir Romain ailleurs qu'au
boulot n'est pas la chose à faire. Et s'il ne vient pas,
passer un moment en tête à tête avec le chum de ma
copine ne peut que m'attirer des ennuis. BRA-VO!

Pendant que Christophe m'informe qu'il s'occupe du vin et des filets mignons, je cherche un prétexte pour me défiler. Je pourrais lui dire que j'ai oublié un rendez-vous avec ma mère. Je pourrais inventer un coach qui m'attend pour aller courir au mont Orford. Je pourrais faire semblant d'avoir un soudain mal de ventre. Oui, je pourrais…

13

Voyeurisme

— J'en reviens pas que la Michaud t'ait dit ça! Assise devant un feu de camp, après un souper gargantuesque, je viens de raconter à Christophe ce que mon amie Daisy m'a confié à son sujet. Il en est renversé.

Je ne sais pas ce qui m'a amenée à lui révéler les confidences de ma mentore. Ce ne serait probablement pas arrivé si Romain s'était joint à nous, mais notre ami français a informé Christophe qu'il n'était pas libre.

Quoi qu'il en soit, je me suis laissé emporter par l'ambiance plutôt chaleureuse de la soirée et j'ai trop parlé. Maintenant que le mal est fait, j'ai envie d'entendre son point de vue à ce sujet.

— Donc c'est pas vrai que t'as de la difficulté avec les femmes qui réussissent?

— Ben voyons! Jamais de la vie!

Humm… Sa façon d'en mettre un peu trop semble confirmer qu'il n'est pas blanc comme neige.

— Écoute, Daisy a pas l'habitude d'inventer des histoires. Ça vient pas de nulle part, certain.

— Je sais pas où elle a pris ça, mais c'est complètement faux.

— Vous avez pas déjà été en compétition pour des contrats ?

— Ça arrivait souvent. C'est normal, on jouait sur le même terrain. Mais c'était de bonne guerre.

— Quand c'est elle qui remportait le concours, ça te dérangeait pas ?

— C'est sûr que ça me faisait chier, mais pas parce que c'est une femme. Parce que je perdais de l'argent, c'est tout.

— Et que t'aimes pas perdre tout court, je suppose ?

— Y a de ça, aussi, mais rien d'autre. Je t'assure.

Christophe est convaincant, mais sa réaction quand j'ai mentionné le nom de Daisy est quand même révélatrice.

— En tout cas, tu sais ce qu'on dit : derrière chaque rumeur se cache une part de vérité !

Christophe avale une gorgée du cidre de glace que nous avons servi avec des framboises à la crème. Il reste muet. Avec le mince éclairage que nous fournit le feu de camp, il m'est difficile de déchiffrer son expression.

— Christophe ? Ça va ?

— Ça me fait de la peine, Valéry.

— Regarde, c'est Daisy qui pense ça. Ça veut pas dire que c'est généralisé.

— Je m'en fous, de Michaud. Ce qui me dérange, c'est que tu sembles d'accord avec elle.

Oh là là… J'ignore s'il joue une game, mais son ton est vraiment celui d'une personne blessée. Je le laisse poursuivre pour mieux évaluer sa crédibilité.

— Tu crois vraiment que je suis ce genre de gars ? Qui n'a pas de respect pour les femmes ?

— J'ai pas dit ça. Mais tout à l'heure, quand je te parlais de mon idée de journée de filles, t'avais pas l'air trop emballé et je me suis demandé si c'était parce que ça venait de moi.

— Pas du tout! Ça m'a juste déstabilisé. C'est pas le type d'activité que je pensais faire un jour.

— Ça veut dire que tu acceptes? Wow!

— J'ai-tu le choix?

— Non!

— C'est ce que j'avais compris.

— Tu le regretteras pas, Christophe. Ça va être l'événement de l'été en Estrie!

— En Estrie? Tu es peut-être un peu trop ambitieuse, Valéry.

— Un des événements de la région, d'abord.

— Si tu le dis, mais faut pas que ça coûte trop cher.

— Promis, patron.

Nous trinquons à cette bonne nouvelle, terminant ainsi le cidre de glace. Je suis tellement heureuse d'avoir ce défi professionnel que je propose d'en ouvrir une autre. Une dernière. Christophe choisit un rouge qu'il a apporté. Je dois avouer qu'il a été plutôt généreux en arrivant avec trois vins différents. Et c'est sans compter le rosé que nous avons entamé au vignoble. Si mon calcul est bon, il s'agit donc de notre… quatrième bouteille. Ouf, je peux bien avoir la tête qui tourne et me sentir euphorique.

— Valéry, est-ce que tu te souviens de ma mère? me demande mon compagnon en versant du Frontenac dans nos verres.

— Euh… Oui, oui. Elle était super fine.

— Tu sais ce qu'elle fait aujourd'hui?

— Euh… Non. Dans le temps, elle était esthéticienne, je crois?

— Exactement. Maintenant, elle est propriétaire du plus grand spa du Bas-Saint-Laurent. Soixante employés.

— Wow!

— C'est elle qui m'a inspiré à me lancer en affaires. Elle a été mon coach.

— Rien de moins ?

— Oui. Et elle l'est encore. Je la consulte régulièrement quand j'ai à prendre des décisions importantes.

J'avoue que les confidences de mon compagnon changent un peu ma perspective. Peut-être qu'il n'est pas si macho que Daisy le pense ? Qu'en sais-je vraiment ?

— Désolée, Christophe.

— Pas grave.

Nous gardons le silence quelques instants et j'en profite pour vérifier l'heure. Déjà 23 h 45. Il faudrait que j'aille me coucher et que j'arrête de boire si je veux être en forme demain. J'ai prévu visiter les autres vignobles de Dunham afin d'en apprendre un peu plus sur nos compétiteurs.

Mais comme je ne souhaite pas que la soirée se termine sur une note lourde, j'essaie de trouver une façon d'alléger l'atmosphère. J'enchaîne sur un ton moqueur.

— Fait que… vous êtes une famille d'entrepreneurs, à ce que je constate. T'as pas pensé à demander à ton père de te coacher ?

Comme je l'espérais, Christophe éclate de rire.

— Pas de danger. Lui, avec ses chalets délabrés, c'est pas trop un exemple.

— Non. Et il est pas vite quand quelque chose se brise. Il voulait même pas réparer la moustiquaire de la porte d'entrée. Il disait que je pouvais le faire moi-même.

— C'est bien lui, ça !

— J'ai tellement insisté qu'il s'en est occupé, mais il m'a dit que je lui en devais une.

— Comment ça ?

J'informe Christophe du marché conclu avec son père : une baisse de loyer en échange de menus travaux.

— Bah… laisse faire ça, voyons !

— Je peux pas. Il y tient.

— So what?

— Ouin, je vais y penser, dis-je, séduite par son idée. Par contre, ce que j'adore ici, c'est la douche.

— Ça, c'est vrai que c'est cool.

— Mais j'aime pas trop ça y aller le soir. On voit rien.

— Bah… Il peut pas t'arriver grand-chose, à mon avis.

— Et risquer de tomber sur une autre moufette? Ou sur un autre raton laveur? Never ever!

— Ça t'a traumatisée, ces histoires d'animaux?

— Un peu, oui.

— Tu sais, si tu veux prendre ta douche ce soir, je peux assurer tes arrières.

Est-ce que j'ai bien compris? Il offre de m'accompagner à la douche pour «assurer mes arrières»? Non mais ça ne va pas, la tête? Qu'est-ce qu'il s'imagine? Que je vais me donner en spectacle devant le chum de ma meilleure amie?

— Euh… Ça va être correct, merci. Bon, je rentre, je suis fatiguée.

Je me lève, mais Christophe ne bouge pas d'un iota. Coudonc, va-t-il contempler le feu toute la nuit? Je le ramène à la réalité en lui parlant de sa nouvelle conquête.

— J'imagine que tu vas texter Zofia bientôt. Son quart de travail finit à minuit, non?

— Peut-être, oui. Je m'en souviens plus trop.

Décidément, je suis de moins en moins convaincue que cet homme peut apporter quoi que ce soit de positif à mon amie. Il semble carrément se foutre d'elle.

— Valéry, je voulais te parler d'elle, justement. Peux-tu rester quelques minutes de plus?

Intriguée, je me rassois en me promettant de partir dès que j'en saurai assez pour faire un compte rendu à Zofia.

— Qu'est-ce qui se passe?

En guise de réponse, Christophe tousse et balaie l'air de sa main.

— Le vent vient de changer de bord, on dirait. Je reçois toute la fumée.

Il dit vrai. Je l'invite à prendre place sur la chaise à ma gauche. Comme elle est en retrait, il la soulève et la dépose tout juste à côté de la mienne.

Au moment où il s'assoit, je sens un léger trouble m'envahir. Il est trop proche et ça me rend mal à l'aise. Je me cale dans mon siège pour mettre une certaine distance entre nous deux, mais ça ne suffit pas à éliminer ma confusion. Une sensation que je ne m'explique pas bien, mais Christophe ne semble pas la remarquer.

— En fait, je pense pas que ça va marcher entre Zofia et moi.

— Ah non? Pourquoi?

Son affirmation m'étonne. Selon ce que m'a raconté mon amie, ils ont non seulement passé une première nuit extraordinaire, mais l'expérience a été encore plus agréable quand ils se sont revus à Montréal samedi soir.

— Écoute, c'est un peu délicat… et intime.

Là, je ne suis pas certaine de vouloir entendre la suite. Mais je me dois de le faire pour ma copine.

— Je veux bien t'aider, Christophe, mais t'es peut-être pas obligé d'aller dans les détails.

— OK. Je pense qu'on est incompatibles.

— Incompatiiiiiiiiiiibles?

— Ben… Incompatibles sexuellement. On aime pas les mêmes affaires au lit.

— OK, time out! Ça me concerne pas.

— Elle est trop prude, tu comprends?

— Christophe, arrête. Too much information!

Non seulement je suis totalement embarrassée par ses confidences, mais j'ai de la difficulté à le croire. Zofia réservée? C'est tout le contraire. Elle s'est même baignée complètement nue avec un gars qu'elle connaissait à peine. À moins que Christophe ait des goûts vraiment particuliers. Et ça, je refuse d'en entendre parler.

— Pourtant, j'ai l'impression d'avoir des demandes normales. Comme n'importe quel gars.

Est-ce qu'il va finir par se taire? Les images commencent à affluer dans ma tête et je n'aime vraiment pas ce que je vois. La meilleure façon de les chasser est de mettre un terme à la conversation en quittant les lieux. Je m'apprête à me lever quand Christophe pose sa main sur la mienne.

— Je veux pas être méchant pour ton amie, Valéry, mais elle t'arrive pas à la cheville.

— Euh… Excuse-moi, mais qu'est-ce que t'en sais?

Il ne répond pas, mais il me fixe d'un regard énigmatique. S'il tente de me passer un message, c'est foutu.

— Christophe, je pense que t'as trop bu. Tu dis n'importe quoi. Tu devrais aller te coucher chez ton père, OK?

Ma proposition ne semble pas lui plaire. Il emprisonne toujours ma main dans la sienne, puis il se met à me caresser l'intérieur du poignet tout doucement.

— Je sais exactement de quoi je parle, Valéry. T'es hot.

Je suis troublée par ses paroles et ses gestes. Ses doigts qui effleurent maintenant mon avant-bras me donnent des frissons. Si je m'écoutais, je me laisserais aller à savourer le moment présent, sans penser au lendemain. Mais il n'en est pas question. Christophe est non seulement le chum de ma meilleure amie, mais il est un bullshiteur de première classe. Et mon patron temporaire.

Par contre, je dois admettre qu'il possède un certain magnétisme. Surtout quand il me regarde droit dans les yeux. Comme actuellement.

— Je t'ai vue, Valéry. Toute seule, puis avec un gars.

— Mais de quoi tu parles?

Je retire vivement ma main de la sienne pour lui indiquer que je n'aime pas du tout la façon dont il joue avec moi. Ses propos m'inquiètent, mais ils me rendent aussi terriblement curieuse.

— Viens, je vais te montrer.

Il fait vraiment noir. Christophe allume la lampe de poche de son cellulaire et me conduit à l'arrière du chalet. Il se penche et m'invite à l'imiter.

Il soulève une planche, à peine fixée sur le mur de bois, qu'il dépose par terre. Un léger faisceau de lumière jaillit.

— Regarde par toi-même.

Je m'approche et je constate qu'une ouverture dans le mur permet de voir l'intérieur de la chambre au complet. Et le lit. OMFG!

Christophe m'a espionnée? Quand ça? Je ne me suis rendu compte de rien! Et je ne comprends pas trop ce qu'il a pu découvrir. Depuis une semaine que je suis ici, j'ai été très sage. Pas d'amant, ni même de séance de masturbation. C'est quoi? Il m'a vue me déshabiller?

Il m'a observée quand moi-même je me regardais longuement dans le miroir pour faire le constat de mes piqûres de maringouins?

Quoi qu'il en soit, son comportement me répugne au max. Furieuse, je me relève d'un bond.

— Qu'est-ce qui te prend d'espionner le monde? Ça va pas bien dans ta tête? T'as pas le droit de faire ça.

— Valéry, je…

— Tu mériterais que j'appelle la police. Qu'est-ce que t'as vu, au juste? Pis c'est quoi, cette histoire de gars? Y a personne qui a couché ici, à part moi et Zofia.

— Écoute-moi, j'ai…

— T'ES RIEN QU'UN ESTIE DE MALADE, CHRISTOPHE FRANCŒUR! ATTENDS QUE JE RACONTE ÇA À TON PÈRE!

— VALÉRY! ARRÊTE!

Son ton autoritaire me fait sursauter et met fin à mon emportement.

— J'ai fait ça quand j'avais neuf ans.

— Neuf ans ?

— Ben oui, quand t'étais ado et que tu venais avec tes parents.

Ma colère s'évanouit d'un seul coup. J'aurais dû y penser, voyons. Comment ai-je pu supposer que ça s'était passé au cours des derniers jours et non pas quand j'avais treize ou quatorze ans ?

— J'aurais jamais fait ça aujourd'hui. C'était juste une curiosité d'enfant.

— Mais… l'ouverture est encore là depuis toutes ces années ?

— Tu connais mon père et les rénos.

— Ouin…

Je ne sais plus trop où j'en suis dans mes sentiments. Et tout l'alcool que nous avons bu ne m'aide pas à m'y retrouver. Certes, je ne suis plus fâchée au point de lui casser la gueule, mais je ressens un profond malaise. Celui de savoir que cet homme beau comme un dieu m'a observée dans toute ma nudité et que, depuis, il semble fantasmer sur moi. Sur moi ?

J'ignore ce qu'il a vu, ce qu'il n'a pas vu, ce qu'il s'est imaginé, ce qu'il a fait de sa main droite pendant son espionnage, mais une chose est certaine, je préfère rester dans l'ignorance. J'aurais même souhaité qu'il ne me parle jamais de ce trou dans le mur.

J'ai soudainement envie de couper les ponts avec Christophe. De rentrer à Montréal et de ne plus jamais le revoir.

— Je m'en vais me coucher.

Je m'éloigne pour faire le tour du petit shack, mais Christophe est toujours sur mes talons.

— Val, attends.

— Non, c'est assez, là. Pis pour la job au vignoble, je vais laisser faire.

— Non, voyons ! C'est une vieille histoire.

— Pourquoi t'as remis ça sur le tapis, d'abord?

Christophe ne répond pas, mais il accélère le pas et me rattrape par le poignet, juste au moment où je m'apprête à ouvrir la porte du chalet.

— S'il te plaît. Reste.

Je soupire d'exaspération et je me tourne en secouant mon bras pour qu'il le lâche. La lumière qui émane de la cuisine me permet de voir un certain tourment dans ses grands yeux gris-vert.

— Quoi?

— Je t'en ai parlé parce que… parce que ça m'habite depuis que je suis petit. J'y ai souvent repensé.

— Ça t'a traumatisé ou quoi?

— Val, tu comprends tout croche. Ce que je te dis, c'est que je t'ai trouvée tellement belle.

Belle, belle… Je ne crois pas, non. Il avait neuf ans et j'étais probablement la première fille nue qu'il a observée. Normal qu'il m'ait trouvée «belle».

— Je me rappelle, t'avais une brassière rose qui te faisait de méchants beaux seins.

Mon push-up bra! Comme je l'ai aimé, ce soutien-gorge-là! À cet âge, j'avais déjà une poitrine proéminente, comme le reste de mon corps, d'ailleurs. Mais c'était la seule partie de moi que j'acceptais. Parce que je savais que, des gros seins, ça plaisait aux garçons.

— Parfois, tu te regardais dans le miroir pour l'enlever. Tu la détachais dans le dos, puis tu faisais glisser doucement les bretelles sur tes épaules et tu la retirais complètement.

Je me sens maintenant horriblement gênée. J'ai envie de rentrer six pieds sous terre.

— Tes gestes étaient très lents, langoureux, même. J'avais l'impression que tu faisais un strip-tease. Juste pour moi.

— C'était mon intimité, Christophe, t'avais pas d'affaire à la violer, dis-je en baissant les yeux au sol.

— Je pouvais pas m'en empêcher, t'étais tellement… tellement sensuelle.

— Sensuelle?

— Ben oui, comme aujourd'hui.

Christophe glisse sa main dans le bas de mon dos.
Des frissons parcourent mon corps en entier. De
l'autre main, il approche mon visage du sien et, d'un
geste délicat, il relève mon menton jusqu'à ce que mes
yeux plongent dans les siens. Ils sont remplis de désir.

Ses doigts effleurent ma joue, se perdent dans mes
cheveux, puis caressent ma nuque. Alors que Christophe se penche pour m'embrasser, je sais que je m'apprête à faire une des plus belles conneries de ma vie.

14

M. Juillet 💋

Non! Non! Non! Je ne peux pas croire que j'ai agi sans penser aux conséquences. Triple idiote que je suis!

J'ouvre le robinet d'eau froide de la douche et je me précipite sous le jet pour m'éclaircir les idées. C'est ce que j'aurais dû faire hier soir avant de compromettre mon amitié avez Zofia en la trahissant avec son chum.

L'eau fraîche coule sur ma nuque comme une caresse et je ne peux m'empêcher de repenser au baiser que nous avons échangé, Christophe et moi. Et à ses mains qui ont parcouru mon corps enflammé.

Ça faisait si longtemps qu'un homme m'avait touchée, si longtemps que je n'avais pas ressenti un tel plaisir, si longtemps que je ne m'étais pas sentie aussi vivante. Aussi vibrante.

Ses doigts qui se glissent sous mon chandail pour effleurer ma poitrine, sa bouche qui embrasse mon cou langoureusement, son sexe dur qui se colle contre mon ventre… Et cette demande. Celle qui a tout gâché.

« J'aimerais ça que tu me fasses un strip-tease. »

Instantanément, mon corps s'est mis en mode défense. Pas question qu'il me regarde me déhancher devant lui sur une musique aguichante que je n'avais même pas de toute façon. Nous allions faire l'amour dans le noir ou pas du tout.

— Allez, s'il te plaît, a-t-il ajouté.

Son insistance a freiné mes ardeurs et je l'ai repoussé.

— On va arrêter ça là, je pense.

Frustré, Christophe a tenté de me convaincre de poursuivre, affirmant qu'il rêvait de ce moment depuis son enfance. Croyant que je me sentais coupable envers mon amie, il m'a confié qu'il avait l'intention de rompre avec elle de toute manière. Mais pour moi, le charme était brisé et je suis partie me coucher, le laissant se débrouiller avec sa solide érection.

— AYOYE ! TABARNAK !

Je m'écarte du jet d'eau de la douche qui est soudainement devenu brûlant. Maudite patente à gosses à Francœur ! J'avais oublié que les robinets sont inversés. Je rétablis la situation et j'attrape mon shampoing.

En me lavant les cheveux, je prends conscience que son désir de me voir jouer les effeuilleuses a été salutaire. Sans ça, j'aurais plongé. Et pas juste un peu. Je pense même que j'aurais pu faire la gaffe de coucher avec lui sans condom tellement je n'avais plus une once de jugement. Totalement partie, la fille…

D'ailleurs, une visite chez Jean Coutu s'impose. Des capotes dans ta sacoche en tout temps, Val ! Tu le sais, pourtant.

D'accord, je ne suis pas allée jusqu'au bout, mais n'empêche que j'ai frenché le chum de ma meilleure copine. Pas de quoi être fière…

Comment vais-je pouvoir regarder Zofia dans les yeux ? Je n'ai jamais été une bonne menteuse, elle va deviner que je lui cache quelque chose, c'est certain. Je ne suis pas sortie du bois.

Après la douche, je consulte mes messages sur mon iPhone. Maman a finalement réagi à mon texto d'excuses. Eh non, je n'ai pas été capable de la laisser sans explications. Je lui ai écrit pour lui dire que j'étais désolée d'avoir agi ainsi au restaurant, en ajoutant toutefois que je préférais maintenir mes distances avec elle pour le moment. Ce à quoi elle a répliqué :

«Valéry, c'est quoi ce manque de maturité? Je ne reconnais pas la fille que j'ai élevée. Je ne...»

OK, c'est assez! Je ne continuerai pas de me faire du mal en lisant le reste de son message que j'efface sur-le-champ. Je m'en veux d'avoir cédé à ma culpabilité et de lui avoir donné signe de vie. Quand est-ce que je vais comprendre que je ne dois rien attendre de cette relation? Strictement rien.

Le nom de l'expéditeur du deuxième message me cloue sur place : Zofia. Pourquoi m'écrit-elle à 6 h 40 du matin, alors qu'elle s'est probablement couchée tard cette nuit après son quart de travail à l'urgence? Moi, je sais pourquoi je n'ai pas dormi longtemps, mais elle? J'espère que ce n'est pas à cause du même homme.

«Need to talk. 😢 Appelle-moi dès que tu peux.»

Merde! Ce n'est pas vrai! Je ne peux pas croire que Christophe l'ait informée de notre... notre quoi, au juste? Ce n'est ni une aventure ni une liaison. C'est... un moment d'égarement, voilà tout!

Non, impossible qu'elle l'ait appris. Ce n'est pas une émoticône de tristesse qu'elle aurait choisie, mais plutôt celle du bonhomme rouge de colère. Par contre, est-ce que son chum lui aurait déjà annoncé sa décision de mettre un terme à leur trop courte relation? Je ne vois pas d'autre raison. Tu parles d'un épais! Il aurait pu attendre de la rencontrer au lieu de faire ça au téléphone en pleine nuit!

Ding!

Un autre texto de Zofia vient d'apparaître sur mon cellulaire. C'est clair que je ne pourrai pas m'en sortir! Je vais devoir la rappeler rapidement. Je le lis et je m'aperçois que c'est une capture d'écran d'un message de Christophe, envoyé à 12 h 52 cette nuit. OMFG! Je ne peux pas croire qu'il a rompu par écrit! Et tout juste après que nous avons échangé un baiser passionné!

« Zofia, tu es une fille formidable, mais je voulais te dire que je ne suis pas prêt à m'engager. Je suis très occupé avec le vignoble et je crains de ne pas répondre à tes attentes… »

Et bla-bla-bla, et bla-bla-bla. Il poursuit avec ce faux ton désolé et estime qu'elle mérite mieux qu'un homme qui a peu de temps à lui consacrer. Il mentionne que la distance est un obstacle, mais il la remercie pour les bons moments passés ensemble et il lui souhaite la meilleure des chances en espérant qu'ils resteront amis. Bref, pleins de clichés pour se débarrasser d'une fille qui ne comble pas tous ses fantasmes, en gars convaincu qu'il y en aura d'autres pour se pendre à son cou. Le genre de comportement qui m'écœure profondément. Je ne peux pas croire que j'ai failli succomber à *ça*!

J'enfile un capri et un t-shirt *Keep calm and wear Prada*, pour me diriger vers les bécosses. Je profite de la courte marche pour rassembler mes idées avant de trouver quoi dire à Zofia. Elle doit avoir les yeux fixés sur son appareil, dans l'attente d'une réponse de ma part, mais inutile de précipiter les choses. Je lui raconterai que je dormais pour expliquer le délai. À moins que… Ah non! Je n'ai pas désactivé la fichue fonction qui permet à l'expéditeur de voir si j'ai lu son message. Elle sait donc que je l'ai eu! Bon, pas de panique. Je passe aux toilettes et je lui écrirai ensuite.

J'ouvre la porte de la petite cabane de bois qui semble tout droit sorti des *Filles de Caleb* et je me bouche le nez. M. Francœur s'occupe de vider régulièrement le contenu de la toilette chimique, mais ça sent toujours mauvais. Il attend quoi pour réparer la salle de bain de mon shack ?

Je pourrais aller faire pipi dans la forêt, tout simplement. Mais j'avoue que je suis peureuse. Et si une couleuvre passait entre mes jambes ? Ou que des fourmis se nichaient dans mes bobettes ? Bon, ça peut paraître exagéré, mais, c'est plus fort que moi, ces images ne me quittent jamais.

À l'intérieur, on ne voit pas très bien. Un filet de lumière vient d'une fenêtre à peine plus grande que le Medium Brown Bag de Bloomingdale's, mon magasin fétiche, pour lequel je rêve de travailler un jour. Le problème, c'est que la chaîne se trouve aux États-Unis. Autant j'aime visiter ce pays, autant je n'y vivrais pas pour tout l'or du monde.

Ding !

Ah non, pas un nouveau message de ma copine ! Eh oui…

« Pourquoi tu réponds pas ? »

Qu'elle est impatiente ! À croire qu'elle vit la plus grande peine d'amour de sa vie… pour un homme avec qui elle a couché deux ou trois fois. Un peu drama queen, mon amie polonaise !

J'aurais envie de lui répondre : « Parce que je suis aux toilettes ! Deux minutes, ma belle, et je suis à toi. »

Quelle idée aussi d'avoir apporté mon cellulaire ? Je ne sais pas où le poser de peur qu'il soit contaminé par les microbes qui se trouvent certainement ici. Après avoir cherché vainement un endroit sécuritaire, je le glisse dans mon soutien-gorge, entre mes seins. Voilà que j'ai les mains libres pour mettre du papier hygiénique sur la cuvette et faire ma petite affaire.

Moi, j'ai quitté mon pays bleu
Moi, j'ai quitté mon pays bleu

Hein ? Qui peut bien chanter des quétaineries de ce genre ? Je ne peux imaginer personne d'autre que M. Francœur.

Moi, j'ai quitté mon pays bleu
Et je n'ai pas su lui dire adieu

Il ne peut pas aller s'époumoner ailleurs et me laisser faire pipi tranquille?

BANG! BANG!

La cabane tout entière est secouée. Comme s'il y avait un tremblement de terre! Holy crap! Qu'est-ce qui se passe? Je remonte rapidement ma culotte et mon capri, et je mets la main sur la poignée de porte. Ça ne s'ouvre pas. Voyons! Ça fonctionnait bien par l'extérieur, pourtant. J'essaie en tirant, mais je n'ai pas plus de résultats. OMFG! Je ne peux pas croire que je suis enfermée ici! Dans une minuscule toilette puante, presque plongée dans le noir. Du calme, Valéry, du calme!

Petit enfant dans mon château
J'aimais voir dormir la belle au bord de l'eau

Fiou! M. Francœur n'est pas loin. Il me fera sortir.

— Monsieur Francœur?

La belle a grandi, mais mon beau château…

Il est sourd ou quoi?

— MONSIEUR FRANCŒUR! OUVREZ-MOI! dis-je en cognant contre la porte.

S'est envolé, oh volé, volé, volé, volé, vole…

À quoi joue-t-il? Est-ce qu'il attend que je sois complètement paniquée pour me libérer? Je n'ai jamais été claustrophobe de ma vie, mais je sens que je vais le devenir.

— Eille! Tabarnak!

L'odeur âcre de ce minuscule endroit est de plus en plus insupportable et me donne des haut-le-cœur. J'essaie d'atteindre la petite fenêtre pour l'ouvrir, mais je n'y arrive pas. Il me faudrait un marchepied. Eh misère…

Je jette un coup d'œil à travers une fente entre deux planches et j'aperçois M. Francœur, un marteau et des clous à la main. À vrai dire, je crois que c'est lui puisque je ne vois que son tronc et ses bras, car il est tout près de la cabane. Comment se fait-il qu'il n'ait pas réalisé que je suis à l'intérieur?

— MONSIEUR FRANCŒUR! YOU-HOUUUUUUUUU!

Il ne réagit pas à mes cris. Je le vois se pencher. Il porte une paire d'énormes écouteurs sur les oreilles. La voilà, l'explication! Quand il se relève, il a une planche de bois traité à la main.

BANG!

Encore une fois, la cabane tremble de partout et je ne vois plus rien. C'est pas vrai! Monsieur Francœur est en train de barricader la toilette et de me faire prisonnière!

Je me mets à frapper sur les murs tout en criant de plus belle.

Moi, j'ai quitté mon pays bleu
Moi, j'ai quitté mon pays bleu

Ça suffit, les chansons kitsch! Je hurle son nom une fois de plus à pleins poumons, mais il continue de chanter et, à mon grand désespoir, sa voix s'éloigne. Non, non, non! Je veux sortir d'ici! Je vais manquer d'air! Et toutes ces bactéries qui risquent de se lancer sur moi… Dès que je mets le pied dehors, je retourne illico à la douche.

Bon, quoi faire maintenant? Il n'y a plus personne. Je ne vois pas trop qui pourrait m'entendre à part les moufettes et les ratons laveurs.

Ding!

OMG! Je suis sauvée! J'avais complètement oublié mon téléphone dans mon soutien-gorge. Un nouveau texto de Zofia: « 😰 😰 😰 😰 😰 » Ça me fend le cœur de ne pas m'occuper de mon amie tout de suite, mais je dois appeler mon proprio avant.

À mon grand désespoir, c'est son répondeur qui m'accueille, avec le message officiel des Chalets Beau Séjour. Merde!

« Monsieur Francœur, c'est Valéry, vous m'avez embarrée dans les toilettes! Venez me faire sortir dès que vous prenez vos messages. Pis comment ça se fait que vous ayez pas de cellulaire ? »

Exaspérée, je raccroche en priant le ciel pour que M. Francœur passe à son chalet le plus tôt possible. J'essaie de me calmer, mais, comme je ne suis pas en mesure d'appliquer mes techniques habituelles, j'y arrive difficilement. Je ne peux ni respirer en profondeur, ni faire les cent pas, ni engouffrer un macaron, un cupcake ou toute autre sucrerie que j'aurais sous la main.

Il n'y a qu'une solution : défoncer la porte. Je donne quelques coups de pied dans le bas et j'entends une planche craquer. C'est bon signe ! Allez, ma Val, t'es capable ! Je me déchaîne contre elle, mais elle est solide comme le roc ! Je n'arrive même pas à créer une ouverture, si petite soit-elle. Au moins, ça me permettrait de mieux respirer.

Avant de céder à la panique totale, je m'oblige à réfléchir. Qui d'autre que mon proprio puis-je appeler dans la région ? Son fils ? Nahhh… Avec l'épisode d'hier, il n'en est pas question ! Maman ? Eh boy ! Je vois déjà les reproches qu'elle pourrait m'adresser ! Même si ce n'est pas ma faute, elle trouverait certainement un moyen de me rendre responsable de ma mésaventure.

Il me reste Romain. Mais de quel droit pourrais-je le solliciter après avoir été plutôt froide avec lui ces derniers jours ? Au lendemain de la dégustation de vin en plein air, il m'a écrit pour me demander si mon mal de tête avait disparu. Je lui ai répondu sèchement, par un simple oui. Même réaction quand il m'a invitée au spectacle d'un de mes chanteurs préférés au Vieux Clocher. J'ai prétexté que je n'étais pas libre. Quelle insignifiante je fais ! C'est bien beau de ne pas vouloir lui donner de faux espoirs, mais me voilà privée d'un solide allié !

La sonnerie de mon téléphone me tire de ma réflexion et je réponds finalement à l'appel de Zofia que je ne peux plus ignorer.

— Allô! Allô!

Mon ton angoissé la met immédiatement en alerte.

— Qu'est-ce qui se passe?

— Je suis pognée dans une fucking toilette dans le bois!

— Hein?

Zofia comprend l'urgence de la situation et elle en oublie la raison de son appel, c'est-à-dire pleurer toutes les larmes de son corps. Je la connais, mon amie.

— Le proprio a barricadé la cabane avec des planches.

— Pis t'étais dedans?

— BEN OUI!

— Pas la toilette dégueu où je suis allée?

— C'est ça!

Je lui raconte comment les écouteurs de M. Francœur et sa câlisse de toune de pays bleu ont contribué à mon malheur. À la fin de mon explication, Zofia explose de rire.

— Eille! C'est pas drôle!

— Ben, un peu, quand même.

— Coudonc, t'es pas en peine d'amour, toi?

Silence au bout du fil… OMG! Je viens de gaffer solide. L'affolement me fait vraiment perdre tous mes moyens. Je dois reprendre mes sens et la meilleure façon, c'est de respirer. Et si je le faisais par la bouche? Ce serait moins dégoûtant. Allons-y! J'inspire profondément, en espérant ne pas avaler de microbes, et j'expire lentement, comme je l'ai appris au yoga. Ça m'apaise. Un peu.

— Ahhhh, excuse-moi, Zofia. Je voulais pas être bête.

Toujours rien. J'attends quelques secondes, puis ce que je craignais se produit: mon amie éclate en sanglots. Je ferme les yeux de découragement. Je n'ai vraiment pas l'esprit à la consoler, je suis beaucoup trop obsédée par la situation. Je ne sais pas si j'hallucine, mais j'ai maintenant l'impression que des insectes me mordillent les orteils. Ça picote comme c'est pas possible.

— Comment il a pu me faire ça, à moiiiiiiii?

— Zofia, écoute, va falloir se reparler de tout ça, OK? Là, faut que je trouve un moyen de sortir d'ici.

— T'as raison. Mais comment?

— Faut que j'appelle quelqu'un dans le coin, mais je sais pas qui.

— Romain?

— Euh… pas certaine, non. Je suis mal à l'aise.

— Arrête de t'en vouloir parce que t'as pris tes distances. C'est un cas extrême, là.

— J'aimerais mieux pas.

— Ben, appelle les pompiers, d'abord!

— Les pompiers? Voyons donc! Je veux pas les déranger avec des niaiseries.

— C'est pas des niaiseries. Ils sauvent des chats dans des arbres, ils peuvent ben aller sauver une fille dans une toilette.

— Peut-être, mais ça me gêne pareil.

— C'est les pompiers ou Romain.

— Ahhhh, que tu m'énerves. Bon, j'essaie Romain.

— OK, texte-moi pour me dire que t'es sortie.

— Promis.

Je raccroche et je compose le numéro de celui qui, j'espère, sera mon sauveur.

— Bonjour, Valéry, répond-il sans enthousiasme.

Bon, d'accord, je le mérite. Mais au moins, je ne semble pas l'avoir tiré du lit. Je lui raconte ce qui m'arrive d'un trait, presque sans prendre le temps de respirer. J'attends sa réaction… qui ne vient pas.

— Romain, t'as entendu? Je suis prisonnière.

— C'est une blague?

— Pantoute! C'est tout ce qu'il y a de plus vrai. Pis je commence à manquer sérieusement d'air.

— Quelle histoire!

Est-ce qu'il va finir par comprendre que j'ai besoin de lui? À croire qu'il me faire languir volontairement.

— Romain, tu pourrais venir m'ouvrir, s'il te plaît ?

— Oui, oui, bien sûr. Je suis un peu sous le choc, tu vois.

— OK, mais dépêche-toi.

— J'arrive.

— Tu sais c'est où ?

— Je crois bien, oui. Tu m'entendras.

— OK, super. Je sais pas comment te remercier.

— C'est normal, Valéry. Allez, à tout de suite.

Il met fin à la conversation et je m'arme de patience pour affronter les prochaines minutes. Si tout va bien, je devrais être sortie d'ici une demi-heure maximum, puisque je sais que Romain habite Orford, et moi, je suis de l'autre côté de Magog. OMG ! C'est quand même long, trente minutes. Comment vais-je faire pour ne pas céder à la panique ? Ou pour ne pas vomir ?

Depuis tout à l'heure que je retiens des haut-le-cœur. S'il faut que je sois malade en plus, l'odeur sera carrément insupportable. Puisque je ne peux pas occuper mon corps, il faut que j'occupe mon esprit. Je ferme les yeux et je m'oblige à penser à un bel épisode de ma vie que j'ai vécu dernièrement.

Je remonte dans le temps et j'écarte tout souvenir d'ordre amoureux. Ce ne sont pas que des moments catastrophiques, mais ce que je cherche, ce sont des images apaisantes qui ne m'apporteront aucune angoisse.

Mes relations avec les hommes ont toujours été stressantes. Un stress que je m'imposais avec les mille et une questions que je me posais. Allait-il me trouver à son goût demain, et après-demain ? En aurait-il assez un jour de faire l'amour avec une fille qui a besoin de deux ou trois verres de vin pour laisser les lumières allumées ? Allait-il supporter encore longtemps mon régime annuel et ma mauvaise humeur qui vient avec ?

Je me rends compte que je n'ai jamais vraiment profité à 100 % de ma vie conjugale. J'ai toujours éprouvé de la peur et j'étais constamment sur le qui-vive… Ce n'est pas normal, ça! Une relation amoureuse, c'est fait pour s'abandonner, pas pour s'inquiéter tout le temps!

Je pensais m'être sortie de ce pattern la dernière fois, mais, en y réfléchissant, il n'en est rien. Je suis encore esclave de mon manque de confiance en moi. Est-ce une attitude de fille ronde ou une attitude de fille tout simplement? Un peu des deux, je suppose. Mais une chose est certaine, je ne veux plus m'en faire autant. Ma prochaine relation sera différente, je le jure. Comment vais-je m'y prendre pour ne pas retomber dans le même piège? Je l'ignore, mais je trouverai. J'en suis convaincue. Et je me donne l'été pour répondre à cette question.

Je retourne à mes belles images dans ma tête et je choisis celles de mon expédition en montagne au Vermont avec papa et Jean-Charles l'automne dernier. Je dois avouer que nous en avons bavé pour parvenir au sommet du mont Mansfield. Surtout que Jean-Charles nous imposait un rythme assez rapide. Mais la vue tout en haut était tellement spectaculaire que nous en avons oublié nos souffrances physiques.

Quand j'ai vu papa prendre tendrement la main de son compagnon tout en admirant le paysage, j'ai regretté de ne pas avoir de chum avec qui partager ce moment unique. Ah là là… Pourquoi est-ce impossible de ne pas penser à mon célibat quelques minutes?

— Madame Aubé? On arrive!

Hein? Qui m'appelle ainsi d'une voix forte et déterminée? Il ne me semble pas que ce soit Romain. Et c'est qui, ça, «on»? Quoi qu'il en soit, ils sont les bienvenus.

— ICI!!

Je ne peux pas croire que je vais enfin sortir de ma prison! Je tambourine contre la porte pour leur indiquer ma présence.

— On est là, madame Aubé. Arrêtez de cogner.

— Vous êtes qui, vous?

— Ben, les pompiers !

— QUOI ?

— C'est pas vous qui nous avez appelés ?

— Ben non, j'ai appelé un ami.

— Ah bon ? En tout cas, on est là et on va vous libérer.

— Fiou.

Toute la tension que je ressens depuis que je suis enfermée ici s'évanouit d'un coup. Mais mon dégoût est encore bien présent et je suis sur le point de vomir.

— Dépêchez-vous, s'il vous plaît.

Le gentil monsieur m'explique qu'ils vont déclouer une par une les planches fixées par mon propriétaire et que ça va prendre quelques minutes. Je patiente en me demandant pourquoi Romain a fait appel à eux plutôt que de venir directement. Il veut vraiment éviter tout contact, je crois… Ça m'attriste et ça m'inquiète un peu.

Comment se passera mon travail au vignoble avec un patron que j'ai laissé en plan au beau milieu des préliminaires et un autre qui m'ignore ? Si j'étais sage, je démissionnerais… sans avoir même commencé. Mais j'ai besoin de gagner des sous, et cette job m'enchante beaucoup trop pour que je la quitte. Je ferai comme d'habitude et je me débrouillerai.

Derrière la porte, j'entends les pompiers qui travaillent, tout en parlant de leur soirée d'hier qui semble avoir été assez éprouvante. Ils ont dû se rendre sur les lieux d'un accident de la route avec les pinces de désincarcération pour secourir un jeune conducteur, prisonnier de sa voiture.

Leur conversation me fait sentir encore plus coupable. Voilà à quoi servent ces professionnels : à sauver des vies. Pas à jouer les démolisseurs pour une fille qui n'est même pas en situation d'urgence. Enfin, presque pas.

— On est prêts à ouvrir la porte, madame Aubé !

Je soupire de soulagement quand je vois la lumière inonder la petite cabane. Devant moi se tient l'incarnation du fantasme féminin. Alors qu'il remonte son casque sur sa tête, j'aperçois ce magnifique jeune pompier aux yeux bleus perçants, au visage légèrement en sueur, aux cheveux bruns frisés et au corps de rêve que j'imagine sculpté au couteau sous son habit de combat beige. Mon sauveur! Il est accompagné de deux collègues, mais je ne vois que lui.

Si je m'écoutais, je lui sauterais dans les bras, mais mes nausées reviennent en force. Je me précipite à l'extérieur et j'ai tout juste le temps de me cacher pour vomir mon dernier repas. Ouache! Tu parles d'un accueil à faire à mes secouristes!

— Madame Aubé? Ça va?

— Oui, oui, approchez-vous pas!

— Vous êtes certaine que vous êtes correcte?

Correcte, oui, mais profondément honteuse… et dégoûtée. Le goût du vomi dans ma bouche m'écœure et je ne sais pas comment m'en débarrasser. Je ne peux quand même pas retourner auprès d'eux avec cette haleine de cheval.

— Voulez-vous de l'eau?

Je m'étire le bras et j'accepte volontiers la bouteille d'eau que m'offre le beau pompier. Je me rince la bouche et je reviens près de lui. Par réflexe, je la lui redonne. Il me regarde d'un drôle d'air.

— Euh… Gardez-la.

Quelle idée de lui remettre un contenant souillé! Plus stupide que ça, tu meurs! Penaude, je baisse la tête en guise d'excuse.

J'examine les planches que les pompiers ont déclouées. Il y en a quatre et elles sont épaisses comme des briques. Bon, pas tout à fait, mais elles ne sont pas minces non plus.

— J'aurais jamais réussi à sortir de là toute seule.

— En effet! Votre propriétaire n'y est pas allé de main morte.

— Comment ça que vous savez que c'est lui?

— C'est ce que disait l'appel au 911, me répond-il en déposant son casque.

— Ah…

— Madame Aubé, est-ce que vous pensez que votre propriétaire l'a fait exprès? Vous savez, on peut demander aux policiers d'enquêter.

— Hein? Non, non, je suis convaincue que ce n'était pas intentionnel.

— Certaine? C'est assez étrange.

— Monsieur Francœur est peut-être un peu imbécile, mais il n'est pas méchant pour deux sous. J'en mettrais ma main au feu.

J'éclate de rire devant mon jeu de mots dont je suis si fière. Mon sauveteur ne semble pas aussi ravi et il m'observe avec un air de déjà entendu.

— OK, on vous l'a faite plusieurs fois, désolée.

— C'est vrai, mais c'est tout de même charmant dans votre bouche, répond-il avec un grand sourire.

Oh my God! Est-ce qu'il serait en train de me *cruiser*? Nahhh… Il est seulement charmeur, je crois. Reprends tes esprits, Val. Now!

Je reviens à mon propriétaire et je précise que, s'il ne m'a pas entendue crier, c'est à cause de ses écouteurs et de sa toune de pays bleu. Ce qui fait sourire une nouvelle fois le pompier que je vois très bien figurer au mois de juillet du prochain calendrier.

— Est-ce qu'on peut vous demander quelque chose, madame Aubé?

— Ben oui! Vous m'avez sauvée, je peux rien vous refuser. Ce que vous voulez. Je suis à votre service.

Oups… Je me rends compte que mon affirmation peut être interprétée de plusieurs manières. J'espère qu'ils ne s'imagineront pas que je suis prête à tout… Même si ce serait loin d'être désagréable…

Non mais qu'est-ce qui m'arrive? Calm down, Val! J'ignore volontairement le regard amusé de celui qui semble être le chef d'équipe.

— Est-ce qu'on peut prendre une photo pour notre site Internet ? me demande mon beau pompier.

— Avec moi ?

— Euh… Oui.

Là, je ne suis pas certaine du tout de vouloir exposer ma mésaventure sur la place publique. « Une jeune vacancière enfermée dans les toilettes ! » De quoi vais-je avoir l'air ? D'une fille nulle. Archinulle.

— C'est juste que… j'ai les cheveux tout croches et je suis pas maquillée.

— Mais non, vous êtes belle au naturel.

Encore une tentative de séduction ou une façon de me manipuler pour que je dise oui ? Quoi qu'il en soit, ça fonctionne et je me prête au jeu. Je leur dois bien ça !

— OK… Mais pas de trop proche. Et pas de selfie.

— C'est bon.

Il s'approche de moi, et un de ses collègues fait de même. Ils m'entourent de leurs bras virils et j'avoue que j'éprouve un réel plaisir à poser avec ces deux fantasmes. Le deuxième sapeur, quoique moins sexy, a tout de même un look très acceptable.

Je suis par contre un peu stressée à l'idée qu'ils soient tout près et qu'ils sentent mon haleine de vomi. Je souris donc la bouche fermée, en priant pour ne pas avoir l'air crispée. Leur collègue fait quelques clichés. J'ai hâte de raconter ça à Zofia. Je sais, c'est bébé, mais il est tellement rare qu'il m'arrive quelque chose de hot que j'ai envie de m'en vanter. Enfin, pas de tout. De la photo, on s'entend !

Quant au texte qui sera publié sur Internet, j'essaie de ne pas trop y penser. Et puis il ne doit pas y avoir un achalandage monstre sur la page web des pompiers de Magog.

Tout en souriant pour la pose, j'aperçois quelqu'un au loin. C'est Romain. Je suis surprise qu'il soit venu en sachant que les professionnels allaient y être, mais je trouve que c'est d'une grande délicatesse.

Le photographe nous indique qu'il a terminé. Je me tourne vers Romain avec l'intention de le remercier chaleureusement, mais sa mine plutôt renfrognée freine mon élan.

— Bonjour, Valéry.

Je ne comprends pas trop son attitude. S'il ne veut pas être ici, il n'avait qu'à rester chez lui.

— Bonjour, Romain, merci beaucoup d'être là.

— J'avoue que j'aurais préféré que tu me préviennes, je ne me serais pas déplacé pour rien.

— Euh… Qu'est-ce que tu veux dire ?

— Comment, qu'est-ce que je veux dire ? C'est clair, pourtant.

Déstabilisée par son ton légèrement exaspéré, je recule de quelques centimètres. Je ne lui connaissais pas ce côté grognon. Il faut croire que c'est le Français en lui qui refait surface.

— Désolée, Romain, mais je ne comprends pas pourquoi tu es fâché.

Plus je parle, plus je m'emporte. Je n'ai surtout pas besoin de me faire sermonner. Pas avec ce que j'ai vécu ces dernières minutes et le goût de vomi dans la bouche pour me le rappeler. Je poursuis sur ma lancée.

— Je viens de passer une demi-heure, sinon plus, dans une câlisse de cabane dégueulasse. J'en ai assez enduré aujourd'hui ! Arrête de me chicaner !

— Hé ! Oh ! Je ne suis pas ton père pour te chicaner, comme tu dis. Mais tu aurais pu m'avertir que les pompiers y étaient.

Romain jette un coup d'œil à mon trio de sapeurs-pompiers qui rangent leurs outils super lentement. Je les soupçonne de rester pour écouter notre conversation. Un peu fouineurs, les messieurs ! Peut-être croient-ils assister à une dispute de couple et ils nous surveillent pour éviter que ça dégénère ? Possible…

— Pourquoi je t'aurais averti ? C'est toi qui les as appelés !

— Mais pas du tout.

— Non ?

— Eh non.

La tension tombe et laisse place à l'incompréhension. Puis mon esprit s'allume.

— Zofia.

— C'est elle qui les a appelés ?

— Je vois personne d'autre. C'est ma faute, j'ai oublié de lui écrire que tu t'en venais. Mea culpa.

— Alors ça explique tout, résume Romain.

— Oui. Écoute, je suis vraiment désolée.

— Ce n'est pas grave. Je dois y aller, maintenant.

Son mécontentement s'est transformé en une légère tristesse et je ne peux m'empêcher d'éprouver de la culpabilité en songeant à la façon cavalière dont je l'ai traité ces derniers jours. Ce n'est pas moi, ça. Ce n'est pas la Val généreuse et ouverte que je connais.

— Romain, attends-moi deux minutes, s'il te plaît.

Je n'ai aucune idée de ce que je vais lui proposer dans deux minutes, mais je ne veux juste pas que notre rencontre se termine sur une note poche.

— D'accord.

Je retourne auprès des pompiers qui m'invitent à signer un rapport, me posent quelques questions techniques et me demandent de leur indiquer où trouver mon propriétaire. Je leur souhaite bonne chance en les dirigeant vers son chalet.

Depuis l'arrivée de Romain, je me sens moins à l'aise de flirter avec M. Juillet... Je ne comprends pas trop pourquoi, mais c'est comme ça. Je les laisse donc partir sans leur donner un bisou sur les joues, comme je m'étais imaginée le faire. Un fantasme à reléguer au placard. Pour l'instant, du moins...

— En passant, joli t-shirt, me lance mon beau pompier en se tournant une dernière fois.

Je suis flattée par son compliment et j'aurais bien envie de savoir s'il est célibataire, mais je me contente de répondre par un grand sourire, en me disant

186

que la caserne de Magog ne doit pas être difficile à trouver.

Pendant que les secouristes regagnent leur camion, je rejoins Romain en tentant de dissimuler la légère griserie que je ressens. Mais il n'est pas dupe.

— Ah, ces pompiers, ils font toujours leur effet, hein?

— N'importe quoi!

— Valéry! Tu ne te vois pas?

— Bon, bon… Peut-être un peu, mais ça reste dans la tête, c'est tout.

— Ou sur un calendrier, rigole-t-il.

— Ou sur un calendrier!

Je l'imite, heureuse de constater que sa bonne humeur est revenue.

— Qu'est-ce que tu dirais, Romain, si je te préparais un déjeuner de l'enfer?

— Euh… Je ne sais pas trop.

— Dis oui! Je veux me faire pardonner de t'avoir dérangé pour rien.

— Bon… Pourquoi pas?

— Yé! J'espère que t'es pas du genre à manger juste des croissants ou de la baguette?

— Non mais c'est quoi, ces préjugés à la con? clame-t-il, indigné.

Oups… Est-ce qu'il est redevenu fâché? My God! Je vais devoir y aller doucement avec lui aujourd'hui. Tiens-le-toi pour dit, Val! Puis, soudainement, Romain y va d'un rire bien senti. Ah, l'espèce!

— Mais non, je te niaise.

C'est très drôle d'entendre cette expression typiquement québécoise dans la bouche d'un Français. Mais c'est le signe qu'il fait des efforts d'adaptation et ça me plaît beaucoup!

— J'adore vos assiettes avec des œufs, du bacon et tout ce qui trempe dans le sirop d'érable, poursuit-il.

— Cool! Mais avant, laisse-moi aller prendre ma douche. Je me sens vraiment dégueu.

— OK, parfait. Je peux commencer la bouffe, si tu veux?

Je l'observe quelques instants et je me dis qu'il est vraiment ce qu'on appelle un «bon gars».

— OK, fais comme chez toi, t'es super fin.

Il me sourit d'un air complice et je m'éloigne, heureuse d'avoir su racheter mon comportement des derniers jours. Tenir Romain à distance n'est pas obligatoire, je suis convaincue que nous pouvons être de très bons amis.

15

Top négociatrice

— Ton ami d'enfance? Au Bataclan? Mais c'est épouvantable…

Je suis sous le choc de ce que vient de me raconter Romain. Pour lui, les attentats de Paris ne sont pas que des images à la télé, des articles sur le Web ou des manifestations dans les rues. Ces événements dramatiques ont un visage, celui d'un homme avec qui il a grandi.

— Je pense à Manu tous les jours.

Je pousse nos assiettes souillées un peu plus loin sur la table et je nous ressers du café.

— Il était comment? Parle-moi de lui.

Romain se lance dans une longue description de son copain et je l'écoute avec tout mon cœur. Son ami était musicien, mais il gagnait sa vie comme bagagiste dans un chic hôtel du quartier de l'Opéra. Il aimait les jambon-beurre, la bière bien froide et rouler un pétard de temps en temps. Au souvenir de ces petits détails, Romain s'allume et sourit… parfois avec tristesse.

Il me raconte avec tendresse des épisodes de leur jeunesse, passée dans un village de la Bourgogne. Il me confie éprouver des regrets, dont celui de ne pas avoir pris de ses nouvelles régulièrement au cours des dernières années.

— Je me disais toujours: «Aujourd'hui, je n'ai pas le temps, je lui écrirai demain.» Et le lendemain, c'était la même histoire. J'aurais dû…

— Tu pouvais pas savoir.

— Non, mais j'étais au courant que ce n'était pas évident pour lui. Il bossait tellement fort pour percer. Avec son groupe, il donnait des petits concerts ici et là, mais ce n'était pas assez, tu comprends?

— Hum, hum.

Que dire de plus? Je sens que Romain a besoin d'une oreille attentive, sans plus. C'est ce que je vais lui offrir. Tout simplement.

— Hier, c'était son anniversaire. Il aurait eu trente-trois ans, tu te rends compte? Trente-trois putains d'années!

— Hier?

— Oui. Et je t'avoue que ça m'a remué.

— Mais pourquoi t'es pas venu souper avec nous?

— Avec vous?

— Ben oui, avec Christophe et moi, ici.

— Ah bon? Je n'étais pas au courant.

— Ben voyons! Christophe t'a invité.

— Non.

— Non?

— Je t'assure.

Dans ma tête, je revois Christophe descendre de son véhicule en m'informant que Romain ne pourrait pas être des nôtres. Tu parles d'un menteur!

— Vous avez eu du plaisir? me demande Romain.

Je crois dénoter une certaine envie dans son ton et je réalise que je m'aventure sur un terrain glissant. Il ne manquerait plus que Romain devine ce qui s'est passé entre son partenaire et moi.

— Euh… Oui, oui. On a pas fini ça tard.

Mon compagnon jette un coup d'œil du côté du comptoir où reposent plusieurs bouteilles vides, le carton de crème entamé et le plat de framboises que j'ai oublié de ranger.

— Ah bon, mais vous avez bien célébré, à ce que je vois?

— Un peu, oui.

Je ne sais pas trop comment passer à un autre sujet sans avoir l'air de vouloir lui cacher quelque chose.

— Zofia n'y était pas?

— Euh… Non. Elle travaillait.

Heureusement qu'elle n'y était pas… Pauvre Zofia, me dis-je en repensant à notre courte conversation téléphonique tout à l'heure quand je suis sortie de ma deuxième douche. Elle est complètement dévastée par la décision de Christophe et, surtout, elle ne comprend pas pourquoi il l'a laissée du jour au lendemain. Ça me met terriblement mal à l'aise. Pas seulement à cause du baiser échangé avec son nouvel ex-chum, mais aussi à cause des révélations de Christophe. Zofia prude au lit? Est-ce que c'est vrai?

— Ah…

C'est tout ce que répond Romain. Un «Ah» suspicieux. Que soupçonne-t-il au juste? Je dois trouver une façon de lui enlever les idées qu'il a en tête. Quelles qu'elles soient!

Je me lève pour débarrasser la table tandis que Romain reste assis à siroter son café, les yeux dans le vide. Est-ce que ses pensées sont retournées à son ami Manu ou est-ce qu'il se fait des scénarios sur moi et Christophe? Je l'ignore, mais je préfère ne pas courir le risque.

— Hier soir, c'était… c'était un… un souper d'affaires!

— Vraiment?

— Ben oui ! Et c'est pour ça que je voulais que tu sois là. Mais je pense que Christophe m'a pas bien comprise.

— Vous avez parlé du vignoble ?

— Oui, et d'une super idée que j'ai eue ! Tu vas a-do-rer !

— Ah oui ? Tu piques ma curiosité.

— On finit notre café dehors et je te raconte tout ?

Romain regarde sa montre et m'avise qu'il doit partir dans quinze minutes. Ça me donne juste assez de temps pour le séduire avec mon concept. Je lui ouvre la porte et je l'invite à sortir.

— Après vous, monsieur le patron, lui dis-je d'un ton espiègle.

Il me sourit chaleureusement et je suis convaincue que, dans cinq minutes, il voudra me consacrer l'employée du mois. Avant même que j'aie commencé à travailler.

Une vingtaine de minutes plus tard, je sautille de joie en faisant la vaisselle. Non seulement Romain a capoté sur mon projet de journée de filles, mais il a apporté une foule de bonnes idées, dont celle de proposer de l'équitation. Il va demander à son ami propriétaire d'un centre équestre de venir offrir des balades entre les rangées de vigne. Tellement champêtre !

Il y a aussi leur poney, Fanfan, qui sera disponible pour les enfants. Sincèrement, je souhaite qu'il ne soit pas trop occupé. Ce n'est pas une journée familiale, c'est une activité de filles, pour faire plaisir aux filles. Les girls, laissez vos flos chez la gardienne, s'il vous plaît !

Avant de partir, Romain m'a dit qu'il est convaincu que nous allons cartonner avec notre samedi girly et que nous ferons l'envie de tous les viticulteurs de l'Estrie. Wow !

Je soupire de contentement et je repense à ma relation avec Romain. Il est clair que je me sens bien avec lui, et j'ai l'impression qu'il me respecte. Il a une belle sensibilité, de celle qu'on ne voit pas chez tous les hommes. De plus, je n'en reviens pas à quel point il prend la vie du bon côté. Dans toute l'histoire de l'herbe à puce, il ne se focalise pas sur le fait qu'il a encore quelques lésions légèrement douloureuses, mais plutôt sur ce que lui a dit le médecin : « D'ici dix jours, ce sera un mauvais souvenir. » En plus, il ne m'en veut toujours pas…

Je termine le nettoyage de la cuisine en songeant cette fois à ma conversation avec Zofia. Elle m'a demandé de la rejoindre à Bromont pour le lunch, le temps de se vider le cœur avant d'aller travailler à l'hôpital en fin de journée. J'ai été lâche. Je n'ai pas eu le courage de me retrouver en face d'elle. Je lui ai dit que je devais visiter des vignobles du secteur. Ce qui n'est pas faux. J'ai envie de le faire… mais c'est pour échapper au regard inquisiteur de mon amie.

Il me reste donc quelques heures à tuer avant de prendre la route des vins et je décide de profiter d'une pause lecture en plein air. Mon nouveau bouquin sous le bras, j'attrape une chaise pliante et je m'installe à l'orée de la forêt, tout près du petit ruisseau qui me rappelle certains beaux souvenirs d'enfance. Je ne compte plus les fois où je me suis amusée à y tremper les pieds et à crier au meurtre parce que l'eau était trop froide.

Je me laisse emporter dans les intrigues de mon sergent-détective montréalais préféré. Ces histoires de meurtre et de cadavres décapités me permettent de tout oublier et de jouer à l'enquêteuse en élaborant des théories sur le dénouement du livre. Neuf fois sur dix, j'ai tort et l'auteur sait me surprendre. Je me dis alors que j'aurais fait une bien piètre policière.

Bzzzz… Bzzzz…

Ah, qu'ils sont fatigants, ces maringouins ! Même pas foutus de nous ficher la paix en plein jour ! Je retourne au chalet pour récupérer les chandelles à la citronnelle que j'ai achetées l'autre matin chez Jean Coutu, avec une adorable serviette de plage bleu azur et des gougounes de la même couleur. Ah oui, j'ai également choisi un pot de crème hydratante en forme de hibou trop cute.

Une fois les bougies sous la main, je cherche mon briquet Zippo décoré d'un hibou. Il me semblait l'avoir laissé sur le comptoir, mais il n'y est pas. Étrange.

Je fouille partout : dans la cuisine, dans le salon et même dans ma chambre. Il est nulle part ! Pourtant, il devrait être ici, je l'utilise presque tous les jours. Je fais le tour de nouveau, je vide mon sac à main et je vais aussi vérifier près du feu de camp et dans ma voiture. Rien.

Ça m'enrage vraiment ! J'y tiens comme à la prunelle de mes yeux. C'est papa qui me l'a donné le soir de mes trente ans, avec tout plein d'autres cadeaux, comme toujours. Pour moi, il est archiprécieux. Fuck !

Pendant un court instant, une idée saugrenue me traverse l'esprit. Non, ça ne peut pas être ça ! Je revois Romain se diriger vers le chalet pour réchauffer nos cafés. Il me semble qu'il en mettait du temps pour remplir deux tasses. Est-ce qu'il aurait volé mon Zippo ? Je ne peux pas croire qu'il m'ait fait ça ? À moi ?

Et s'il avait pris autre chose ? Anxieuse, je vérifie partout, j'ouvre les armoires de la cuisine une à une et tout est à sa place. Je dois admettre qu'il n'y a pas grand intérêt à s'emparer de vieille vaisselle dépareillée et d'ustensiles tachés.

Qu'est-ce qu'il aurait pu vouloir me dérober ? De l'argent ? Après vérification, mon portefeuille contient toujours les cent dollars retirés hier. Heureusement, car mon compte est dégarni !

Dans ma chambre, j'examine le dessus de la commode. J'y vois mon iPad, mon cellulaire, mes crèmes pour le visage et mon étui à maquillage. Tout est là aussi.

Bon, je me fais peut-être des idées pour rien. En retournant à la cuisine, j'allume ! Mes parfums ! J'en avais deux et il ne m'en reste plus qu'un, celui que j'ai pris à la boutique le jour de mon départ. Celui que j'ai acheté à la pharmacie à mon arrivée a disparu. Ben voyons donc !

Ça ne peut être que Romain ! Mais qu'est-ce qu'il peut bien faire avec du parfum et un Zippo de fille ? Il est vraiment malade pour voler une amie. De surcroît celle qu'il veut séduire, si mon instinct est bon. Comment a-t-il pu me faire ça ? Je ne suis pas une grande chaîne de magasins anonyme !

Pathétique… Et dire que je songeais à peut-être-un-jour-dans-un-avenir-pas-si-lointain me rapprocher de lui. Impossible ! Ça va être quoi, la prochaine fois ? Mes cartes de crédit ?

Non, c'est terminé. Je reviens à ma première impression. Je vais le tenir à distance et le laisser jouer le rôle de patron. Point final. N'empêche que je vais devoir lui demander de me redonner mes trucs.

Encore des tracasseries à l'horizon ! Bon, je verrai ça plus tard. Le mieux, pour l'instant, c'est de me préparer pour ma tournée de vignobles. Un coup d'œil au miroir me convainc que j'ai besoin d'une nouvelle mise en plis. Mes cheveux, que j'ai laissés sécher naturellement parce que je ne voulais pas faire attendre Romain pendant quarante-cinq minutes, sont grichous comme c'est pas possible. C'est génial d'avoir une belle chevelure, mais ça demande de l'entretien.

Je place ma tête sous le robinet de la cuisine. L'eau fraîche me chatouille la nuque et me permet de m'éclaircir les idées. J'en viens à un seul constat : depuis que je suis arrivée ici, je vais de catastrophe en catastrophe. Non seulement les mésaventures s'accumulent, mais ma vie affective est sens dessus dessous. Frencher le chum de sa meilleure amie et être attirée par un cleptomane, c'est pas ce que j'appelle être une winner. My life is such a mess…

— VALÉRY ?

Je sursaute en entendant mon prénom, et ma tête heurte violemment le robinet.

— AYOYE, TABARNAK !

Je ferme l'eau d'un coup sec et je cherche à tâtons ma serviette.

— C'est qui ?

— C'est moi, André.

Oh boy ! Il tombe mal, mon proprio ! Je m'essore les cheveux et je me tâte le crâne. Pas de sang, mais je m'en tirerai certainement avec une bonne bosse.

— Vous auriez pu cogner ! dis-je en enroulant ma tignasse rousse dans ma serviette.

— Je l'ai faite ! Mais t'entendais rien. Fait que chus rentré. C'est mon chalet, après toutte.

Interloquée, je dévisage le père de celui avec qui j'ai failli coucher hier. Est-ce que j'ai bien compris ? Je soutiens son regard le temps qu'il réalise la portée de ses propos. C'est long, mais, finalement, il comprend que je suis de mauvaise humeur.

— Euh… Désolé, Valéry. Je voulais pas vraiment dire ça.

— J'espère, parce que vous en avez déjà pas mal à vous faire pardonner !

— Ben non, au contraire. Je suis venu t'annoncer une bonne nouvelle.

— Pis vous faites comme si de rien n'était ? Ça me dépasse !

— De quoi tu parles ?

— Ben voyons ! Vous m'avez embarrée dans les toilettes à matin !

J'ignore s'il joue la comédie, mais M. Francœur semble réellement surpris.

— Embarrée ?

— Ben oui ! Vous avez pas vu les pompiers ?

— Quoi ? Y a eu un feu ? Où ça ? demande-t-il, alarmé.

Je constate qu'il n'est au courant de rien. Si j'étais malicieuse, je lui ferais croire qu'un de ses chalets-bicoques est parti en fumée. Ce serait une douce revanche… mais je décide plutôt de me garder des munitions pour un éventuel marchandage.

Je raconte à M. Francœur que j'étais à l'intérieur des bécosses quand il clouait la porte en claironnant sa fichue toune de pays bleu. Il tente de m'interrompre, mais je lui indique de se taire et je poursuis mon monologue jusqu'au dénouement de la situation.

— Ah ben! Ostensoir à pédales que j'en reviens pas!

Mon proprio est médusé et il semble retenir un grand rire. D'un regard noir, je le mets en garde de trouver ça rigolo.

— Avoue, Valéry, que c'est quand même…

— Non, c'est pas drôle pantoute.

— Pauvre toé, pognée là-dedans. En plus, je l'avais pas vidée depuis un petit boutte.

— Eille, rajoutez-en pas!

Il fixe le sol pour tenter de cacher son large sourire, mais c'est peine perdue. Je sais qu'il trouve ça hilarant!

Son air amusé me gagne de plus en plus et, en y repensant, c'est vrai que c'est plutôt comique. Une fois qu'on en est sortie. Je baisse la garde et M. Francœur comprend qu'il peut se laisser aller et il y va d'un gros rire gras.

— Bon, bon, j'avoue que c'est un petit peu drôle, mais faudrait pas trop en mettre.

— En tout cas, on pourra pas dire que t'es pas divertissante!

Divertissante? Je ne suis quand même pas un personnage de comédie romantique pour être ainsi qualifiée!

— C'est beau, là! Qu'est-ce que vous étiez venu m'annoncer?

— Que je m'en viens changer ta toilette!

Alléluia ! Fini les bécosses du temps des *Filles de Caleb* !

Je me retiens de montrer mon enthousiasme, ayant toujours mon plan en tête. Je regarde M. Francœur, fier comme un paon. Wô là, bonhomme… Tu viens juste changer un sanitaire !

— Pis ? T'es-tu contente ?

— Euh… OK, j'avoue que ça va être pratique. Mais n'empêche que j'ai passé un très mauvais moment ce matin. Et ça mérite compensation.

— Ben, là ! Tu peux quand même pas payer encore moins cher pour le chalet !

— Non, mais vous allez oublier notre entente pour les travaux, par exemple.

Depuis quelques jours, je songe à la manière de revenir sur ma promesse de l'aider dans l'entretien des maisons en échange d'une diminution du prix du loyer, et je crois bien l'avoir trouvée ! Suffit de le convaincre.

— De toute façon, je suis nulle là-dedans. C'est pas une bonne idée.

— Tu pourrais faire des ménages, d'abord !

Non mais il n'est pas gêné ! Comme si j'allais consacrer mon temps et mon énergie à torcher les autres. Encore moins lui.

— Je suis nulle là-dedans aussi. Archinulle.

— Ouin… T'es pas vaillante, vaillante, ma fille !

— Ça, c'est pas vrai ! J'ai ben des défauts, mais je suis pas paresseuse.

Là, il commence à me taper sur les nerfs. Je sens que je n'ai pas vraiment le choix de lui offrir autre chose. Et si j'y allais avec mes compétences ?

J'observe M. Francœur, qui porte un t-shirt défraîchi d'une quelconque équipe sportive. Mon regard se déplace vers son bermuda kaki trop ample et ses bas blancs dans des chaussures de sport aux lacets fluo… Le défi est grand. Immense, même. Mais je crois que je pourrais y arriver.

Surtout qu'André Francœur est loin d'être laid. À part ses dents croches, il a plutôt de beaux traits. Il est juste colon et mal habillé. Je ne peux pas grand-chose pour la première caractéristique, mais, pour le reste, je peux certainement lui donner un coup de main.

— Monsieur Francœur, qu'est-ce que vous diriez d'avoir votre styliste personnelle, le temps d'un après-midi?

— Pour quessé faire?

Oh là là… C'est peut-être un cas désespéré, finalement. Je devrais oublier ça.

— Ah, rien, rien.

— Tu le trouves pas beau, mon linge?

Perspicace, tout de même!

— Ben… euh… pas vraiment. En fait, pas pantoute, si vous voulez tout savoir. Et moi, je pourrais vous aider à vous relooker.

— À me quoi?

— À vous donner une belle image.

Je n'en reviens pas de mon audace, mais il fallait que ça sorte. Les gens qui ne savent pas se fringuer, ça m'énerve. Surtout quand ils ont du potentiel. Heureusement, M. Francœur ne semble pas m'en vouloir, et je dirais même qu'il est intrigué.

— Comment ça se passerait?

Je lui explique que nous irions magasiner ensemble et que je lui ferais des suggestions selon son budget et ses goûts. Inutile de lui mentionner que ce sont les miens qui primeraient. Anyway, je m'organise toujours pour que mon client ait l'impression que c'est lui qui choisit. Simple stratégie de vente.

Il réfléchit quelques instants à ma proposition et, comme je sens qu'il est sur le point d'accepter, je lui livre un argument massue.

— Vous savez, si vous portez des vêtements qui vous avantagent, ça va être plus facile avec les femmes.

— Ouin, mais j'en rencontre pas beaucoup, des femmes, icitte.

— Moi, je connais un endroit où il y en aura plein, très bientôt.

— Ah ouin. Où ça?

Et c'est là que je lui parle de la fameuse journée de filles que j'organiserai au vignoble de son fils et à laquelle la gent masculine pourra assister vers la fin de la journée. Bien entendu, la majorité des participantes seront assez jeunes, mais je compte tout de même inviter des femmes d'un certain âge.

Je l'y convie à une condition : on va aller dans les boutiques avant. Il accepte avec entrain et, de mon côté, je prie pour qu'il ne me fasse pas trop honte.

16

Confusion(s)

— C'est soixante-trois dollars et cinquante.

C'est pas vrai! Je n'aurais jamais cru que de simples dégustations de vins pourraient me coûter aussi cher en taxi. D'autant plus que j'ai recraché au moins la moitié des verres servis... Bon, peut-être le tiers. N'empêche...

Mais rien ne vaut la prudence : c'est pourquoi j'ai laissé ma voiture au troisième vignoble visité et que j'ai marché vers les deux derniers, pour ensuite revenir au chalet en taxi.

Je sors ma carte de crédit en priant pour que la transaction ne soit pas refusée et j'ajoute quelques dollars de pourboire. Je pousse un immense soupir de soulagement quand elle est acceptée.

J'entre dans le shack en regardant l'heure sur mon iPhone une fois de plus : 15 h 15. J'ai tout juste le temps de me changer et de me rafraîchir avant l'arrivée de papa. Quelle belle surprise il m'a faite un peu plus tôt en m'invitant à une pièce de théâtre présentée à Bromont! Je ne me réjouis pas que son amoureux ait attrapé la grippe en plein été, mais je suis ravie de le remplacer au pied levé.

Je suis contente de cette sortie, et le bon vin de cet après-midi me rend encore plus joyeuse. J'ai trop hâte de voir papa! Il viendra ici pour l'apéro vers 17 heures, et ensuite on partira pour Bromont pour manger un petit truc. Je lui ai proposé d'aller directement là-bas pour lui éviter un détour, mais il m'a dit qu'il avait envie de revoir les lieux de nos vacances d'été en famille. Heureusement, sinon je l'aurais rejoint comment? Avec Uber Sherby?!

Je me laisse tomber sur le canapé sale et je ferme les yeux. Dix minutes pour récupérer un peu. Pas plus. Je m'endors en songeant à ce que je vais porter pour cette belle soirée au théâtre.

— Valéry? Valéry?

La tête encore dans le brouillard, je perçois qu'on m'appelle et qu'on me tape doucement sur l'épaule. J'émerge de ma sieste. Ah non! J'ai passé tout droit! Je ne suis pas fière de moi, j'aurais souhaité être présentable pour voir papa.

— Valéry!

Hein? Ce n'est pas mon père, ça! C'est la voix d'une femme. J'ouvre les yeux et je mets quelques instants à reconnaître Zofia. Mais qu'est-ce qu'elle fait ici? Est-ce qu'elle m'a dit qu'elle venait au lac? Je suis toute mêlée.

— Réveille-toi, Val, faut aller au vignoble!

— Hein?

Je me lève tranquillement. J'ai la bouche complètement sèche et un mal de tête lancinant. Hooooly crap! Je n'ai pas bu tant que ça, pourtant.

— Envoye, viens-t'en!

— Qu'est-ce que tu fais là, Zofia?

— Ben, je suis venue te chercher.

— Me chercher?

— Ben oui.

— Je ne comprends pas. Laisse-moi me réveiller, OK ? Puis apporte-moi un verre d'eau, s'il te plaît.

Mon amie s'exécute tout en me demandant pourquoi je n'ai pas répondu au texto qu'elle m'a envoyé en début d'après-midi.

— Quel texto ?

— Celui dans lequel je te disais que je m'en venais.

— Je l'ai pas reçu.

— Ah bon ? Pourtant, je suis certaine de t'avoir écrit.

— Non.

Je suis convaincue qu'elle ne m'a envoyé aucun message pour me prévenir qu'elle venait ici. Anyway, il est trop tard. Elle est là et je ne sais pas quoi faire d'elle.

— Je vais vérifier si tu l'as reçu.

Zofia ramasse mon sac sur le comptoir. J'ai soudainement un très mauvais pressentiment. Et si, par un quelconque hasard, Christophe m'avait écrit cet après-midi, me parlant de ce qui s'est passé hier ? Il NE FAUT PAS qu'elle mette la main sur mon téléphone !

Je sors de ma léthargie et je me lève d'un bond. Elle est plus rapide que moi. Elle attrape mon sac Guess et fouille à l'intérieur.

— DONNE-MOI MA SACOCHE !

Zofia tressaille et me regarde avec stupéfaction.

— Les nerfs. Panique pas.

Elle me tend mon sac en se demandant ce qu'elle a bien pu faire pour mériter d'être traitée aussi cavalièrement. Une énorme culpabilité m'envahit et je me radoucis.

— S'cuse-moi, Zofia. C'est juste que… que j'ai un cadeau pour toi dans mon sac et je voulais pas gâcher ta surprise.

— Ah ouin ? C'est quoi ?

— C'est juste un petit truc, pas grand-chose.

— Ahhh, t'es trop fine.

Je déteste mon comportement. En réalité, je me déteste tout court. Je me sens minable de mentir grossièrement à ma meilleure amie. Si je faisais une femme de moi, je passerais à la confesse. Là, tout de suite. Au lieu d'attendre que Zofia apprenne que j'ai frenché son chum environ une heure avant qu'il la laisse.

Je me rends compte que j'ai vraiment le mauvais rôle dans cette histoire. Tout porte à croire que Christophe a rompu à cause de notre baiser… Ce qui n'est pas la vérité puisqu'il avait pris sa décision avant. Mais comment le démontrer ? À bien y penser, mieux vaut garder mon secret.

— Valéryyyyyyyyyy ?

— Oui ?

— Tu voudrais pas me le donner tout de suite, mon cadeau ? Me semble que ça me remonterait le moral ?

— Euh…

— Dis oui ! Dis oui ! Dis oui !

Oh my God ! Comment vais-je me tirer d'affaire ? Que c'est compliqué quand on vit dans le mensonge ! Je n'ose imaginer les pirouettes que doit faire un conjoint adultère…

— S'il te plaîîîîîîîîîîît !

C'est à mon tour de faire des entourloupettes. Elle insiste comme une fillette de cinq ans. Mais pourquoi suis-je surprise ? Zofia se comporte toujours de façon immature quand elle est en peine d'amour.

— Non, non. Je vais te l'offrir quand il sera emballé.

J'utilise le ton ferme d'une maman qui sermonne son enfant et elle comprend que le sujet est clos.

— OK, d'abord. Bon, on y va-tu, là ?

— Où ça ?

— Ben, au vignoble !

— Je peux pas y aller, Zofia ! J'attends mon père, on va au théâtre ce soir.

— Ah. Tu m'avais pas parlé de ça, me reproche-t-elle.

— Je savais même pas que tu venais. D'ailleurs, tu travaillais pas, ce soir ?

— J'avais pas la tête à ça. Fait que j'ai callé malade.

— Encore?

Ma copine balaie ma question du revers de la main. Je n'insiste pas… même si ça m'inquiète un peu.

— Et puis je veux essayer de convaincre Christophe de changer d'idée. Ç'a pas de bon sens qu'on se laisse comme ça. C'était super bien parti.

— Zofia, dis-je d'une voix douce, tu penses pas que tu t'es enthousiasmée un peu vite?

— Non, pantoute. Lui aussi, il était dedans au boutte. Je comprends pas ce qui est arrivé.

Et moi, je ne veux surtout pas qu'elle en sache davantage. Sans dire un mot, je me rends à la cuisine pour trouver une grignotine salée à me mettre sous la dent. Généralement, ça m'aide à faire passer ma gueule de bois et ça calme mes angoisses. Je déniche un sac de chips sel et poivre, et j'en engouffre quelques-unes avant d'en offrir à Zofia.

— Non, merci.

J'en avale deux, trois autres et, pour éviter de vider le sac, je demande à mon amie de le cacher. Habituée à mes manies, elle s'exécute sans me juger. La seule fois où elle a émis un commentaire sur mes cravings, c'est quand je me suis pointée chez elle pour lui remettre un ensemble de douze tablettes de chocolat (moins les deux que j'avais mangées) acheté dans un club-entrepôt dans un moment de déprime.

Ce soir-là, elle m'avait gentiment suggéré d'opter pour du chocolat noir la prochaine fois, et non pas pour «des trucs industriels remplis de sucre et de mauvais gras». Quelle bonne amie elle est! Et quelle copine épouvantable je suis!

Zofia fait les cent pas dans le chalet et je suppose qu'elle revoit son plan de match dans sa tête, étant donné que je ne suis pas disponible. Je ne comprends pas pourquoi elle souhaitait que je l'accompagne au vignoble, mais je préfère ne pas relancer le sujet.

— Mon père devrait arriver bientôt. On va prendre l'apéro, tous les trois, ça va te changer les idées.

— Pffff… Pas certaine, non.

— Mais oui. J'ai ton rosé favori.

— Non, non, faut que j'aille voir Christophe. Je suis venue ici pour ça.

— Euh… Je pense pas que ce soit une bonne idée. As-tu envie de renouer avec un gars qui a cassé par texto ?

— J'avoue que c'est pas fort.

— Pas fort ? C'est un manque de classe total. Et de respect, aussi.

En jouant sur la notion de fierté, j'espère convaincre Zofia d'abandonner son plan d'affronter son ex. Et pas seulement parce que je crains que Christophe s'ouvre la trappe, mais aussi parce que je crois sincèrement qu'il n'en vaut pas la peine. Embrasser la meilleure amie de sa blonde, c'est un comportement de traître. D'accord, moi aussi, je suis une sorte de traîtresse, mais c'est lui qui a commencé. C'est pire.

— Je peux pas laisser les choses comme ça. Faut que je sache pourquoi.

Je suis à court d'arguments. Je devrais me croiser les doigts pour qu'une catastrophe ne vienne pas s'abattre sur nous… et sur notre amitié.

— C'est sûr, poursuit-elle, que si t'avais été là ç'aurait été plus facile.

— Honnêtement, je vois pas ce que je viens faire là-dedans.

— Ben, tu le connais depuis longtemps, non ? S'il m'écoute pas, moi, il va peut-être t'écouter, *toi*.

J'observe ma copine, tentant de déterminer la part de manipulation dans ses propos. J'ai parfois l'impression qu'elle voit en moi une grande sœur. Celle qui la protégerait de tous les dangers. Celle qui, d'un coup de baguette magique, ferait disparaître tous ses soucis. Celle qui ferait passer ses besoins avant les miens. Celle à qui on peut tout demander.

Bon, d'accord, c'est ça aussi, être la meilleure amie de quelqu'un. Le problème, c'est que ça arrive très souvent et que les rôles sont rarement inversés. Oui, Zofia prend parfois soin de moi, mais jamais comme je le fais. Je l'ai toujours su et accepté. Mais aujourd'hui, ça me gosse.

Même si je me sens coupable de mon comportement avec Christophe, quelque chose en moi en a marre de cette amitié inéquitable. Est-ce que, inconsciemment, je me suis laissée aller avec son chum parce que j'ai moins de considération pour elle? S'agirait-il d'une forme de vengeance involontaire?

Nahhh… Faut quand même pas exagérer. Je me suis abandonnée dans les bras de Christophe parce que c'était bon. Point.

Zofia me fait une duck face triste, et mon cœur de meilleure-amie-grande-sœur fond de nouveau. Sauf que, cette fois-ci, pas question de céder à ses caprices. Surtout que sa demande est complètement ridicule: depuis quand une amoureuse éconduite se présente-t-elle flanquée de sa copine pour éclaircir les choses avec son ex?

— Écoute, Zofia, ç'a pas de sens que j'y aille avec toi.

— Ouin, peut-être…

Voilà la brèche que j'attendais.

— Tu devrais laisser tomber. L'oublier, carrément. Viens au spectacle avec nous, je suis sûre qu'on peut trouver un troisième billet.

— Pourquoi tu veux que je l'oublie? C'est toi qui as dit que c'était un gars pour moi. Pis là tu souhaites que je baisse les bras, que je fasse rien? C'est peut-être l'homme de ma vie…

Je suis toujours étonnée de constater à quel point l'esprit humain peut interpréter les choses à sa façon.

— Zofia, j'ai dit que c'était *peut-être* quelqu'un pour toi. Mais visiblement, il ne l'est pas. Tu vois bien qu'il se fout de toi ? Un peu de dignité, quand même !

Ma réaction semble la convaincre. Elle cesse son va-et-vient dans le salon et elle me rejoint à la cuisine.

— OK, je pense que t'as raison. J'ai intérêt à passer à autre chose.

— Bon, ça, c'est une bonne idée. Et puis il y en aura d'autres, tu verras.

— Val, si tu me sors ton « un de perdu, dix de retrouvés », je t'étripe.

— Je dis rien. Promis. Fait que tu vas venir au théâtre avec nous ?

— Je verrai… Mais je vais prendre l'apéro avec vous.

— Génial !

Je laisse mon amie quelques minutes et je me rends à la salle de bain pour effacer les traces de ma virée dans les vignobles : un vigoureux brossage de dents, une ampoule coup d'éclat dans le visage, un trait de crayon marron sur mes paupières, un mascara à effet glamour, un soupçon de gloss repulpant, un brossage bien senti dans ma crinière ébouriffée et me voilà redevenue présentable… Enfin, presque. Je vais à la chambre enfiler une blouse noire à petits pois blancs qui s'harmonise parfaitement avec ma jupe ample. Et pour compléter le tout, j'applique quelques gouttes de parfum sur ma nuque, dans mon décolleté et sur mes poignets. Là, je suis prête.

Juste à temps pour papa, dont j'entends la voiture dans l'entrée. Yééé !

Quand j'ouvre la porte, une bouffée d'amour et de fierté m'envahit. Ce superbe sexagénaire au regard bleu rieur et au sourire communicateur, c'est mon papa d'amour ! Et il a vraiment belle allure avec son pantalon en lin gris pâle, sa chemise noire du même tissu et ses Espigas charcoal. Mon goût pour la mode ne me vient pas des voisins.

— Papa ! Je suis trop contente de te voir.

— Moi aussi, mon trésor.

Il me serre très fort dans ses bras. Je m'y abandonne un moment, avant de me rappeler la présence de mon amie.

— Viens, Zofia est là.

— Ah ! Super !

D'aussi loin que je me souvienne, mon père a toujours été à l'aise avec mon entourage. Sans tomber dans le « je veux à tout prix faire partie de la gang de ma fille et être comme eux », il a su être le complice de plusieurs de mes copains. Probablement en raison de sa grande capacité d'écoute et de son intérêt naturel pour les autres.

De plus, connaître les gens, leurs besoins et leurs rêves l'aidait à bien gagner sa vie comme publicitaire. Je n'ai pas toujours été d'accord avec les produits qu'il vantait, mais comme ça me permettait de vivre dans une belle grande maison et d'avoir des vêtements griffés, je passais par-dessus mes principes.

— Bonjour, Michel ! Élégant comme toujours, lance Zofia en s'approchant.

Leur accolade me laisse légèrement perplexe. Je rêve ou mon amie se colle un peu trop longtemps contre mon père ? Voyons, Val, tu imagines des choses qui n'existent pas. Calme-toi !

Elle se dégage finalement de son étreinte et j'en profite pour leur proposer de boire l'apéro à l'extérieur. Tout en bavardant de banalités, nous prenons place sur les chaises Adirondack. Sur la table basse devant nous sont posés une bouteille de rosé, des olives farcies aux amandes, des craquelins au sésame et un reste de gravlax de saumon à l'aneth.

Papa regarde autour de lui et semble ému de retrouver les lieux de nos vacances d'été.

— Ça fait drôle de revenir ici.

— Ç'a pas changé, lui dis-je.

— En effet…

— Pas assez, à mon avis. C'est plutôt rustique.

Mon père ne répond pas, le regard perdu vers le passé. My God… Je ne croyais pas qu'il était si nostalgique de nos séjours ici. Pour le ramener avec nous, je décide de raconter l'épisode de mon emprisonnement dans les toilettes. Il s'esclaffe à plusieurs reprises, ainsi que Zofia, qui ne connaissait pas tous les détails.

— Finalement, dis-je à mon amie, t'as eu une bonne idée d'appeler les pompiers. Ils étaient super gentils, pis pas mal cutes ! J'ai même pu faire une photo avec eux.

— Eille, va donc voir s'ils l'ont mise sur leur site Internet.

— Bonne idée !

Quelques clics sur mon cellulaire me permettent d'accéder au site des pompiers de Magog. Sur la page d'accueil, on voit la photo prise ce matin, coiffée du titre : « Libérée de sa prison puante par nos sapeurs-pompiers ! »

Ouf… Je ne suis pas certaine que j'aime le choix des mots. Il y a des gens qui feraient mieux de laisser leurs *talents* de rédacteur à la maison. Par contre, je dois admettre que le portrait est plutôt réussi. J'y suis à mon avantage, même si rien ne jouait en ma faveur : sourire à la bouche fermée, cheveux dépeignés, maquillage absent. Malgré tout, je me trouve pas mal belle.

Mais ça, ça m'arrive souvent quand mon père est là. Il a le don, par sa simple présence, de me redonner confiance. Je lui montre la photo et il l'approuve avec sincérité. Par contre, pour le titre, il est d'accord avec moi.

Je lis le texte à voix haute et je suis heureuse de découvrir que les pompiers ne me font pas passer pour une folle finie qui s'enferme dans les toilettes. Toutefois, même si l'article est plutôt mignon, je prie pour que sa diffusion s'arrête là. Pas de partage sur les réseaux sociaux, pleaaaaaaase ! Je n'ai pas envie que le Québec en entier soit au courant de ma mésaventure. Mais bon, je suis à Magog, ça ne devrait pas trop s'ébruiter.

— Encore un peu de rosé?

Zofia me tend son verre, tandis que mon père ne réagit pas.

— Youhou! Papa?

— Hein?

Je lui montre la bouteille que j'ai à la main.

— Ah oui. Juste un peu, s'il te plaît.

Pendant que je lui verse du vin, je l'observe attentivement. J'ignore à quoi il songe, mais ses yeux ne sont pas aussi rieurs que d'habitude. Je n'y vois pas de tristesse, mais je décèle une certaine mélancolie.

— Ça va?

— Oui, oui, excuse-moi, mon trésor, répond-il en secouant la tête comme pour chasser ses pensées.

Je cherche le regard de Zofia afin de savoir si elle partage mes impressions. Son air inquiet me le confirme, et je décide d'insister.

— Ça te ramène de bons ou de mauvais souvenirs, de venir ici?

— Un peu des deux. Mais c'est pas important. Parlons de vous deux, plutôt. Comme ça, Zofia, t'as un nouveau copain?

Oups… C'est ce qu'on appelle mettre les pieds dans le plat. Juste à voir sa mine déconfite, il comprend qu'il a gaffé.

— Oh… Désolé. C'est un sujet sensible, je pense.

— C'est pas grave, Michel, répond mon amie, un brin de tristesse dans la voix.

Elle lui explique en quelques mots que tout est terminé entre elle et Christophe. Je suis à la fois surprise et soulagée de constater qu'elle veut vraiment tourner la page. C'est ce qui est préférable pour elle. Et pour moi aussi.

Le silence revient et j'en profite pour examiner discrètement mon père. Ses sourcils froncés, son menton bien enfoncé dans le creux de sa main, son regard empreint d'un certain vague à l'âme… Vraiment, il n'est pas dans son état normal.

— Papa, tu vas finir par me dire ce qui se passe ?

Mon père soupire et je me demande si c'est mon insistance qui l'exaspère ou si c'est le fruit de ses réflexions.

— Bon, très bien.

Il prend une grande respiration, se tourne vers le chalet qu'il regarde intensément.

— C'est là que tout a commencé pour moi. Ma vraie vie.

— Hein ? Dans le petit shack ? Comment ça ? Qu'est-ce que…

Puis je comprends. C'est ici que papa a découvert qu'il était homosexuel. Je ne sais pas comment, ni quand, ni avec qui. Ce dont je suis certaine, par contre, c'est que je n'ai pas trop envie de connaître les détails. Mais Zofia n'a pas cette pudeur-là ; Michel n'est pas son père.

— C'est ici que vous avez… ben… euh… su que vous étiez gai ?

— Su, non. Ça faisait un moment que je le savais. Que je m'en doutais, en tout cas. Mais c'est ici que tout s'est confirmé.

Je me lève d'un bond, maintenant convaincue de ne pas vouloir entendre la suite. Je ramasse l'assiette de saumon vide et je m'apprête à entrer dans le chalet quand papa pose doucement sa main sur mon bras.

— Tu peux te rasseoir, Valéry. Je ne dirai rien qui pourrait te choquer.

Il me décode toujours si facilement ! Hésitante, je reprends ma place à ses côtés. Je ne désire surtout pas lui faire de peine.

— Tu avais quinze ans, c'était notre dernier été ici. Entre ta mère et moi, ça allait de plus en plus mal. Et je savais que c'était ma faute. Je ne l'aimais pas comme elle le souhaitait.

J'aurais envie de l'interrompre pour lui dire que, de toute façon, maman n'a jamais été contente de rien dans la vie. Et que, même s'il avait été le mari idéal, Marie-Lyne aurait trouvé à se plaindre. Une éternelle insatisfaite. Je le laisse toutefois poursuivre. C'est de lui qu'il veut me parler. Pas d'elle.

— Et puis un soir que tu étais partie en ville avec tes amis et que ta mère était absente, je suis sorti.

— À Magog? Dans un bar?

— Non. Je suis allé chez des copains à Sherbrooke. En fait, j'ai visité des anciens clients avec qui j'avais gardé contact. Un couple gai.

— Je les connais?

— Je crois pas. Je les ai appelés et ils m'ont invité chez eux.

— Ils ont pas trouvé ça bizarre que tu leur fasses signe subitement, comme ça?

— Non. J'ai l'impression qu'ils avaient compris ce que moi-même je ne réalisais pas encore, mais que j'étais en train de m'avouer tout doucement. Même si, au fond de moi, je ne voulais pas, mon désir pour les hommes était là et ça n'allait pas partir comme par enchantement.

Zofia écoute mon père avec une attention que j'ai rarement vue chez elle. Je dois admettre que son récit est particulièrement prenant.

— Votre soirée s'est passée comment? demande-t-elle. C'était l'fun?

— Je suis pas certain que je qualifierais ça de fun.

— Ah bon?

— Il y avait une partie de moi qui était complètement terrorisée à l'idée de ce qui arriverait peut-être.

— Mais, papa, en publicité, c'est pas un milieu trop straight. T'en fréquentais déjà, des gais!

— Oui, mais de là à changer de cap comme ça... À faire des choses qui allaient transformer ma vie pour toujours, j'étais loin d'être rassuré.

— Je comprends...

— Et puis j'avais jamais été infidèle et, là, je m'apprêtais à tromper ta mère. Avec un homme en plus.

— Pffff…

— Valéry! Sois indulgente envers elle.

— OK, OK, continue.

— Donc mes amis avaient invité quelques-uns de leurs copains. Ils ont fait venir des mets chinois, on a ouvert des bouteilles de rouge et… the rest is history.

— Mais… c'est quoi, le lien avec le shack?

— Ben… euh… j'ai ramené Aleksandar ici.

— Ici? Dans *mon* shack?

Papa hoche la tête et je détourne le regard, voulant chasser les images qui s'offrent à moi.

— Désolée, Valéry… Mais comme je savais que tu dormais chez une amie…

— Alexander? C'était un anglophone? s'enquiert Zofia, revenant à l'histoire.

— Non. Aleksandar, un Serbe. Il était… il était magnifique. Un athlète, un corps taillé au couteau.

— Bon, bon, OK, on a compris, dis-je en grognant.

— T'as raison, j'arrête. Excuse-moi, c'est l'endroit qui me fait revivre tout ça. On change de sujet.

Je m'aperçois que mon comportement est un peu immature et égoïste. Après tout, mon père ne m'a rien révélé de bien croustillant. Je n'ai qu'à empêcher mon imagination de faire des siennes.

— Non, non, c'est correct. Après, tu l'as revu?

— On s'est vus quelques fois, mais, moi, j'étais marié. Je voulais rien changer à ma vie. En apparence, du moins. Il s'est tanné.

— T'as eu de la peine?

— Oui et non. À l'époque, ce qui me préoccupait le plus, c'était de pas vous faire du mal, à ta mère et toi. J'ai donc tenté d'étouffer mes désirs, de faire comme si c'était une erreur de parcours.

— Tu t'avouais pas encore que t'étais gai?

— Non, pas vraiment. Je me disais que j'avais vécu une expérience, mais qu'il fallait que je rentre dans le rang, maintenant.

— Le sens du devoir.

— En plein ça, mon trésor. Avec l'éducation stricte que j'avais reçue de mes parents, en plus de mes études au séminaire de Sherbrooke, j'étais dressé aux responsabilités.

— Mais là, tu t'oubliais.

— Et ç'a été comme ça pendant deux ans. Je me suis convaincu que j'étais un père et un mari traditionnel.

— Qu'est-ce qui s'est passé pour que vous décidiez de tout quitter? demande mon amie.

— Qu'est-ce qui change tout, selon toi, Zofia?

— Euh… Je sais pas trop.

— Moi, je le sais, dis-je. T'es tombé en amour.

— Exactement!

— Tu m'as jamais parlé de ça! Avec qui?

— Mon prof de cuisine.

— Hein? Quel prof de cuisine?

— Celui dont j'ai suivi le même atelier trois fois.

— Ben voyons donc! Raconte-nous ça!

Papa nous explique que maman et lui ont assisté à un cours sur la confection de sushis, qui gagnaient beaucoup en popularité dans ces années-là. Immédiatement, il a senti une forte attirance envers l'enseignant, un restaurateur de la région. À un point tel qu'il y est retourné seul… à deux reprises. Ils se sont aimés une nuit, dans l'appartement du prof en question, qui habitait Rock Forest.

— Après ça, je ne voulais plus le quitter. J'étais incapable de vivre sans lui.

— Et tu l'as dit à maman.

— Oui. Et je vous ai brisé le cœur.

Je hausse les épaules.

— C'était inévitable, mais on s'en est remises.

— Toi, oui. Ta mère, je suis pas certain.

— Elle s'en est sortie ! C'est juste qu'elle aime ça, te manipuler et te faire sentir coupable.

Quand Marie-Lyne file un mauvais coton, il lui arrive d'appeler papa et de se morfondre sur sa vie, pour ensuite lui soutirer quelques centaines de dollars. Elle s'empresse de tout dépenser dans des crèmes antirides, des vêtements de yoga ou tout autre produit qui lui donnent le sentiment d'être plus jeune. Lorsqu'elle agit comme ça, son comportement me pue au nez. Carrément.

— Avec le prof de cuisine, intervient Zofia, ç'a duré ?

— Pas vraiment, non. Il n'était pas du genre à avoir une relation exclusive.

— Honnn… C'est ben poche, ça.

— Comme Valéry a dit, on s'en remet.

— Ç'a été difficile ? insiste Zofia.

Papa détourne le regard pour éviter de lui répondre et j'en déduis que la rupture a laissé des traces. À cette époque, je me rappelle qu'il était particulièrement triste, mais je croyais que c'était à cause de la séparation. Visiblement, ce n'était pas l'unique raison. Pauvre papounet…

— Oui, j'ai eu beaucoup de peine, avoue-t-il finalement.

— Je sais ce que c'est… Et dans votre travail, comment ç'a été perçu ?

— Ouf… Toutes sortes de réactions. Beaucoup étaient surpris, sous le choc ; d'autres avaient de la peine pour ma famille. Mais il y en a qui étaient carrément méprisants.

— Ah oui ? Même au début des années 2000 ?

— Bien sûr. Je me souviens d'une des rédactrices de la boîte qui a complètement changé d'attitude quand elle l'a appris. Elle est devenue froide et distante.

Je sais exactement de qui il s'agit ! Et ça ne m'étonne pas du tout.

— Tu parles de Corinne, hein ?

— Comment tu le sais?

— Papa, t'es un peu naïf, des fois. Corinne était amoureuse de toi. Et c'était assez clair!

— Mais non, voyons, elle était mariée.

— Ouin, pis? Ça empêche quelque chose? Toi, t'es bien tombé en amour alors que t'étais en couple.

— Bon, c'est vrai que c'est possible, mais je me suis jamais rendu compte de ça.

— En tout cas, intervient Zofia, moi, je la comprends d'avoir été attirée par vous.

QUOI? Qu'est-ce que mon amie vient de confier? Avec, en plus, un ton suggestif? Ma stupéfaction ne lui échappe pas.

— Ben quoi! Je fais juste mentionner au passage que si j'avais la chance d'avoir un homme comme ton père dans ma vie, c'est sûr que je le voudrais tout pour moi.

J'ai un peu honte d'avoir pensé de travers, mais c'est son ton qui ne m'a pas plu. Mon papa, c'est don't touch! Il en profite pour nous rappeler qu'il est l'heure d'y aller.

Même si j'ai envie de passer un moment en tête à tête avec mon père, j'offre à Zofia de nous accompagner. Elle refuse, disant qu'elle retourne à Montréal, ce qui me laisse perplexe.

— T'es certaine?

— Oui, oui. Finalement, je pense avoir besoin d'être seule. Faut que je fasse mon deuil de Christophe.

Agréablement surprise par la maturité de sa réponse, je la serre dans mes bras en lui promettant de l'appeler dès demain matin. Elle nous souhaite un bon spectacle, embrasse mon père sur les joues et grimpe dans sa voiture. Toute contente, je me tourne vers mon père.

— Prêt pour notre soirée père-fille?

— Bien sûr, mon trésor. Je suis toujours heureux d'être avec toi. Tu le sais, ça, hein?

— Oui, papa, je le sais, dis-je avec une certaine mélancolie.

J'ai juste hâte qu'un autre homme, plus jeune et sans lien de parenté, me dise la même chose. Un jour, peut-être.

Quelques heures plus tard, la tête enfouie dans l'épaule de mon père, à somnoler devant une pièce de théâtre qui me laisse indifférente, je songe de nouveau à cet homme que j'espère voir débarquer un jour dans ma vie. Sera-t-il grand comme je les aime ? Avec des yeux rieurs comme ceux de mon père ? Avec un sourire aussi craquant que celui de mon acteur québécois préféré, Éric Bruneau ?

Me fera-t-il rire aux larmes ? Me consolera-t-il de toutes mes peines en me chuchotant des mots doux à l'oreille ? Me fera-t-il jouir en oubliant son propre plaisir ?

Quelle profession exercera-t-il ? Ingénieur, psychologue, avocat ? Ou sera-t-il plutôt un artiste ? Écrivain, musicien ou même réalisateur de longs métrages ?

Je pousse un autre soupir, en me disant que je me fais justement des films dans ma tête. Je cherche trop la perfection. L'important, c'est qu'il soit gentil et, surtout, qu'il m'aime, moi. Pour ce que je suis. Cet homme existe-t-il quelque part dans l'Univers ? Plus les années passent, plus j'en doute.

Que va-t-il m'arriver si je ne rencontre jamais l'âme sœur ? Je vais y penser toute ma vie ? Rêver à l'amour, à la vie à deux, à trois, à quatre… Rêver aussi d'une maison en banlieue avec un jardin rempli de lys roses, m'imaginer les enfants qui sautent dans la piscine, le mari qui tond la pelouse le samedi matin… et même envier ces familles qui se promènent en minifourgonnette. C'est ce qui m'attend ? Vivre à travers le bonheur des autres ?

Devant ce scénario, je sens les larmes me monter aux yeux. L'idée de continuer ma route seule pour le restant de mes jours m'attriste et m'angoisse. J'essaie d'écarter ces émotions en tentant de me concentrer sur le vaudeville qui se déroule sur la scène. Rien à faire. Je ne parviens pas à m'abandonner au jeu des acteurs, si bons soient-ils.

Puis je ressens une vibration sur ma hanche gauche. Mon cellulaire m'annonce l'entrée d'un texto. Voilà de quoi me divertir. Je chuchote à papa que je vais aux toilettes et je quitte mon siège précipitamment.

Une fois dans le couloir, je lis le message de Zofia : « Fucking bitch !!! Christophe m'a tout dit. J'en reviens pas. Comment t'as pu me faire ça, à moi, ta meilleure amie ? Coucher avec MON chum. Je te déteste !!!! 😖 T'es rien qu'une hypocrite. Je veux pus rien savoir de toi. »

Je lis le texto une deuxième fois pour être certaine. Non, non, non ! Il lui a fait croire que nous avons couché ensemble ! Quel menteur ! Quel salaud !

Je sens la panique monter. Mes mains tremblent et je manque d'air. Je me rue à l'extérieur du théâtre, je m'appuie contre le mur et je prends de longues et profondes respirations. Je me calme peu à peu, mais, maintenant, ce n'est plus seulement la crainte de poursuivre mon chemin sans compagnon qui me serre le cœur, j'ai peur d'avoir perdu ma meilleure amie pour toujours.

Août...

17

Samedi rime avec girly

Les ballons roses et blancs attachés aux différents kiosques flottent dans les airs, menaçant parfois de s'envoler au vent. La musique de Coldplay crée une atmosphère festive, l'odeur alléchante des saucisses qui grillent sur le barbecue nous chatouille les narines, les nuages dans le ciel bleu cachent par moments le soleil de plomb, apportant un peu de fraîcheur… Et bien entendu, le vin coule à flots.

J'observe fièrement les quelque deux cents personnes qui assistent à ma journée girly organisée au vignoble de mes amis. Les participantes sont des femmes de tous les âges qui viennent des Cantons-de-l'Est, mais aussi de la région de Montréal et même de Québec.

Grâce aux réseaux sociaux, nous avons réussi à attirer une foule considérable, et plusieurs hommes se sont mêlés aux invitées. La seule qui est absente et qui me manque cruellement, c'est Zofia.

Depuis que Christophe lui a raconté que nous avions couché ensemble, il y a plus d'un mois, mon amie m'a rayée de sa vie. Complètement. J'ai eu beau clamer haut et fort que je ne suis pas allée jusqu'au bout avec lui, elle ne me croit pas. De toute façon, m'a-t-elle dit, même l'embrasser était un geste de trop. Elle n'a pas tort, mais j'aurais simplement souhaité m'expliquer.

Christophe, quant à lui, a passé un mauvais quart d'heure. Je l'ai engueulé comme du poisson pourri, je l'ai traité de tous les noms et je lui ai remis ma démission. Qu'il a refusée, proposant plutôt de prolonger mon contrat jusqu'à la fin d'août pour me permettre d'organiser ma journée girly sans précipitation.

Je ne sais pas pourquoi, mais j'ai cédé. Est-ce que c'est à cause de ce qu'il m'a confié et qui m'a bouleversée ? Après avoir écouté en silence mes insultes, il s'est levé et s'est approché de moi, avec un regard de fauve. J'ai reculé, il a avancé… jusqu'à ce que je me retrouve acculée contre une étagère. Il a fait un pas, un autre, puis il s'est arrêté, son corps à trois centimètres du mien.

J'ai senti mon cœur battre très fort, ma respiration devenir plus saccadée et mes jambes ramollir. Il a posé la main au-dessus de mon épaule et il s'est penché pour me chuchoter à l'oreille : « J'ai juste dit à Zofia de quoi j'avais terriblement envie… »

Tout mon corps s'est enflammé. J'ai senti le désir me transpercer tout entière et j'ai eu envie qu'il me prenne dans cette pièce aux stores ouverts sur le couloir, appuyée contre l'étagère où sont entassés quelques grands crus et des verres Riedel qui auraient pu se fracasser sur le sol. Pendant quelques secondes, j'ai perdu tout jugement, toute raison. Puis il a ajouté : « Et je sais que, tôt ou tard, ça va se produire. »

C'est là que j'ai débandé. Cette assurance maladive, le fait qu'il pense que je suis sa marionnette m'ont profondément déplu et ramenée sur le plancher des vaches. Je me suis écartée et je suis sortie en lui signifiant qu'il me devait une hausse salariale de 15 %. Rétroactive.

Christophe a accepté mon « offre ». J'imagine qu'il l'a fait pour se donner toutes les chances de me baiser. Pffff... Il est mieux de prendre son mal en patience. Je n'ai pas l'intention de flancher.

Depuis cet événement, je le tiens à distance. Le problème, c'est qu'il est mon patron et que je n'ai pas le choix de traiter avec lui. D'autant plus que Romain a été particulièrement discret depuis quelques semaines. Il effectue d'innombrables allers-retours à Montréal, prétextant des rencontres avec des fournisseurs, mais ni Christophe ni moi ne sommes dupes. Cherchez la femme...

— Madame Aubé ?

Je me retourne pour apercevoir une belle blonde aux yeux bleu-gris, qui porte un appareil photo autour du cou.

— Bonjour, je suis Juliette Gagnon.

Ah oui ! La photographe montréalaise que j'ai engagée. Je l'avais oubliée, celle-là. Il faut dire qu'elle ne s'est pas aidée, avec sa demi-heure de retard.

— Bonjour, je ne vous attendais plus.

— Oui, désolée, j'ai frappé un raton laveur en chemin. Il était huuuuuuuuuge !

— Hein ? Un gros raton laveur ? Ç'a dû faire des dommages à votre voiture ?

— Euh... pas tant que ça. Dans le fond, c'était peut-être une marmotte. En tout cas, mon auto était pleine de sang. Y a fallu que je la fasse laver.

Je hausse les sourcils, sceptique devant son explication.

— J'ai cherché un lave-auto automatique, mais ç'a l'air que ça existe pas à la campagne. Je me suis retrouvée dans un garage, pis ils ont fait ça à la main.

Soit cette fille-là me bullshite carrément, soit elle est d'une naïveté déconcertante. J'espère que je ne me suis pas trompée en me fiant à son site Internet sur lequel on mentionnait l'obtention de deux prix prestigieux de photographie. Enfin, on verra bien.

— Est-ce que tout le monde a signé des releases pour les photos? me demande-t-elle.

— Oui, en arrivant.

— Parfait! Donc je peux m'amuser?

— Euh… Allez-y.

Et la voilà qui décolle comme une fusée pour capter quelques images près du kiosque de la joaillière, d'où proviennent des rires à profusion. Je m'éloigne à mon tour en direction du barbecue dans l'espoir d'avoir finalement le temps de manger une saucisse au canard du lac Brome avec choucroute. Il est 14 h 30 et je n'ai rien avalé depuis mon bol de céréales de ce matin.

— Valéryyyyyy? Youhouuuuuuuuuu!

Bon. Je crois bien que le moment de se sustenter n'est pas encore arrivé. Je jette un coup d'œil à ma gauche et mon cœur fait un immense bond. Daisy. Elle est venue. Wow!

— Hello, Darling, me dit-elle en me serrant dans ses bras.

— Je suis trop contente que tu sois là! Merci de t'être déplacée.

Je suis fière que ma mentore ait pris la peine de faire une heure de route pour assister à ma journée girly, mais, en même temps, je suis nerveuse à l'idée que tout ne soit pas parfait. Daisy est une femme d'affaires accomplie, je voudrais tellement être comme elle et, surtout, je ne souhaite pas la décevoir.

— Voyons, Valéry! J'allais pas manquer une fiesta pareille. D'ailleurs, je porte des vêtements de circonstance, tu trouves pas?

J'observe mon amie avec attention et je me retiens pour ne pas laisser paraître mon découragement devant sa tenue plutôt farfelue. Elle a enfilé une robe blanche ornée de motifs de pommes et de poires avec de larges bretelles qui me font penser à un tablier.

Aux pieds, elle porte des bottes de cowboy marine et argentées. Pour compléter le tout, elle s'est coiffée d'un immense chapeau de paille paré d'un épais ruban bleu poudre. De toute beauté…

— Très festif, en effet !

— Merci !

— Comment tu vas ? Tu m'as intriguée l'autre fois quand tu m'as mentionné que de gros changements professionnels s'en venaient. Tu peux m'en dire un peu plus ?

— Humm… Malheureusement non.

— Tu peux vraiment pas m'en parler ?

— Pas encore, mais je te promets de le faire dès que tout sera fini.

— Ah bon ? Y a une transaction dans l'air ? Est-ce que tu vends ton entreprise ?

Daisy place l'index devant sa bouche pour m'inviter à me taire. Son regard complice m'indique que j'ai misé juste. Même si j'ai bien hâte d'en savoir plus, je n'insiste pas.

— Garde ça pour toi, s'il te plaît. Faudrait pas que ça vienne à des oreilles malveillantes, précise-t-elle.

— Promis.

— Surtout, pas un mot à Christophe Francœur. Il doit bien être ici aujourd'hui, non ?

La possibilité que mon patron tombe sur Daisy m'embête. Surtout que je ne l'ai pas avisé de la présence de mon amie. Je croise les doigts pour que tout se passe bien.

— Euh… Oui, oui. Je pense qu'il est dans son bureau.

— Pffff… Ça m'étonne pas qu'il se cache. Il doit pas aimer que ta fête soit une réussite, vu que c'est ton idée et non la sienne.

Est-ce que Daisy fabule quand elle avance que Christophe a un problème avec les femmes qui ont une carrière florissante ? Si je me rappelle la conversation que j'ai eue avec lui le soir de notre fameux baiser, il n'en est rien. Par contre, ma mentore a toujours eu un bon jugement. Pas simple de démêler tout ça. En fait, la vérité doit se situer à mi-chemin. Ni noir ni blanc… comme dans à peu près tous les aspects de la vie.

— En tout cas, poursuit-elle, si je le rencontre, je ne me gênerai pas pour lui dire qu'il a intérêt à bien te traiter. Sinon il va avoir affaire à moi.

Je sais que les intentions de mon amie sont bonnes, mais un affrontement à mon sujet, c'est bien la dernière chose dont j'ai besoin.

— Daisy, s'il te plaît, je suis une grande fille. Fais-toi-z'en pas pour mes conditions de travail, elles sont excellentes.

— Tant mieux, mais sois prudente. Quand Christophe Francœur a quelque chose dans la tête, il ne l'a pas dans les pieds.

« Et je sais que, tôt ou tard, ça va se produire. » Les paroles de mon patron me reviennent. Oui, peut-être que je devrais me méfier de lui. Mon instinct me dit que je ferais une immense gaffe de coucher avec lui. Que ça ne m'apporterait que de la peine… Et mon instinct, il me trompe rarement.

— Madame Aubé ? me lance la photographe en surgissant à mes côtés, l'air angoissé.

— Oui, Juliette ?

— Vous n'avez pas vu mon trépied, hein ?

— Euh… non. Vous l'avez perdu ?

— Ben oui ! Encore…

Pauvre chouette ! Elle semble vraiment désespérée, un peu trop pour une simple pièce d'équipement.

— Vous l'égarez souvent ?

— J'arrête pas de perdre des affaires depuis quelque temps. J'ai peut-être pas de nausées, mais je suis fucking distraite, par exemple.

Juliette Gagnon pose la main sur son ventre et je remarque qu'il est légèrement rebondi.

— Ahhhhhh, vous êtes enceinte ! C'est trop chou.

— Un petit bébé, bravo ! ajoute Daisy.

C'est incroyable comme on peut devenir gaga quand on parle d'enfants. Même pas besoin qu'ils soient présents.

— Oui, et c'est mon premier. Au début, j'étais pas certaine d'en vouloir, mais là, je suis full contente, nous confie-t-elle fièrement.

— C'est pas un peu dangereux, votre métier de photographe, enceinte ?

— Mais non, faut juste que je fasse plus attention que d'habitude, que je prenne mon temps.

À la voir se démener depuis tout à l'heure, je ne suis pas convaincue qu'elle applique les règles de sécurité les plus élémentaires. Enfin, c'est sa vie.

— Bon, poursuit-elle, je vais continuer à chercher mon trépied.

— Je vous avertirai si je l'aperçois.

— Euh… madame Aubé ? m'interpelle-t-elle avant de partir.

— Oui ?

— Saviez-vous que vous êtes vraiment très photogénique ?

— Ah bon ? Pourquoi vous dites ça ?

— J'ai vu une photo de vous à un stand. Vous êtes entourée de deux pompiers devant une espèce de cabane dans le bois. Même s'ils sont assez hot, c'est vous qui ressortez, avec vos grands yeux, votre sourire… Vous êtes vraiment wow !

— Ah ouin ? dis-je en me sentant rougir de la tête aux pieds.

— Oui. J'aimerais ça faire une séance avec vous un de ces jours. J'adore photographier des femmes rondes, c'est très créatif, on peut jouer facilement avec les ombres et la lumière, c'est…

Devant mon air légèrement catastrophé, Juliette s'arrête au beau milieu de sa phrase et tente de se rattraper.

— Oups… Désolée, je voulais pas être déplacée… Bon, j'ai du travail.

Elle s'enfuit et je réfléchis à ce qu'elle vient de me dire. Au fond, elle n'a fait que me complimenter. Pourquoi l'ai-je donc si mal pris ? Je suis ronde, je le sais et j'essaie de l'assumer du mieux que je peux. Pourquoi pas aujourd'hui ?

— Juliette ! JULIETTE !

Elle se retourne, un air inquiet dans les yeux. Je m'avance vers elle et je lui souris pour la rassurer.

— Je voulais vous dire que j'accepte votre offre. Je veux bien me faire photographier.

— Yééééé !

Cette fille me fait mourir de rire avec son air enfantin. Je suis convaincue qu'elle sera une bonne maman. Tout au moins une maman divertissante.

— Vous savez ce qui serait vraiment top ? me demande-t-elle.

— Euh… Non.

— Ce serait de poser en bikini. Vous connaissez le fatkini ? C'est très tendance !

— Wô ! Pousse pas ta luck, lui dis-je, passant subitement au tutoiement.

— OK, OK… On va faire de belles photos d'automne, ça vous convient ?

— J'aime mieux ça.

— Génial !

Je la laisse retourner à son occupation en espérant qu'elle ne me demandera pas de faire des choses bizarres… comme me jeter en petite tenue dans les feuilles. Cette Juliette Gagnon m'apparaît être une véritable boîte à surprises[1].

Je regarde du côté de Daisy que j'ai abandonnée et je constate avec soulagement qu'elle est en grande conversation avec l'artisane qui fabrique des savons au lait d'ânesse d'une incroyable douceur. Un bon mix, ces deux-là, j'en suis convaincue. Maintenant que je

---

1. N.D.A. : chères lectrices et chers lecteurs, la tentation était trop forte. J'avais vraiment envie de faire ce petit clin d'œil à mon héroïne de *La Vie sucrée de Juliette Gagnon*. 😊

suis rassurée, mon but est de trouver qui a affiché la photo de ma mésaventure dans les bécosses.

Cette image m'a causé suffisamment de soucis depuis sa parution sur le site web du Service d'incendie de Magog et dans le journal *Le Reflet du lac*. Pas question qu'elle vienne envenimer ma journée de filles.

Les sarcasmes, je les ai tous entendus dans les jours qui ont suivi l'événement. Dans la rue Principale, au bar laitier La lichette, sur la terrasse du Café Saint-Michel, on n'a cessé d'évoquer ce malheureux épisode.

« Ouin… Ça sent les toilettes icitte ! » « Nos pompiers ont mieux à faire que de défoncer des bécosses ! » « Pas capable d'aller pisser toute seule ? »

Ça, c'était les cons de la place. Je dois admettre que plusieurs citoyens ont été très gentils en compatissant avec moi pour les minutes d'horreur que j'ai passées enfermée dans les toilettes. « Ç'a dû être terrible… » « Moi, j'aurais eu gros peur. » « Vous avez bien fait d'appeler les pompiers, on les paye avec nos taxes après toutte ! »

Aujourd'hui, je n'ai pas envie que ça recommence. Je vais donc de kiosque en kiosque, à la recherche de la photo compromettante. Ce serait plus simple de demander à Juliette où elle l'a vue, mais elle est occupée à prendre des clichés, assise sur la balustrade de la galerie située à l'étage du bâtiment. À mon grand désarroi, je constate qu'elle a les deux pieds dans le vide !

— JULIETTE !!!

Je lui fais signe que c'est dangereux et elle se met à califourchon sur la rampe, ce qui me rassure. Un peu.

Bon, la photo. Où est-elle ? Ni à l'espace manucure, ni au stand de la productrice de nougat glacé, ni à celui des populaires auteures de livres de filles. Je les adore, ces deux-là… la blonde et la brune, la première en robe rose et escarpins de la même couleur, la seconde en jeans noir et t-shirt gris. La princesse et la rockeuse. Si différentes, mais si complices. Trop cutes à voir !

À ma droite, quelques personnes attendent pour monter à cheval. J'observe le cavalier qui aide une jeune femme à se mettre en selle. Ouf… Pas facile quand on porte une minijupe. Heureusement, elle a troqué ses talons hauts pour des espadrilles légèrement trop grandes pour elle. Je me félicite d'avoir pensé à acheter quelques chaussures d'occasion dans une friperie. Je la connais, ma clientèle.

Comme je l'espérais, le poney Fanfan tourne en rond, seul dans son enclos. À part quelques-unes, mes invitées ont laissé leur progéniture à la maison, et c'est parfait ainsi. Une journée sans responsabilités ; une rareté que je veux leur offrir.

Je salue les différents exposants au passage, m'informant si tout va bien. Et je suis heureuse de constater que le monde est ravi. Quelle immense satisfaction !

— Valéry ?

C'est Lou qui vient à ma rencontre. Depuis que je travaille avec elle, j'ai découvert à quel point ma collègue est d'une efficacité redoutable. Nous formons une belle équipe. Autant notre premier contact a été froid, autant notre relation a pris une formidable tournure.

Lou m'a enseigné le métier avec un enthousiasme débordant. J'ai fait connaissance avec une fille passionnée, créative et généreuse.

Nos rapports ont d'ailleurs dépassé le cadre professionnel. Sans lui en dévoiler la raison, je lui ai parlé de ma rupture avec Zofia et elle a été très compatissante. Je crois même que nous sommes en train de devenir amies. Une nouvelle copine dans ma vie, ça ne fait pas de tort.

— Ça se passe plutôt bien, hein, Valéry ?

— Mets-en ! J'en reviens tout simplement pas !

— Ça me surprend pas. On est des winners, je te l'ai déjà dit !

J'adore l'assurance qu'elle affiche ces derniers temps. Depuis son retour de vacances, Lou a beaucoup changé. Elle m'a confié que cette semaine auprès des siens lui a permis de tourner la page sur Christophe. Elle est revenue au vignoble avec la ferme intention de recommencer à s'amuser au boulot. Du coup, l'atmosphère au travail est devenue beaucoup moins tendue.

Respectant son désir de passer à autre chose, je n'ai pas osé la questionner sur la relation qu'elle a eue avec notre patron. Était-ce vraiment une aventure d'un soir ? J'ai encore des doutes, mais j'attends le bon moment pour aborder le sujet avec elle.

Je réponds au high five qu'elle me tend et nous poursuivons chacune notre route. Devant le barbecue, l'odeur de grillade me rappelle ma faim de loup. Je demande au cuisinier, qui fait partie de l'équipe de Canards du lac Brome, de me donner une saucisse orange et canneberge qu'il dépose dans une assiette de carton fleurie.

J'attrape un verre de rosé que me tend un trop mignon serveur vêtu de noir et je décide de m'offrir un peu de répit… à l'air conditionné.

En marchant dans le couloir pour me rendre à la cuisine du personnel, j'entends des voix qui proviennent du bureau de Romain. Ah bon ? Il est déjà là ? J'en suis très heureuse puisqu'il nous avait informés qu'il n'arriverait qu'en fin de journée.

La porte entrouverte me permet de croire que je peux le saluer. Romain est assis, dos à l'entrée. Les pieds sur une étagère, son iPad posé sur les genoux, il est en pleine conversation sur Skype. Je reste sur le seuil, de peur de déranger.

— Je suis très fière de toi, Romain. Vraiment, tu m'impressionnes.

Une voix de femme que je ne connais pas s'échappe de l'écran. Son accent français me fait penser qu'elle est peut-être parente avec lui. Curieuse, je tends l'oreille.

— Ç'a été une grosse décision, j'ai longtemps hésité. Mais maintenant, je suis heureux de l'avoir prise, dit-il à son interlocutrice.

De quoi parle-t-il? Est-ce que ses visites à Montréal cachent autre chose qu'une nouvelle copine? Un changement de job, par exemple? Possible. À bien les écouter, le ton est plutôt professionnel. Romain a-t-il profité de ses relations avec des Français du Québec pour chercher un autre emploi?

— C'est très courageux de ta part. Et puis ta vie va complètement changer maintenant. Tu retrouves l'essentiel de qui tu es.

Hein? Oh non! Il part en France! Comme ça, sans crier gare, sans avertissement! Il nous laisse en plan. Moi, Christophe, Lou et tous les autres!

— L'équipe va me manquer, par contre. J'ai vraiment connu des gens extraordinaires, dit-il.

J'en ai assez entendu! J'entre en coup de vent dans le bureau. Romain fait pivoter sa chaise et se retourne, stupéfait. Il tente de dissimuler son iPad sous son bureau, mais c'est peine perdue.

— Romain, que se passe-t-il? demande la femme dans l'écran.

— Euh… Sandrine, je te rappelle, d'accord?

— Très bien, répond-elle, un soupçon d'inquiétude dans la voix.

Romain referme sa tablette d'un coup sec et me regarde d'un air à la fois interrogatif et mécontent.

— Qu'est-ce que je peux faire pour toi, Valéry?

— Euh…

Je réalise que j'ai agi de façon impulsive et que je ne sais pas trop quoi lui dire. Si je le questionne sur sa conversation, il comprendra que je l'ai espionné, ce que je préfère garder pour moi.

— Alors?

— Euh… Ben, ça va?

Romain me dévisage sans trop comprendre pourquoi j'ai fait interruption ici sans véritable raison.

— Oui, oui.

Pas de : « Et toi, Valéry ? Ta journée se passe bien ? » La distance qu'il met entre nous me blesse, mais, au fond, je la mérite. Après notre déjeuner en tête à tête, pendant lequel il s'est enthousiasmé pour mon projet de samedi girly, je l'ai presque totalement écarté de l'organisation. Et il en a profité pour se refaire une nouvelle vie.

Avec le recul, je me demande si j'ai fait le bon choix. Peut-être aurais-je dû l'affronter à propos du vol de mon Zippo et de mon parfum, au lieu de l'éviter et de créer un malaise entre nous.

Maintenant que je sens que je vais possiblement le perdre, je regrette de ne pas avoir mis cartes sur table. Je dépose mon assiette sur son bureau et je prends une gorgée de rosé avant de poursuivre.

— Romain, je voulais te remercier d'avoir engagé ton ami du centre équestre. Les chevaux sont très populaires.

— Tant mieux. Au moins, tu m'as permis de faire ça.

Une énorme culpabilité m'envahit. J'ai vraiment été stupide de laisser la situation s'envenimer. Sa jovialité me manque. Là, il est éteint, et je crois bien que c'est ma faute.

— Romain, je suis désolée. Je sais pas trop pourquoi...

Mon ex-ami-patron ne m'écoute plus. Il se lève et ouvre une armoire. Il en sort un objet qu'il me tend sans me regarder. Mon briquet Zippo décoré d'un hibou. Je pousse un petit cri de surprise.

— Toutes mes excuses, Valéry, je ne m'étais pas rendu compte que je l'avais avec moi.

Je suis sceptique devant son explication, ça fait tout de même plus d'un mois qu'il l'a en sa possession, mais je ne pose aucune question. J'aurais préféré qu'il admette qu'il a un problème au lieu de se cacher derrière une distraction, mais il n'est pas rendu là. Encore une fois, des zones d'ombre planent sur notre relation. Et si je l'affrontais?

— Merci… Mais t'aurais pas pris autre chose, aussi?

— De quoi tu parles?

— De mon parfum!

— Pardon?

— Avoue que tu l'as volé la dernière fois que t'es venu au chalet!

— Hé! Oh! Ça ne va pas?

Son air ferme et autoritaire me laisse sans voix. C'est qu'il a du caractère, le Romain. Mais je ne suis pas impressionnée.

— Depuis ta visite, il a disparu. Je suis sûre que c'est toi!

— Tu divagues, Valéry. D'accord, j'ai pris ton Zippo, mais rien d'autre. Tu m'entends? Rien d'autre.

Je suis ébranlée par son assurance. Qui m'aurait volée à part lui?

— T'es certain?

— Là, si tu insistes encore, je vais vraiment me fâcher!

— Bon, bon, OK…

Il semble sincère. Je deviens folle ou quoi? Sinon où est mon parfum? J'ai beau fouiller dans ma mémoire à la recherche d'indices qui me permettraient de le retrouver, rien ne me vient à l'esprit. Romain se racle la gorge pour attirer mon attention.

— Ton assiette va refroidir.

Je regarde la saucisse de canard, mais elle ne me fait plus du tout envie. Par contre, mon verre de vin m'appelle et j'en bois une grande gorgée. J'en ai besoin puisque j'ai décidé de poursuivre la conversation sur sa cleptomanie.

— Merci de m'avoir rendu mon Zippo, mais je vois pas pourquoi tu affirmes encore que c'était une distraction. Je le connais, ton problème, Romain.

Il baisse les yeux, soudainement honteux.

— T'as raison, Valéry, je te l'ai… euh… volé. Voilà.

Je reste silencieuse devant cette confession qui me réchauffe le cœur. Faute avouée est à moitié pardonnée, dit-on. Mais le plus important, c'est que ça m'indique que Romain est peut-être sur le chemin de la guérison.

— Je suis désolé, poursuit-il. Tu acceptes mes excuses ?

— Mais bien sûr, voyons.

Je m'approche et je lui tends les bras pour lui faire un câlin, mais je sens aussitôt sa réticence. Déçue, je m'éloigne. Sa fameuse nouvelle vie, j'imagine. J'ai très envie de le questionner à ce sujet, mais je n'ai pas la force d'encaisser des mauvaises nouvelles. Et puis le travail m'attend. Ma journée girly est loin d'être terminée.

— Bon, je vais y aller, moi.

— Très bien.

Je lui souris sans enthousiasme et je l'observe quelques instants avant de partir. Je constate qu'il a maigri ces dernières semaines. Son visage a perdu de sa rondeur et il est moins bedonnant. Son t-shirt noir avec l'inscription *Just do it* lui va à ravir et met en valeur ses épaules carrées.

C'est avec une certaine tristesse que je referme la porte, me demandant si Romain sera encore bien longtemps dans ma vie. Visiblement, il n'est plus mon ami… Demeurera-t-il mon patron ? J'ai bien l'impression que non.

18

Romance

— C'est qui, ce beau monsieur-là?

C'est la fin de ma journée de filles, et Daisy a le regard fixé sur un homme qui est arrivé il y a peu de temps, comme prévu. Grand, le visage carré, les yeux d'un brun profond, le mec en question est vêtu d'un chandail rayé gris et noir, dont l'ouverture du col en V laisse entrevoir un torse musclé, un jeans ajusté et des baskets marine. Il se pavane, fier comme un paon.

Dire que, quelques semaines avant, il portait encore des bermudas kaki, beiges ou sable, avec ses souliers de sport aux lacets fluo. Je suis contente d'avoir transformé un ours mal léché en un prince charmant. À condition qu'il n'ouvre pas la bouche. André Francœur a beau avoir beaucoup de style grâce à notre séance de magasinage, il n'en demeure pas moins un colon aux manières inélégantes. Ça, c'est hors de mon contrôle. Je suis styliste, pas magicienne.

— Ouin… Il a de l'allure, mais tu veux pas trop t'approcher de lui.

— Pourquoi ? C'est un macho fini ?

— C'est surtout qu'il manque totalement de classe.

— Ça paraît pas.

— Attends de l'entendre parler.

— En tout cas, il s'habille bien.

Étrange comment Daisy peut avoir bon goût quand il s'agit des vêtements des autres. Est-ce que son excentricité serait une façon bien à elle de s'affirmer ? De crier à la tête du monde : « Je porte ce que je veux, que ça vous plaise ou non ! » ? Peut-être bien, c'est plutôt son genre.

— Oui, mais c'est grâce à moi ! Je l'ai aidé à choisir sa tenue.

— Ah bon ? Tu le connais bien ?

— C'est le père de Christophe Francœur.

— Ah, d'accord, dit-elle, soudainement moins exaltée. D'ailleurs, on l'a pas vu de la journée, lui !

— Il est là, pourtant. Tout à l'heure, il servait du vin aux filles qui revenaient de faire de l'équitation.

— Ah bon ? Pas vu ça.

— À mon avis, il t'évite.

— Tant mieux ! En tout cas, Valéry, je voulais te dire que je suis très fière de toi. Tu as le sens de l'événementiel, c'est clair !

— Ohhhh, merci ! Je suis vraiment contente que tu penses ça. Surtout toi.

— Maintenant, il faut que tu cesses de perdre ton temps à travailler pour les autres. Une fille comme toi, ça doit avoir sa propre business.

— Ben, là…

— Pas de ben, là ! Le talent de Valéry Aubé doit rapporter à Valéry Aubé, point final. Pas à un égoïste comme ce Francœur !

— C'est de moi que vous parlez ?

Oups ! Je me retourne et j'aperçois André Francœur, heureusement sans son fils…

— Monsieur Francœur ! Je vois que vous vous êtes mis sur votre trente-six. C'est bien, ça.

En le félicitant, j'espère lui faire oublier les propos gênants de Daisy... mais ça ne semble pas fonctionner.

— Essaie pas de m'emberlificoter avec tes compliments, ma petite. J'ai entendu ce qu'elle a dit, elle ! lance-t-il en montrant ma compagne du doigt.

— *Elle*, cher monsieur, elle s'appelle Daisy Michaud. Et *elle* a pas peur de son opinion.

Déstabilisé par la détermination de Daisy, M. Francœur se met à bégayer, en cherchant quelque chose d'intelligent à répondre. Heureusement, ma copine a pitié de lui et vient à son secours.

— Ne vous inquiétez pas, je parlais pas de vous, mais de votre fils.

— J'en suis « foretaise ».

QUOI ? Mon proprio *perle* ? J'aurai vraiment tout vu... ou plutôt tout entendu !

— Je suis André Francœur, propriétaire des Chalets Beau Séjour... pour vous servir.

Et le voilà qui se penche en une révérence maladroite qui lui fait perdre momentanément l'équilibre. RI-DI-CU-LE. Je me sens tout à coup embarrassée et j'essaie de trouver un moyen pour prendre congé de lui.

— Ha ! Ha ! Ha ! s'esclaffe ma mentore.

Stupéfaite, je regarde Daisy qui s'amuse des steppettes du père de Christophe... lequel continue de lui sourire de façon idiote.

Je les écoute discuter quelques minutes et, à mon grand étonnement, ils ont des points en commun. Ils sont tous les deux des entrepreneurs... mais tellement pas le même genre, aurais-je envie d'ajouter. Autant Daisy est organisée et rigoureuse, autant M. Francœur est brouillon et Roger-Bontemps. Mais comme le dit la maxime, les contraires s'attirent...

Ils ne s'aperçoivent même pas de mon départ. J'en profite pour refaire le tour. J'apprends que certains exposants ont fait des affaires d'or pendant la journée, et c'est ma plus belle récompense. Je les salue chaleureusement, les informant qu'on remet ça l'an prochain.

En promettant une telle chose, je me rends compte que je ne suis pas du tout certaine de pouvoir tenir parole. Où serai-je dans douze mois? Dans une autre boutique à vendre des vêtements? Cette hypothèse m'horripile. Je prends goût à travailler en pleine nature, à faire découvrir le vin aux visiteurs… et à savourer la dolce vita le soir venu. Ici, je respire.

Il est de plus en plus évident que j'aime la campagne et que je serais heureuse d'y vivre à l'année. Le problème, c'est que j'ignore si le vignoble peut m'embaucher de manière permanente. Les affaires ralentissent à l'automne. Et l'incertitude quant à l'avenir de Romain ne m'aide pas à y voir clair non plus. Oh là là… Que de tracasseries pour terminer une si belle journée! Prends sur toi, Val, et profite du moment.

J'observe une dernière fois les exposants qui commencent à ranger leur matériel et je me rends dans le stationnement où deux autocars attendent les participantes de Montréal qui sont arrivées à leur bord ce matin. Les chauffeurs les conduiront en toute sécurité jusqu'au métro Longueuil. Rassurée et satisfaite, j'entre dans le bâtiment principal, dont la forme fait penser à une immense grange, pour me diriger à la cuisine, qui est munie d'un canapé fleuri. C'est lui que je reluque. J'enlève mes sandales turquoise à semelles compensées, je m'étends de tout mon long et je m'endors profondément.

.•.

— Valéry? Valéry?

J'émerge difficilement du sommeil dans lequel j'étais plongée depuis je ne sais combien de temps. Mais à voir la pénombre dans laquelle se trouve la cuisine, j'en déduis que j'ai dormi quelques heures. Oh non ! J'espère que le wrap s'est bien déroulé. Quelle imbécile je suis de ne pas avoir participé à la corvée de ramassage !

Je m'appuie sur un coude et je me relève en me frottant les paupières. En ouvrant les yeux, j'aperçois un entrejambe d'homme. Un peu trop près de moi à mon goût. Je recule et je lève la tête. Christophe. Il me regarde avec un sourire narquois.

— Ta journée t'a rentré dedans, à ce que je vois, dit-il en s'assoyant à mes côtés.

— Ç'a l'air… Désolée de m'être endormie.

— Pas grave.

— T'aurais dû me réveiller, Christophe. Je me sens mal de vous avoir laissés wraper tout seuls.

Il y a autre chose à l'heure actuelle qui me fait me sentir mal avec mon patron, et c'est sa trop grande proximité. Je n'aime pas me retrouver aussi proche de quelqu'un que je ne connais pas beaucoup en sortant du sommeil. J'ai peur d'avoir mauvaise haleine, d'être toute dépeignée et toute barbouillée à cause de mon maquillage qui aurait coulé.

Je me lève en titubant comme si j'étais ivre, alors que je ne le suis pas du tout. Les siestes, surtout si elles sont trop longues, me font toujours cet effet désagréable d'être dans les vapes. Je déteste ça !

— Donne-moi quelques minutes.

Je ressors des toilettes, revigorée après m'être rafraîchie. Toutefois, Christophe n'est plus dans la cuisine. Je comprends qu'il a mieux à faire que de m'attendre, mais j'aurais quand même souhaité revenir sur l'événement avec lui. Bon, il ne me reste plus que de la paperasse à terminer, et la journée girly sera derrière moi.

Quand j'arrive à l'accueil, mon estomac crie famine. Les quelques canapés et le bout de saucisse au canard avalés en vitesse au cours de l'après-midi sont très loin. Vivement un bon repas.

L'idée de souper seule m'attriste tout à coup. Je m'imagine dans le shack, assise sur le sofa devant mon ordi et un plat de raviolis trop cuits acheté à l'épicerie. Après l'euphorie d'aujourd'hui, c'est d'une platitude rare. Je soupire bruyamment.

— Val! Viens me rejoindre!

Christophe m'invite dans son bureau. Possiblement qu'il veut mon compte rendu de la journée.

— Pas trop longtemps, OK? J'aimerais aller manger.

Contente qu'il souhaite faire ça court, je le suis. Toute une surprise m'attend. La pièce a été transformée en salle à manger intime… pour nous deux.

Des lampions sont allumés sur la table basse, où se trouvent une assiette de charcuteries et une autre de fromages. Une bouteille de mousseux est ouverte et deux flûtes sont déjà remplies. Ah, le coquin!

Immédiatement, je me mets en mode défensif. Si Christophe Francœur pense réaliser son fantasme ce soir, il se trompe. Maintenant sortie des limbes, je suis toute là. N'empêche que tout ce qui est devant moi est beaucoup plus appétissant que mon plat de pâtes tièdes.

Il me tend un verre d'alcool que j'accepte en me promettant de n'en boire qu'une seule gorgée.

— À ton organisation impeccable, Valéry! lance-t-il en levant sa coupe.

— Wow… Contente de voir que tu reconnais mon succès!

— Ben, là! Je suis capable de faire preuve de jugement, tu sais. C'est vrai que j'étais pas convaincu au début, mais j'ai regardé rapidement les chiffres et… c'est vraiment bon!

— Ah oui?

— Yes, madame!

Christophe m'informe que de nombreux invités se sont procuré des caisses entières de vins, profitant de notre offre de treize à la douzaine et de la livraison gratuite.

— C'est vraiment génial !

— Indeed ! Quand j'aurai le portrait complet, je te le ferai suivre. Tu mérites bien ça.

— Ohhh, merci, dis-je en sachant que ça ne doit pas être dans ses habitudes de fournir ces renseignements à une simple employée.

Nous savourons le vin en silence et je me laisse choir sur le canapé, totalement ravie. Christophe me prépare une assiette en me donnant son top ten des kiosques. Selon lui, le plus achalandé a été celui de la manucure, suivi de celui de la joaillière, ce avec quoi je suis d'accord. Les séances d'équitation ont été, elles aussi, un vif succès.

— Et le plus magique, ajoute Christophe, c'est qu'il n'y a eu aucun incident. Ni une fille chaude qui vomit en public, ni un accident de cheval, ni une dispute entre conjoints ou amis. C'est quand même étonnant.

— Pas tant que ça. C'était pas du drinking binge, notre affaire.

— C'est vrai qu'on y allait mollo sur les dégustations. N'empêche que ç'aurait pu arriver.

— Oiseau de malheur !

J'attrape une fine tranche de jambon serrano que j'engouffre un peu trop rapidement.

— Désolée, j'ai vraiment faim.

— Pas de problème, Valéry. Avec la journée que t'as eue, je comprends, dit-il en déposant un morceau de terrine de sanglier aux girolles sur un croûton.

— En effet, mettons que j'ai pas arrêté.

Christophe termine sa bouchée, se croise les jambes et me regarde avec l'air de quelqu'un qui a réussi un bon coup.

— En tout cas, tu vas être fière de moi.

— Ah oui ? Comment ça ?

— Je me suis réconcilié avec Daisy Michaud.

Stupéfaite, je repose mon morceau de fromage dans mon assiette.

— C'est bien la dernière chose que je pensais entendre aujourd'hui ! C'est toi qui es allé vers elle ?

— Comme un grand !

— Qu'est-ce qui t'a décidé ? J'avais l'impression que tu lui en voulais à mort.

— J'espérais remettre les pendules à l'heure, lui faire comprendre que je suis pas le salaud qu'elle s'imaginait.

— Ah, je vois. C'est pas exactement une réconciliation. Tu souhaitais juste qu'elle arrête de te faire une sale réputation.

— J'avoue. C'était ma première intention.

— Et ?

— Je lui ai raconté que c'est ma mère qui a été mon modèle en affaires et que j'avais vraiment rien contre les femmes.

— Elle t'a cru ?

Je suis un peu sceptique quant à son histoire. C'est trop facile. Daisy n'est pas du genre à changer d'idée si rapidement.

— Au début, non, mais à force de discuter, elle a admis qu'elle s'était trompée sur mon compte et que j'étais « pas si pire que ça », pour reprendre ses paroles.

— Ah bon ? Ça m'étonne.

— Moi aussi, j'étais surpris. Faut dire qu'elle était dans de bonnes dispositions. Quand je suis allé la voir, elle rigolait solide avec mon père.

— Ça, c'est weird ! J'en reviens pas qu'ils aient du fun ensemble, ces deux-là. Ils sont tellement différents…

— Oui, mais ça m'étonne pas tant que ça. Mon père a son style, mais il a toujours été doué pour faire rire les femmes.

— Ouin, c'est possible.

— Il se prend pas au sérieux et il est capable d'autodérision. Ça plaît à certaines.

— C'est vrai que c'est peut-être… comment dire… rafraîchissant ?

— Si on veut, oui.

— D'ailleurs, notre séance de magasinage a été assez… particulière, mettons.

— J'imagine.

— Il voulait aller au Costco!

— C'est sûr! C'est toujours là qu'il va.

— Je lui ai mentionné que c'était correct pour ses vêtements de tous les jours, mais que j'allais pas être en mesure de lui donner du style dans un magasin-entrepôt.

— Il a dû bougonner, comme je le connais.

— Pas mal, oui.

— Finalement, vous êtes allés où?

— Chez Simons, à Sherby.

J'avale un peu de mousseux et je me rends compte que mon verre est vide! Moi qui m'étais juré de boire une seule gorgée. Belle promesse d'ivrogne! Le pire, c'est que Christophe me ressert et que je ne m'y oppose pas. Toute une volonté, ma Val… Toute une volonté!

Ah, et puis tant pis! J'ai bien le droit de festoyer un peu et de souffler après les derniers jours de travail intense.

— Et chez Simons, ça s'est bien passé?

— Imagine-toi donc qu'il voulait pas essayer les vêtements que je lui proposais.

— Il était pas d'accord avec tes choix?

— Non, c'est pas ça. Il souhaitait les acheter sans les essayer. Comme au Costco!

— Eh boy…

— Y a pratiquement fallu que je me batte avec lui. Même qu'une vendeuse est intervenue pour nous demander de baisser le ton.

— Gênant…

— À qui le dis-tu! Il m'a tellement exaspérée que je me suis énervée en public, ce qui est pas trop mon genre.

— Mais il les a essayés ou pas?

— Oui, oui. La vendeuse et moi, on l'a convaincu. Mais il restait dans la cabine, sans venir me montrer de quoi il avait l'air.

— Ben voyons! Il faisait exprès ou quoi?

— Je sais pas trop, mais il est ressorti cinq minutes après y être entré, en disant que tout lui faisait.

— T'as réagi comment?

— Comme styliste personnelle, j'ai besoin de valider moi-même. Donc je lui ai demandé de tout réessayer.

— Ah non! Il t'a pas trop fait la vie dure, j'espère?

— C'est sûr qu'il a chialé, mais j'ai tenu mon bout. Et finalement, on lui a trouvé trois beaux ensembles.

— En tout cas, j'ai jamais vu mon père aussi bien habillé. T'as du goût, Valéry. Beaucoup de goût.

Christophe me détaille de la tête aux pieds et ça me fait vraiment plaisir. C'est vrai qu'aujourd'hui je suis particulièrement en beauté avec ma robe Desigual multicolore sans manches et au magnifique décolleté.

— Merci, t'es fin, dis-je, touchée par son compliment qui semble sincère.

Et aussi troublée par le regard profond qu'il me jette.

Un doux silence s'installe entre nous pendant que nous vidons l'assiette de charcuteries. Je devrais partir… Là, tout de suite, maintenant… Right fucking now. Sinon la suite de la soirée est écrite dans le ciel. Christophe obtiendra ce qu'il veut. Je le sais.

Mais moi, de quoi ai-je véritablement envie? Les grands yeux gris-vert de Christophe sont toujours posés sur moi. J'ai l'impression qu'ils me déshabillent langoureusement, qu'ils caressent mon corps et qu'ils scrutent mon âme. Par ce regard, je me sens femme. Je me sens moi, Valéry Aubé, une femme désirable.

Je m'efforce d'oublier un instant la flamme qui monte en moi. Faire l'amour avec Christophe n'est pas une décision que je dois prendre à la légère. Je veux avoir la tête froide pour bien gérer la situation.

Il m'est arrivé à quelques reprises de coucher avec des hommes qui m'attiraient, mais dont je n'étais pas amoureuse. Somme toute, ça s'est bien passé.

J'en ai retiré du plaisir, sans me faire mal et sans avoir d'attentes. Pourquoi en serait-il autrement avec Christophe Francœur? Le fait qu'il soit mon patron me freine, certes, mais, après tout, mon statut est temporaire.

Il se lève pour tamiser les lumières. Un geste sans équivoque. Je suis à la croisée des chemins. Je plonge ou je fuis?

Christophe pose une main chaude sur ma taille. Je sens une décharge électrique me traverser le corps. Quand il effleure ma nuque de ses lèvres humides, je comprends que je vais m'abandonner, que ce sera terriblement bon et que peut-être je le regretterai. Mais au moment où ses doigts font glisser la bretelle de mon soutien-gorge, je m'en fous. Totalement.

19

The walk of shame

En roulant vers le vignoble en ce lundi matin pluvieux, j'éprouve toutes sortes de sentiments contradictoires. Je suis à la fois enthousiaste et anxieuse à l'idée de revoir Christophe après la soirée torride que nous avons vécue. Oh. My. God.

Ça faisait longtemps que je n'avais pas passé un moment aussi intense, aussi passionné, aussi grisant. J'en ai été ivre de bonheur pendant toute la journée d'hier.

Je me suis remémoré chacune de ses caresses, chacun de ses gestes précis et adroits, chacun de ses mouvements du bassin, tantôt langoureux, tantôt brusques, presque violents.

Je me suis réjouie de sentir mon corps réveillé et allumé comme il ne l'a pas été depuis des mois. J'ai longuement regardé mes courbes dans le miroir, me rappelant comment mon amant les embrassait, particulièrement mes seins.

J'ai rougi au souvenir de ses paroles : « Je savais que t'étais hot… trop hot », et je me suis caché la tête sous les couvertures en revoyant les images de son sexe dans ma bouche, de… euh… ben… Et puis non ! Le reste, je préfère ne pas y repenser. C'est quand même gênant.

Je dois avouer que mon dimanche a aussi été teinté par l'attente. L'attente du moindre signe de sa part. Texto, message FB ou appel. Mais rien n'est venu. Et ça m'a fait de la peine. J'aurais voulu qu'il prenne de mes nouvelles et qu'il me redise à quel point il a aimé notre soirée. Juste pour être certaine que je ne me fais pas d'idées sur la « réussite » de notre baise. Nous avons été fusionnels au max, comme si nous avions déjà fait l'amour ensemble, comme si nos corps n'étaient pas de parfaits étrangers. Ce qui est assez rare la première fois.

Une première, qui, j'ose l'espérer, ne sera pas la dernière. Oui, je m'étais promis de ne pas avoir d'attentes, de ne pas entrevoir de lendemains avec lui. Mais c'est carrément impossible. Pourquoi me priver de pareils moments d'extase ? En me faisant cette promesse, j'ignorais que je deviendrais addict. Parce que je le suis déjà. Je m'appelle Valéry Aubé et je suis addict de Christophe Francœur.

Que va-t-il se passer maintenant ? Je n'en sais fucking rien ! Une partie de moi demeure confiante, tandis que l'autre est perturbée. Quand je repense à la puissance de notre relation sexuelle, je me dis que Christophe a vécu la même communion que moi, aussi entière et sincère. Il y a des choses qui ne peuvent pas être feintes.

La seule ombre au tableau, c'est son silence radio depuis notre baise. Mais bon, j'imagine qu'il a été très occupé. Je me stationne tout juste à côté de la voiture de mon amant. Les autres collègues ne sont pas encore arrivés.

Je ferme les yeux un instant et je respire profondément pour tenter de calmer mon cœur qui bat la chamade. Dans le rétroviseur, je m'assure que mon maquillage est parfait et je corrige mon rouge à lèvres, en débordant légèrement pour rendre ma bouche plus pulpeuse. À l'attaque, maintenant !

Un grand silence règne dans le bâtiment. L'ouverture au public ne se fera que dans une heure ; je suis donc tranquille pour préparer les dégustations du jour. Je vérifie qu'il y a suffisamment de vins blancs et rosés au frigo. Je ne me précipiterai certainement pas dans le bureau de Christophe. Un peu de retenue, quand même. Je vais attendre qu'il vienne à moi. J'espère qu'il ne prendra pas trop de temps. J'ai si hâte de le voir !

Quand j'ai commencé à travailler au vignoble, je croyais que les avant-midi seraient plutôt tranquilles. Après tout, qui veut boire du vin à 10 heures le matin ? Je me trompais.

Bien que la période d'achalandage soit l'après-midi, il y a toujours des clients qui se présentent en matinée, et ce, dès l'ouverture des portes. Ce que j'aime de mon boulot, c'est la diversité de la clientèle. À la boutique, les acheteurs n'étaient pas si différents les uns des autres. Ils avaient les mêmes goûts vestimentaires et ils appartenaient à la classe moyenne. Des gens un peu traditionnels, à mon avis.

Ici, c'est beaucoup plus éclaté. Il y a ces groupes d'amis qui cherchent à passer une belle journée de congé, mais qui ne possèdent aucune connaissance sur le vin. « M'as te prendre ton rouge », me disent-ils. Ils sont plutôt sympathiques et ils ne font pas semblant d'être des spécialistes.

Ce n'est pas comme certains autres, que je déteste avec leur faux air arrogant.

« Je ne peux pas bien goûter ce vin, il n'est pas à la bonne température », ai-je entendu. Eille ! Mon blanc, il est entre dix et douze degrés Celsius, comme il doit l'être. Au-dessous de cette température, nos papilles gustatives ne sont pas en mesure de l'apprécier. Point final.

Il y a aussi ces vrais amateurs, qu'ils soient québécois ou étrangers. Ceux qui ont fait des dégustations à Montalcino, dans la Napa Valley, à Mendoza ou en Bourgogne. D'ailleurs, il n'est pas rare de voir débarquer des Français à la recherche de Romain, qu'ils ont connu à Beaune.

Ça m'amène à penser que le vignoble ne peut pas se passer de Romain. Sans lui, je ne suis pas convaincue que la qualité de la production suivrait. Il faut absolument que je parle à Christophe de mes soupçons. Je dois lui éviter de subir pareille perte.

C'est mon rôle de… de quoi, au juste? De compagne? D'amante? Enfin, peu importe, c'est mon devoir d'employée qui a à cœur les intérêts de la business.

Qui sait comment les choses évolueront pour moi? La soirée de samedi changera-t-elle mon statut ici? Est-ce que je pourrais passer de salariée saisonnière à employée à temps plein? Je le souhaite sincèrement!

Je sors les verres à l'effigie du Chercheur d'Or et je les essuie pour leur donner de l'éclat. De temps à autre, je jette un coup d'œil en direction du couloir dans l'espoir de voir apparaître mon patron-amant-futur-je-ne-sais-quoi. Toujours rien! C'est donc ben long!

Peut-être qu'il ne m'a pas entendue arriver. Je m'efforce de faire un peu plus de bruit, martelant le sol de mes talons, en effectuant d'innombrables et inutiles allers-retours entre le comptoir où les clients seront accueillis et les étagères qui proposent des produits régionaux. Je fais semblant d'être occupée à replacer distraitement des sachets d'arachides au miel. Finalement, une porte s'ouvre tout au fond du corridor. Bon, il était temps! Ce n'est toutefois pas Christophe qui sort de son bureau, mais plutôt Lou. WHAT?

Premièrement, elle est venue ici de quelle façon ce matin? Sa voiture n'était pas là, et ce n'est pas comme si un autobus passait dans le rang! Et deuxièmement, que fait-elle avec notre patron qu'elle évitait pourtant avant ses vacances?

— Salut, Valéry, me lance-t-elle, un grand sourire aux lèvres.

— Salut, dis-je, plus réservée.

Même si j'ai furieusement envie de la bombarder de questions, je m'abstiens. Ce n'est pas le moment de me donner en spectacle!

— Valéry, Christophe vient de me montrer le bilan de la journée de filles.

— Ah bon?

Voilà un autre truc qui me titille! Pourquoi lui avoir présenté les chiffres à elle, avant moi?

— C'est vraiment très réussi. Bravo! C'était une super bonne idée qui a bien rapporté. On est très contents.

Non mais c'est quoi, ce langage à la « on »? À l'entendre parler, on pourrait croire qu'elle forme un couple avec Christophe.

— Est-ce qu'on a reçu les limonadiers? me demande-t-elle.

— Pas depuis que je suis arrivée.

Lou regarde sa montre en maugréant.

— Ils m'avaient dit qu'ils les livreraient avant 10 heures. J'espère qu'ils tiendront parole. Je vais leur envoyer un texto pour voir où c'est rendu.

Elle s'éloigne en me félicitant une fois de plus. Chaleureuse et généreuse, comme elle l'est avec moi depuis que nous travaillons ensemble.

Pourquoi donc suis-je sur mes gardes avec elle ce matin? Le fait qu'elle se trouvait dans le bureau de Christophe ne signifie absolument rien. Un ami ou un voisin a très bien pu la déposer au vignoble. Qu'en sais-je? Elle a peut-être fait du pouce. Bon, probablement pas, mais l'absence de son véhicule dans le stationnement du commerce ne veut pas dire qu'elle est arrivée avec son patron! Et si c'était le cas, ça n'indique pas qu'ils ont dormi dans le même lit!

J'essaie de me raisonner du mieux que je peux et de mettre de côté ce terrible sentiment qui m'a longtemps empoisonné l'existence. Quand je suis devant une superbe fille comme Lou, et surtout mince, la jalousie resurgit malheureusement. Et ma confiance en moi est fragilisée. Encore.

Je reprends mon rangement superflu en tentant de cacher mes émotions à mon amie. J'ai honte de ce que je ressens. Elle ne mérite pas ma méfiance.

— Valéry, ça va ?

Ah non ! Son ton compatissant me fait maintenant sentir coupable.

— Oui, oui, un peu de fatigue, je pense.

— C'est normal, t'as tellement bûché fort.

— Toi aussi.

C'est vrai que Lou m'a donné un sacré coup de main pour l'organisation de ma journée girly. Et toujours dans la bonne humeur. Pendant qu'elle place les bouteilles de rouge sur le comptoir, je me dirige vers le bureau de mon amant, ne sachant pas trop si je vais y entrer ou pas. Je suis mon instinct qui me dit qu'il est l'heure de plonger mes yeux dans ceux de Christophe. Que représente pour lui la soirée de samedi ?

Sa porte est entrouverte. Est-ce que j'ose ? J'hésite, puis je fonce. À ma grande déception, la pièce est vide. Où est-il passé ? Je ne l'ai pas vu sortir. Étrange.

Au moment où je m'apprête à retourner à mon poste, j'aperçois un colis sur la tablette du bas d'une étagère, derrière le bureau. Les voilà, les limonadiers ! Je récupère le paquet en question quand le cellulaire de Christophe, qui se trouve sur sa table de travail, émet le ding caractéristique de l'arrivée d'un texto. Je ne peux m'empêcher d'y jeter un œil.

« C'est Valérie qui ? Je vais aller voir sa page FB », écrit un certain Martin Lasalle. Possiblement un de ses chums que je ne connais pas. À l'idée que Christophe a parlé de moi à un ami, je me sens transportée de joie. Wow ! Je compte pour lui !

Un nouveau message apparaît sur le téléphone. « J'ai une chance, moi aussi, tu penses ? 😓 » Quoi ? Qu'est-ce qu'il raconte ? À quoi fait-il référence ? L'euphorie que je ressentais laisse place à un sentiment de peur qui me serre la gorge. Est-ce que mon intuition sait ce que mon cerveau refuse de comprendre ? Est-ce que je vis mon pire cauchemar ?

Un autre ding résonne dans la pièce. Je crains de ne pas aimer ce que je vais découvrir.

« J'ai toujours rêvé de fourrer une grosse, moi aussi. »

Voilà. C'est dit. Je fige. Pendant quelques instants, je cesse de respirer. Je suis profondément meurtrie. Christophe Francœur a couché avec moi pour vivre son fantasme de ronde. C'est clair. Je parcours cet échange de textos sans aucune pudeur.

« On m'avait dit que les grosses étaient cochonnes, je confirme. Valérie est super cochonne. 😜 »

Je me suis fait avoir comme une débutante ! En plus, il ne sait même pas bien écrire mon prénom ! Pourquoi je n'ai rien vu ? Est-ce que j'ai raté certains signes ? Pourtant, il y en avait un qui était assez évident : comment ai-je pu croire une seconde qu'un gars aussi beau que Christophe s'intéressait vraiment à moi pour ce que je suis ? C'était certain que ça cachait quelque chose de louche.

Non, c'est assez, Valéry ! Pas de blâme ! Ce n'est pas toi, la coupable, c'est lui ! Lui et son machisme. Lui et son mépris. Lui et sa méchanceté gratuite. Je n'ai rien fait pour mériter ça ! Rien !

Enragée, je lance son iPhone contre le mur.

BANG !

L'appareil se fracasse sur la brique et échoue sur le sol, en deux morceaux. L'écran est en miettes. Que ça fait du bien ! Mais mon soulagement ne dure que quelques secondes, et le sentiment d'être anéantie revient en force. Comme si je mourais à petit feu…

Mes genoux fléchissent. Je suis sur le point de perdre l'équilibre. Je dois me ressaisir et trouver le courage de sortir d'ici. Prendre mon sac sous le comptoir, attraper mon imper sur la patère, ramasser mes clés, faire démarrer mon véhicule, rouler une centaine de mètres, stationner et pleurer. Voilà les gestes que j'accomplirai, tel un automate.

Je suis en mode survie. Je ne dois plus penser jusqu'à ce que je puisse m'abandonner à ma peine, loin de tous.

— Tabarnak! Qu'est-ce qui est arrivé à mon cellulaire?

Christophe entre en coup de vent pour récupérer son appareil. Il s'agenouille, constate les dégâts et se tourne vers moi. Son air ahuri ne m'atteint pas. Ma colère est bien présente et je me retiens pour ne pas le marteler de mes poings.

— Qui a fait ça?

— Moi. Et tu mériterais bien pire!

Le visage de Christophe se décompose. Il vient de comprendre que je suis au courant. Que je sais qu'il m'a utilisée pour réaliser un de ses fantasmes de macho.

— Euh… Valéry, ce n'est pas ce que tu t'imagines.

Le trou de cul a l'audace de s'approcher de moi. Je place la main devant lui, déterminée à le faire reculer.

— STOP! Arrête de me bullshiter!

— Laisse-moi t'expliquer, s'il te plaît!

Il me lance un regard désespéré et je me concentre pour ne pas flancher. Reste forte, Valéry. Pas de larmes, juste des insultes.

— Je veux rien savoir! T'es un estie de loser.

— Wô…

— Pis le mot est faible. C'est quoi? Tu voulais cocher check dans la case «Coucher avec une ronde»? Te vanter à tes chums?

— Pas pantoute!

— T'es rien qu'un minable, Christophe Francœur. Tu vaux même pas la peine que je te parle.

Il pousse un soupir de découragement et il secoue la tête, en murmurant : « C'est pas ça, c'est pas ça. » Puis il prend un air malheureux. Pffff… S'il croit qu'il va m'inspirer de la pitié ! Mais comme je me méfie de mon trop grand cœur, je tourne les talons et je quitte le bureau. Dans le couloir, je me félicite de cette décision, puisque je me mets aussitôt à pleurer.

Les yeux rivés au sol, les épaules secouées par les sanglots, je croise une Lou consternée.

— Ben voyons, Valéry, qu'est-ce qui se passe ?

Au bord d'exploser de chagrin, j'ignore sa question.

— Y est arrivé quelque chose de grave ?

Incapable de parler, je lui fais signe que je l'appellerai plus tard. Ma pauvre amie ne comprend rien, mais je ne peux lui en dire plus. Pas tout de suite. Je la laisse en plan et je sors en heurtant au passage un couple de visiteurs.

— Eille ! Attention !

Foutez-moi la paix, aurais-je envie de hurler, je vis des moments extrêmement pénibles ! Un peu de compassion, s'il vous plaît. Et de la compassion, je vais en avoir besoin… Je ne suis pas du tout certaine de pouvoir me remettre de la pire humiliation de ma vie.

20

Je vais m'en sortir, mais quand?

On ne meurt pas d'humiliation. Ni même de chagrin d'amour. Voilà ce que je me dis au lendemain de la découverte qui m'a arraché le cœur. Même si j'ai encore terriblement mal et qu'un nœud me serre toujours la gorge, je sais que je vais survivre. Parce que je suis une combattante et que, des épreuves, j'en ai déjà traversé.

Je dois admettre que celle-ci est particulièrement douloureuse parce qu'elle me fait tout remettre en question. Absolument tout. Qui suis-je pour les hommes? Une femme avec qui on prend du bon temps et dont on se débarrasse par la suite? Est-ce que je ne suis qu'une poitrine volumineuse? Des fesses bien dodues? Une bouche sensuelle? Est-ce que c'est ça, mon destin? Errer d'un gars à l'autre afin qu'il satisfasse son envie de coucher avec une fille bien enrobée?

Depuis les vingt-quatre dernières heures, seule dans le shack, je me tourmente avec ces questions.

Dévastée, j'ai été incapable de communiquer avec qui que ce soit. Sauf avec Lou, que j'ai rassurée par texto puisqu'elle s'imaginait le pire à mon sujet. Je lui ai donc écrit que j'ai eu une aventure avec Christophe et que ça s'est mal terminé.

« Join the club 😆 », m'a-t-elle répondu.

Je l'ai ensuite informée que je prenais quelques jours de congé, mais c'est une semi-vérité. C'est clair que je ne retournerai pas au vignoble. Jamais. Et ça ajoute à ma tristesse. J'ai tellement aimé y bosser, je m'y suis sentie à ma place, dans mon élément. Et ce bien-être est parti en fumée à cause d'un salaud. C'est vraiment poche.

Je me donne la journée pour récupérer et je rentre à Montréal. L'idée de retourner dans mon appart surchauffé ne me tente guère, mais je suis incapable de rester ici, dans l'environnement de l'ordure qu'est mon ex-patron. Demain, je remets mon CV à jour et je me cherche une job. Je veux m'occuper pour ne plus penser et, surtout, ne plus souffrir.

J'avale une gorgée de thé vert et je constate que la faim revient tranquillement. C'est bon signe! Je n'ai rien mangé depuis hier matin. J'ai picolé, par contre. Deux bouteilles de vin à moi seule… Il n'y a pas de quoi être fière.

Je me prépare un demi-bagel au fromage à la crème léger, que je déguste lentement. Petit à petit, je remonterai la pente. Ce ne sera pas facile. Christophe Francœur a anéanti ma confiance en moi et j'ai du travail à faire pour la retrouver. Ce sera long, mais j'y parviendrai. Allez! À la douche, maintenant!

En marchant dans le sentier qui y mène, je regarde les arbres autour de moi, je hume l'air frais et j'écoute les bruits de la nature… Que tout ça va me manquer! Même s'il se termine dans la douleur, mon séjour ici aura été bénéfique. Il m'a aidée à savoir clairement où je veux vivre plus tard. Et ce n'est plus à Montréal, dans le béton, dans la circulation dense et avec tout le stress que la vie urbaine comporte. Non. Mon avenir, je le vois dans une belle grande maison au bord de l'eau, quelque part dans cette magnifique région que j'ai quittée il y a trop longtemps.

Des cris d'enfants attirent mon attention. Les gamins à qui j'ai donné une leçon de politesse se chamaillent à propos d'une épée perdue dans la forêt. Ma douche ne sera pas aussi tranquille que je l'aurais souhaité. Au moins, je n'ai plus à craindre leurs effronteries. Ils sont beaucoup plus respectueux envers moi depuis que je leur ai fait croire que j'étais une samouraï.

D'ailleurs, au moment où les flos m'aperçoivent, ils baissent le ton. Je les remercie d'un large sourire et je file sous le jet. Ils recommencent aussitôt à s'égosiller en s'insultant. Typique !

En fermant les robinets que M. Francœur a miraculeusement remis à la bonne place, j'entends une voix de femme.

— Théo ! Julien ! Ramassez vos bébelles, on s'en va visiter le champ de lavande.

Ce doit être leur mère. Je l'ai aperçue à quelques reprises. Nous avons jasé un peu, mais jamais très longtemps, puisqu'elle était toujours trop occupée avec ses garçons. Tout ce que j'ai pu apprendre, c'est qu'elle se prénomme Jasmine et qu'elle séjourne ici avec son conjoint et ses enfants jusqu'à la mi-août.

— Ah non ! Je veux pas y aller !

— C'est poche, la lavande !

— Vous avez promis à maman de faire une activité pour elle pendant l'été. Eh bien, c'est aujourd'hui et vous venez, c'est tout. On va participer à une belle visite guidée.

Ils continuent de protester et je compatis avec la mère de famille dont ça semble le quotidien. Après avoir revêtu une jupe grise et un t-shirt rose choisi pour me donner de l'entrain, j'ouvre la porte de la cabane qui abrite la douche et je tombe nez à nez avec Jasmine.

— Oh, pardon, Valéry, je savais pas qu'il y avait quelqu'un.

— Pas de soucis, c'est libre, maintenant.

— Je veux juste récupérer une serviette que j'ai laissée ici hier.

— Vas-y.

Je m'éloigne vers le sentier quand j'entends Jasmine qui m'interpelle.

— Valéry, j'oubliais. Je pense que les enfants ont trouvé quelque chose qui t'appartient.

— Ah oui? Quoi donc?

— Une pochette à maquillage. Les garçons, allez au chalet et rapportez-moi ce que vous avez découvert dans le bois, d'accord?

— Ah non, ça me tente pas.

— Moi non plus.

Jasmine se fait plus ferme et ils lui obéissent finalement. Je ne suis pas convaincue d'avoir perdu un tel article, mais j'attends leur retour, au cas où. J'en profite pour demander à ma compagne si elle aime son séjour.

— Je viens surtout ici pour mes fils. Ils adorent se baigner, jouer dehors. Moi, je m'ennuie un peu et c'est vraiment bric-à-brac. Y a toujours quelque chose qui est brisé.

— Tu peux le dire.

— Mais ça fait des vacances pas chères.

— Toi, t'irais où si tu t'écoutais?

— En Europe. Mais c'est pas demain la veille qu'on va pouvoir voyager à l'étranger. Deux garçons, ça coûte cher. Surtout avec l'épicerie qui n'arrête pas de grimper, les broches de Théo et l'orthopédagogue privée pour Julien.

— C'est beaucoup, en effet.

— En tout cas, profite de ton célibat pour penser à toi, pour te payer des petits plaisirs, Valéry. Parce que, quand t'as une famille, c'est pas mal moins évident.

J'essaie de m'imaginer la vie de cette femme qui doit courir du matin au soir sans même pouvoir fantasmer sur le massage qu'elle s'offrira le lendemain ou le rouge à lèvres de prestige qu'elle se procurera. Certes, je n'ai pas les moyens de me payer tout ce que je désire, loin de là, mais je peux me gâter de temps à autre.

J'aimerais dire les bons mots pour la réconforter, pour l'encourager, mais il ne me vient que des banalités à l'esprit. Du genre : « Ta richesse, c'est ta famille » ou « Au moins, tu ne vieilliras pas seule ». Comme c'est vraiment nul, je me tais.

— Excuse-moi, Valéry, je sais pas pourquoi je te raconte ma vie. Je voulais pas t'achaler avec ça.

— Y a pas de mal, Jasmine. Je te comprends et je te trouve très courageuse.

— Bah, c'est pas si pire…

— Peut-être, mais…

— Tiens !

Les gamins surgissent à nos côtés. Le plus grand tend une trousse de cosmétiques noire et or à sa mère. C'est bien la mienne ! Comment se fait-il qu'elle ait abouti dans la forêt ?

— Elle était où exactement ?

— Là, là, répondent les garçons en montrant le sentier qui mène au shack, avant de détaler pour aller jouer plus loin.

J'en conclus que j'ai dû m'en emparer par mégarde en même temps que mes autres accessoires que j'apporte à la douche. Et en me rendant ici, je l'ai probablement laissé échapper sans m'en apercevoir. C'est plausible et, surtout, c'est à l'image de cet été de bêtises et de distractions !

Jasmine me remet la pochette que j'ouvre pour en vérifier le contenu… et c'est toute une surprise qui m'attend. Mon parfum Lancôme ! Celui pour lequel j'ai faussement accusé Romain de vol. Qu'est-ce qu'il fait là ?

Puis un souvenir resurgit. Je me rappelle vaguement l'avoir placé dedans pour l'apporter au vignoble, un soir avant d'aller au lit. Que je suis étourdie !

— Merci, je suis contente de retrouver mon parfum, t'as pas idée.

— De rien. J'avoue, Valéry, que j'ai pas pu m'empêcher de le humer. Il sent tellement bon !

— C'est vrai. C'est la note florale que j'aime particulièrement. Un peu d'iris, tu trouves pas ?

— Difficile à dire, mais c'est beaucoup plus subtil que ce que je porte d'habitude. J'ai jamais acheté une fragrance de luxe. Ça coûte combien environ ?

Je n'ose pas lui répondre qu'avec les taxes on frise les quatre-vingt-dix dollars. J'imagine que, pour elle, ça représente deux ou trois jours d'épicerie.

— MAMAN ! hurle un de ses fils. Théo veut pas me redonner ma fusée.

— T'es rien qu'un bébé la la, rétorque son frère.

Jasmine lève les yeux au ciel, exaspérée par les conflits qui semblent récurrents entre ses garçons. J'aimerais tellement adoucir son quotidien… et je réalise que j'ai la possibilité de le faire. Sans grande façon, mais quand même.

— Le parfum, il coûte rien ! Tiens, je te le donne.

— Hein ? Mais non, je peux pas l'accepter.

— J'insiste. J'en ai d'autres, de toute façon. Et puis faut bien que quelqu'un s'occupe un peu de toi.

— Ah, t'es vraiment trop fine ! Wow ! Je suis tout émue. Merci, Valéry.

— Tu le mérites, Jasmine.

Elle me sourit avec complicité avant de s'éloigner pour calmer sa progéniture. C'est fou tout le bien que m'apporte ce simple geste. Je ressens une grande satisfaction, semblable à celle du devoir accompli. Et c'est le cœur léger que je retourne au chalet.

Ce n'est qu'en arrivant à la porte d'entrée que mon sentiment de bien-être disparaît d'un coup. Je repense à Romain. Je revois son air outré devant mes reproches, j'entends à nouveau son ton ferme quand il s'est défendu. J'ai été injuste, profondément injuste, et je lui dois des excuses. Le problème, c'est que je ne suis pas certaine qu'il veuille les écouter.

21

Le regard des autres est pesant

— l t'a vraiment dit qu'on avait couché ensemble juste une fois?

Lou est dans tous ses états. Assise à la terrasse de la microbrasserie la plus populaire de Magog, elle se retient pour ne pas laisser exploser sa rage. Tout à l'heure, en revenant de la douche, j'ai eu le bonheur de trouver une invitation dans la boîte vocale de mon téléphone. Lou souhaitait qu'on lunche et elle a proposé ce joli resto qui offre une vue spectaculaire sur le lac et les montagnes.

— Je te jure.

— Estie qu'il est menteur! On s'est vus pendant trois mois.

— Tant que ça?

— Ben oui! Mais il voulait pas que ça se sache au travail. Fait qu'on était très discrets.

— Étiez-vous amoureux?

— Moi, oui. Et je pensais qu'il l'était. Sauf qu'après un temps j'ai réalisé qu'il prenait pas notre relation au sérieux.

— Qu'est-ce qui s'est passé?

L'arrivée du serveur interrompt notre conversation. Il dépose deux verres de Grande Dame devant nous. C'est mon amie qui a choisi les bières, arguant que le nom nous était destiné. Une petite attention qui me fait encore plus l'apprécier. Lou a le don de m'aider à retrouver ma confiance en moi.

— Ç'a commencé à se gâter quand j'ai voulu qu'on s'affiche, qu'on arrête de se fréquenter en cachette de tout le monde. Mais il voyait pas les choses comme moi.

— Pourquoi?

— Il disait que ça pourrait nuire à son image de patron, que ça mettrait la bisbille dans l'entreprise, bla-bla-bla.

— C'est sûr que c'est pas l'idéal, mais t'aurais pas été la première femme à sortir avec son boss.

— C'était pas juste notre relation qui le dérangeait.

— Ah non?

— Non. Il aimait vraiment pas que je lui mentionne mon désir de faire plus pour la business.

— Qu'est-ce que tu veux dire, exactement?

— Faut que tu saches tout d'abord que mes parents sont très en moyens.

— Ah, j'étais pas au courant.

— C'est pas trop mon genre d'ébruiter ça. Mon père a fait fortune avec des magasins d'électronique.

— Alors tu viens d'une famille d'entrepreneurs?

— Oui, mais j'ai aucun intérêt pour les trucs électroniques. Mes passions, c'est le vin et la bouffe.

— Comme moi! En plus de la mode, bien entendu.

— Moi aussi.

— Et j'ajoute les Jean Coutu!

— Ha! Ha! Ha! T'es drôle, Val.

Que ça fait du bien de se détendre ! De se sentir estimée par une personne qui n'a aucune malveillance derrière la tête.

— Donc j'ai suivi des formations en sommellerie et je suis venue m'installer dans la région pour travailler et apprendre à mieux connaître les vins du Québec.

— Et tu réussis très bien !

— Oui, mais mon but, c'est d'investir dans une business viticole, pas juste d'être une employée.

— Ton père est prêt à t'aider ?

— Tout à fait.

— Et je te gage que, quand t'as parlé de tes désirs professionnels à Christophe, c'est là qu'il a rompu ?

— Exactement. Comment t'as deviné ?

Le commentaire de Daisy sur la misogynie de Christophe me revient en tête. Je suis maintenant convaincue qu'elle disait vrai et que l'histoire de leur réconciliation lors du samedi girly n'est que de la foutaise. Je me promets de valider auprès de ma mentore dès que possible.

— Je t'expliquerai plus tard. Continue.

— On était ensemble depuis quelques mois et je voyais que ça le fatiguait que je veuille officialiser notre union, mais je lâchais pas le morceau.

— Normal.

— À un moment donné, le vignoble situé tout juste à côté du Chercheur d'Or a été mis en vente.

— Ah oui ? Celui qui produit le meilleur rouge québécois ?

— En plein lui ! Tu comprends qu'il s'agissait d'une occasion extraordinaire.

— C'est clair !

— En l'achetant et en fusionnant les deux, on pouvait créer la plus grande entreprise viticole du Québec. On se démarquait encore plus et on devenait extrêmement compétitifs. Et pas seulement sur le marché québécois, mais canadien aussi !

— Et Christophe a pas voulu.

— Non! J'étais prête à fournir la mise de fonds, mais il était intraitable. On s'est disputés, il a rompu, j'ai pleuré comme une Madeleine puis, quand je me suis reprise en main, il était trop tard.

— C'était vendu?

Lou hoche la tête tristement, mais elle chasse vite sa déception en enfilant une bonne gorgée de bière.

— Anyway, je me voyais pas investir sans un partenaire qui connaît bien le milieu.

— T'as pas pensé à en chercher un autre?

— Oui, mais j'étais en peine d'amour, tu sais. Y avait juste Christophe qui comptait.

— Je comprends. Maintenant, tu vas mieux?

— Tellement! Ma semaine de vacances avec mes parents m'a fait beaucoup de bien.

Le serveur se pointe avec deux assiettes appétissantes.

— La salade Memphré avec la vinaigrette à part?

— C'est pour moi, dis-je.

— Et la poutine pimpée pour madame.

Le plat de Lou, qui contient du confit de canard en plus des ingrédients traditionnels de la poutine, semble vraiment délicieux. Le mien a l'air également très bon, mais c'est le sien qui me tente.

Je mange un peu de mesclun avec des fraises en essayant d'oublier les frites bien grasses que savoure ma copine.

— Val, la prochaine fois, faut vraiment que tu prennes ça. C'est écœurant!

— Ouin, mais ces temps-ci, les calories…

— Moi, j'ai réglé ça ben vite! Je surveille mon alimentation toute l'année, sauf l'été et à Noël. Là, je me paye la traite.

— Excuse-moi, Lou, mais t'as pas vraiment de problème de poids, toi.

— Qu'est-ce que t'en sais?

— C'est évident.

— Pourtant, j'ai déjà pesé quinze kilos de plus.

— Hein ? J'ai de la misère à te croire.

— Oui, c'est arrivé quand j'ai arrêté de fumer. J'ai fait Weight Watchers et, depuis, j'ai rien repris.

— Wow ! Bravo !

— Ça vient pas tout seul. Comme je te dis, je mange pas de la junk tout le temps. L'été, je me le permets parce que je bouge plus. Ça m'aide à maintenir mon poids. À Noël, je gagne quelques kilos, mais ils disparaissent en janvier.

Visiblement, Lou a un bon métabolisme. Pas comme le mien, qui est paresseux et qui me rend la tâche difficile. Et ce, malgré l'activité physique régulière. Ce n'est pas le seul facteur de mon surplus de poids, bien évidemment, mais il pèse dans la balance… pour faire un jeu de mots poche !

— Tu mets pas ta vinaigrette ? s'étonne Lou.

— Non, c'est correct de même.

— Ça doit être sec pas à peu près ?

— Pas si pire.

— Tiens, goûte, m'ordonne-t-elle en m'offrant quelques bouchées de poutine dans son assiette à pain.

— Une autre fois, peut-être…

Lou me regarde d'un air interrogateur et je n'aime pas ça. Je sens qu'elle est sur le point de me poser des questions sur mon comportement alimentaire. Je crains qu'elle découvre que je suis incapable de manger normalement parce que, bien malgré moi, des mots sont gravés dans mon esprit : « fourrer une grosse, moi aussi ». Il me faudra les oublier, mais j'ai besoin de temps. Et je n'ai pas envie d'en parler maintenant.

— Lou, je me demande pourquoi tu restes au vignoble. Tu pourrais partir, te trouver un autre travail, non ?

— J'y ai pensé.

— Ce serait préférable que tu aies plus Christophe dans ta face tous les jours, tu crois pas ?

— Possiblement, oui. Mais c'est mon père qui m'a convaincue de pas démissionner. Pas tout de suite, du moins. À l'automne, quand ce sera plus tranquille, je verrai. J'ai encore des choses à apprendre.

— Je comprends.

— Et puis y a Romain aussi. Lui, je veux pas le laisser tomber.

— Ouin, mais, moi, je pense que c'est lui qui va partir.

— Hein? De quoi tu parles?

Je sens une vive inquiétude dans sa voix.

— Je crois qu'il retourne en France.

— Il peut PAS faire ça! Il est copropriétaire!

— Oui, mais il a peut-être vendu ses parts. Ou sinon il sera un partenaire silencieux. Je te jure, il avait vraiment l'air sérieux quand je l'ai entendu discuter sur Skype. Il a même avoué que l'équipe allait lui manquer.

— S'il s'en va, il nous met dans la marde, tu sais pas à quel point.

Je réalise que Lou vient de dire «nous». Je ne pourrai plus lui cacher longtemps que j'ai quitté ma job. Ouf... Ce ne sera pas facile à annoncer. Mais une chose à la fois.

— C'est sûr que c'est un gros morceau.

— Ben plus que tu peux l'imaginer, Valéry. C'est sur ses épaules que le vignoble repose. Christophe est là pour les relations publiques, le flafla, mais il connaît fuck-all à la production.

— Ben voyons donc! Il cache bien son jeu.

— Bullshitter, c'est dans ses gènes. En plus, quand il prend des mauvaises décisions, c'est Romain qui doit tout rattraper. On a évité la catastrophe à quelques reprises grâce à lui.

— Pourtant, je l'ai jamais entendu se plaindre de son associé.

— Il est bien trop professionnel pour agir de la sorte. Romain, c'est un gentleman. Pas comme l'autre. Je suis certaine que c'est à cause de Christophe qu'il part.

— Ah ouin ? Qu'est-ce qui te fait croire ça ?

— C'est pas toujours l'amour entre Romain et Christophe au boulot.

— Ah non ? Pourquoi ?

— Ce serait long de tout t'expliquer, mais sache que Christophe peut vraiment être trou de cul au travail aussi.

Entendre Lou le traiter ainsi sonne comme une douce musique à mes oreilles. Je réalise que, si je ne lui ai pas mentionné les raisons de mon absence en détail, c'est parce que j'ai honte. Même si je sais parfaitement que je n'ai pas à éprouver ce sentiment. Ni la culpabilité qui m'assaille également. Je dois me confier, tout raconter.

— Valéry, ça te dérange pas qu'on y aille ? Je veux retourner au vignoble pour discuter avec Romain. Faut tellement pas qu'il nous lâche.

Je suis sur le point de lui donner mon accord, de toute façon notre repas est presque terminé, quand je décide d'écouter cette voix dans ma tête. Celle qui me dit que ma copine doit tout, mais tout savoir de mon aventure avec Christophe. Vraiment tout.

Lou accepte de rester cinq minutes et c'est avec beaucoup d'intérêt qu'elle m'entend relater les événements des derniers jours. À la fin de mon récit, elle affiche un air scandalisé.

— Il est donc ben dégueulasse !

— À qui le dis-tu ?

— Se vanter à son chum en plus. Y est fucké pas à peu près !

— C'est ce qui m'a le plus blessée. Il s'est servi de moi, il m'a manipulée pour faire le smatte avec ses amis. Et moi, la conne, j'ai rien vu.

Trois jours plus tard, je m'en veux encore d'avoir ignoré les doutes que j'avais sur Christophe. D'avoir mis de côté cette impression qu'il m'utilisait comme une marionnette. J'ai vraiment été stupide !

— Sois pas trop dure avec toi, Valéry. Ça nous arrive toutes de nous faire avoir.

— Peut-être, mais ça fait mal quand même.

— Pauvre chouette, murmure-t-elle avec compassion.

— C'est correct, Lou. Je m'en remettrai. Je prendrai le temps qu'il faut et je passerai par-dessus cette histoire.

Mon amie demeure silencieuse tout en tournant une de ses belles mèches bronde entre ses doigts. Elle fixe le napperon devant elle pendant une longue minute. Quand elle relève la tête, ses yeux sont remplis d'une détermination qui pourrait presque faire peur.

— Valéry, je sais pas quand ni comment, mais une chose est certaine : toi et moi, on va se venger de Christophe Francœur. Et ce jour-là, il va regretter d'avoir croisé nos chemins.

22

Sale menteur !

— Pardon ? C'est quoi, cette histoire ?

Au bout du fil, Daisy est abasourdie. Dès que j'ai mis les pieds au shack, après mon dîner avec Lou, j'ai communiqué avec elle.

Je lui ai rapporté ce que Christophe m'a raconté le soir du samedi girly, soit qu'ils se seraient réconciliés, tous les deux. Visiblement, elle n'a pas la même version des événements.

— Selon lui, tu aurais dit qu'il était « pas si pire que ça ».

— QUOI ? Jamais de la vie !

— Donc vous vous êtes pas parlé ?

— Mais oui, on a discuté. Mais pas pour se rapprocher ! Au contraire…

— Ah bon ? Qu'est-ce qui s'est passé ?

— Je l'ai averti qu'il avait intérêt à bien te traiter. Je t'avais prévenue que je le mettrais en garde, non ?

— C'est vrai. Et qu'est-ce qu'il a répondu ?

— Rien. Il a pris son air fendant en espérant m'intimider. Quand il a vu que ça marchait pas, il est parti.

— Est-ce que t'étais avec son père à ce moment-là?

— Oui. Je me suis bien amusée avec lui, d'ailleurs.

— Euh… Amusée dans quel sens?

— Comme dans avoir du fun. Il était drôle et il m'a fait rire, mais c'est tout.

— Pas plus?

— À quoi tu t'attendais?

— Ben… Je pensais qu'il te plaisait bien.

— Je te cache pas que c'était agréable d'être courtisée, mais c'est pas mon genre d'homme. Il a même pas de cellulaire!

— Quant à ça!

De nos jours, c'est pratiquement une hérésie! Surtout quand on s'appelle Daisy Michaud et qu'on est techno jusqu'au bout des ongles.

— De toute façon, mon esprit est ailleurs.

— Ah oui! Ta transaction.

— Exact! Je peux te le dire maintenant, parce qu'on finit ça demain. J'ai vendu ma compagnie à un géant américain.

— Wow! C'est une grosse nouvelle! Bravo!

J'imagine la fortune que va toucher mon amie. De quoi lui offrir une liberté qu'il me serait facile d'envier. Mais je suis beaucoup trop heureuse pour elle.

— Merci!

— Est-ce que tu restes avec eux?

— Non, je quitte l'entreprise. J'ai même pas l'intention de continuer à travailler dans le milieu des jeux vidéo.

— Ah bon? Je croyais que c'était ta vie, pourtant?

— Ça l'était, mais j'en ai assez des jeunes geeks enfermés dans leur univers. J'ai envie de vraies relations. Je veux pouvoir parler d'autres choses que d'interface, d'utilisateur, de moteur de jeu ou de console portable.

— Je peux comprendre. T'as choisi un domaine?

— Pas encore. Je prends mon temps. Peut-être la mode ? J'ai toujours aimé ça.

Ouf… Je ne peux imaginer à quoi ressemblerait une boutique de vêtements tenue par ma mentore au look parfois popsicle ! Ce serait pour le moins coloré. De bon goût ? Ça, c'est loin d'être évident !

— C'est pas facile, le milieu de la mode. T'as vu le nombre de magasins qui ont fermé dernièrement ?

— Je sais. Mais j'avais pensé à un camion-boutique. C'est de plus en plus populaire.

C'est vrai que le concept des fashions trucks qui parcourent principalement les festivals de Montréal est assez intéressant. Daisy pourrait s'associer avec un designer et promouvoir sa collection. Pas bête !

— C'est une bonne idée, je trouve.

— Tu voudrais m'aider, Valéry ?

Sa question me prend au dépourvu. Je ne sais plus tellement où j'en suis professionnellement. Je suis incapable d'entrevoir l'avenir. Mon coup de cœur pour le travail dans le vignoble a été intense, et je devrai malheureusement en faire mon deuil.

Pour le moment, ma seule préoccupation, c'est de gagner ma vie. Et pour ça, je n'ai pas d'autre choix que de retourner en magasin. Mais je n'en ai pas envie.

— Écoute, Daisy, si je peux faire quelque chose pour toi, ça va me faire plaisir. Mais je peux rien te promettre. Ma vie est trop un chaos depuis le début de l'été.

— Ah bon ? Tant que ça ?

Je lui explique que l'Estrie, c'est terminé pour moi. Je reviens à Montréal et j'y serai dès demain pour me chercher un boulot. Daisy ne me pose pas de questions sur la raison de mon départ. Peut-être a-t-elle deviné qu'il s'agit d'un sujet sensible ? Quoi qu'il en soit, je lui en suis reconnaissante.

— Je trouve ça triste quand même, Valéry. Je t'ai sentie très heureuse samedi. Tu resplendissais.

— That's life…

— Si t'as besoin de moi, je suis là. N'hésite pas.

— Ahhh, t'es fine, mais ça devrait aller. Je te tiens au courant.

— Promis ?

— Promis.

Je m'apprête à raccrocher quand Daisy m'interpelle une dernière fois.

— Tu sais, Valéry, un jour, il va payer pour ce qu'il t'a fait.

— Qui ?

— Ben, Christophe Francœur ! Je suis certaine que c'est lui qui t'a fait du mal.

Je ne suis pas étonnée qu'elle ait compris ce que je n'ai pas eu besoin de lui confier. Daisy a une intelligence intuitive très développée. C'est pour cette raison, entre autres, qu'elle est une formidable femme d'affaires.

Je lui confirme qu'elle a vu juste et je mets fin à la conversation pour préparer mes bagages. Avec un mélange de tristesse et d'inquiétude, je range mes vêtements dans ma valise à roulettes, ne gardant que le nécessaire pour la nuit. Je pourrais partir cet après-midi, mais je veux m'offrir une dernière soirée sous les étoiles, précédée d'une baignade dans le lac.

Je jette des coups d'œil réguliers à mon cellulaire dans l'espoir d'y apercevoir un texto de Lou. Elle s'est engagée à me fournir un compte rendu de sa conversation avec Romain aussitôt qu'elle aura terminé.

J'attends aussi d'avoir de ses nouvelles avant d'appeler moi-même Romain pour lui annoncer que je quitte le vignoble et, surtout, pour m'excuser de l'avoir injustement accusé de vol. Je lui dois bien ça.

Ding !

Bon, enfin !

« Pas réussi à joindre Romain, il est sur la route et ne répond pas à son cell. À + »

Je vais devoir prendre mon mal en patience et ça ne fait pas mon affaire. J'ai déjà trop tardé à présenter mes excuses à Romain. Je me sens vraiment coupable de ne pas l'avoir cru et j'ai besoin qu'il le sache.

Je poursuis mes activités sans entrain. Je place le contenu du garde-manger dans un sac d'épicerie. Chaque aliment me rappelle un souper bien arrosé au coin du feu, un déjeuner les deux pieds dans l'herbe ou un pique-nique au bord du lac.

Malgré toutes les péripéties que j'ai vécues au cours des dernières semaines, dont la peine d'avoir brisé mon amitié avec Zofia et la honte de m'être laissé berner par un salaud, je ne garderai pas de mauvais souvenir de mon séjour. Au contraire.

Sans pouvoir me l'expliquer de manière logique, j'ai l'impression d'avoir appris quelque chose d'important ici, d'avoir fait un bond en avant. Comme si je franchissais une étape de ma vie. Laquelle? Il est trop tôt pour le définir. J'aurai besoin de plus de temps pour analyser mes sentiments et voir plus clair en moi. Ma crainte, c'est que mon départ précipité efface ce début de cheminement et que je recule de trois pas.

Mais ai-je le choix? «On a toujours le choix, Valéry.» L'affirmation de papa, qui résonne dans ma tête, sème le doute. Si je retourne à Montréal, est-ce que je suis une lâche qui s'enfuit devant l'adversité? Ou simplement une fille qui se protège? Hum... Un peu des deux, je crois bien.

Mais ma décision est prise et rien ne pourra me faire changer d'avis.

23

Prise de contrôle

— Valéry?

La voix derrière moi me fait sursauter. À un point tel que je presse fermement le contenant de lotion solaire dans ma main et qu'une trop importante quantité se répand sur mes cuisses et sur mon maillot de bain. Merde!

Je me tourne et, à ma grande surprise, j'aperçois Romain, l'air tourmenté. Il est vêtu d'un bermuda rayé blanc et noir et d'un chandail polo gris. Un look de golfeur que je ne lui avais jamais vu.

— Qu'est-ce que tu fais ici?

Assise sur ma serviette de plage, je tente de cacher mon corps avec mon t-shirt, mais je le souille de crème solaire. Je ne peux désormais plus l'enfiler et je n'ai rien d'autre à porter à part ma jupe! BRA-VO!

— Je suis venu te parler de l'avenir du vignoble.

Que peut-il bien vouloir me dire à ce sujet? Il quitte son poste, non? Je ne vois pas en quoi l'avenir du Chercheur d'Or le préoccupe. Mais voyons voir…

— Euh… OK.

Je ne me sens pas très à l'aise d'entamer une conversation vêtue uniquement de mon maillot de bain turquoise… surtout que je trouve que ma poitrine en déborde un peu trop. Tant pis !

Je l'invite à me rejoindre. Il s'assoit dans le sable et, pendant un instant, il contemple le lac majestueux. J'en profite pour étendre le surplus de lotion sur mes cuisses et je place mon chandail par-dessus.

— J'aime bien le point de vue à partir d'ici, dit-il. C'est reposant.

— Oui, c'est vrai, surtout à l'heure du souper, quand le vent tombe. En plus, c'est tranquille sur la plage, j'ai la paix ! Toi, est-ce que t'arrives du golf ?

— Oui, j'ai joué un neuf trous au Manoir des sables.

— Ah bon ? Je savais pas que tu pratiquais ce sport.

— C'est rare, mais ça m'aide à décrocher, à faire le vide, tu vois ?

— Je comprends très bien ce que tu veux dire. Moi, c'est quand je cours.

— C'est un truc que j'aimerais bien essayer un jour. Quand j'aurai le temps.

Voilà l'occasion de le questionner tout en douceur à propos de son départ de l'entreprise.

— T'es super occupé, hein ? Retourner chez toi, vendre tes parts du vignoble…

Romain me dévisage avec stupéfaction. Il se demande certainement quelle est ma source.

— Écoute, j'ai entendu tes échanges sur Skype l'autre fois avec la Française.

— De qui tu parles ?

— Je me rappelle plus son prénom, mais c'est la fille à qui tu disais que tu repartais pour la France.

— Pardon ?

— Je suis au courant de tout, Romain, t'as pas besoin de faire semblant.

— Valéry, je ne sais pas où t'es allée chercher ça, mais...

— Sandrine! C'est Sandrine, son nom.

L'air interloqué qu'il affichait laisse la place à un large sourire, puis à un rire franc.

— Quoi? Qu'est-ce qu'il y a de drôle?

— Valéry, tu as vraiment une imagination débordante. Tu me surprendras toujours.

— J'ai rien inventé pantoute!

— Mais si! Je ne rentre pas en France. Et je ne quitte pas le vignoble.

— Non?

— Non.

— Ahhhh... De quoi tu discutais alors avec Sandrine?

Romain hésite un moment avant de poursuivre en suivant des yeux un voilier qui navigue au loin.

— Sandrine, c'est ma thérapeute. Celle que je vois à l'Association des cleptomanes anonymes.

Sentant que les confidences de Romain lui demandent un effort, je cache ma surprise. J'attends qu'il s'ouvre à son rythme, en me taisant.

— J'ai commencé à y aller après l'événement du moulinet de pêche. C'est toi qui m'as fait réaliser que c'était un problème sérieux.

J'acquiesce de la tête pour l'encourager dans son récit.

— Avec le groupe, j'ai compris que c'était une façon pour moi d'oublier les foutus attentats de Paris. Et surtout la mort de Manu.

— C'est tellement triste.

— Ouais, ça m'atteint encore beaucoup. Et je me sens encore coupable. Tu sais, Manu, je l'ai laissé tomber.

J'aurais envie de protester, de lui dire qu'il ne pouvait pas prévoir l'avenir, qu'il ignorait que son ami allait mourir en assistant tout bonnement à un spectacle. Mais il l'a déjà sûrement entendu. Je me contente donc de l'écouter, en posant ma main sur la sienne pour lui signifier que je suis toujours là.

— J'ai décortiqué tout ça dans ma tête, dans mon cœur, et je n'ai eu qu'une seule rechute depuis.

— Mon briquet ?

— Oui. Encore une fois, je suis désolé.

— C'est ta thérapie qui t'occupait autant à Montréal ? C'est pour cette raison que t'étais souvent absent ?

— Exactement. Ç'a été très intensif.

Je suis impressionnée par le travail que Romain a fait sur lui. En si peu de temps, en plus. Un homme qui se prend en main de cette façon est forcément quelqu'un de vraiment bien. Ça me réchauffe le cœur de penser que je suis peut-être en train de trouver un véritable ami… sinon plus.

— C'est moi qui m'excuse, Romain.

— Et pourquoi donc ?

Il tourne ses grands yeux marron vers moi. La lumière de la fin de journée leur donne un ton noisette qui me plaît bien.

Un peu intimidée par l'intensité de son regard, je retire ma main de sur la sienne et je m'affaire à replacer mon t-shirt sur mes cuisses et mon ventre.

— J'ai été injuste envers toi. L'histoire du parfum.

— Ouais, j'avoue que tu m'as offensé.

— C'est pour ça que t'étais froid avec moi ?

— Froid ? Vraiment ?

— Ben oui ! Quand on s'est parlé dans ton bureau, t'étais pas très chaleureux.

— J'étais préoccupé, c'est tout.

— Non, je crois plutôt que tu m'en as voulu parce que je t'ai écarté du projet de samedi girly.

— C'est possible, oui. Mais c'est derrière nous, Valéry, et je souhaite qu'on reparte du bon pied professionnellement. C'est pour ça que je suis ici.

Je ressens une légère déception en l'entendant évoquer le côté business de notre relation. D'autant plus que nous ne bosserons plus ensemble.

— Romain, il faut que je te dise…

— Oui, je sais, tu démissionnes. Lou m'en a informé.

— Alors, à moins que t'aies une job pour moi à Montréal, notre relation d'affaires se termine maintenant.

— Non.

— Euh… Oui!

— Je le répète : non!

C'est qu'il est tenace! Ça me vexe et ça m'amuse à la fois.

— Excuse-moi, mais pour qui tu te prends, Romain Brasier?

— J'ai besoin de toi, Valéry.

— Regarde, je veux pas entrer dans les détails, mais le vignoble, c'est fini pour moi. Sérieux.

Mon compagnon laisse s'écouler un moment de silence. Puis il me parle tout doucement.

— Je sais pourquoi tu nous quittes.

J'en déduis que Lou n'a pas pu tenir sa langue. Fuck! Je n'ai surtout pas envie de partager mes états d'âme avec Romain. J'ignore ce qu'elle lui a raconté précisément et je crains le pire. Je l'écoute avec appréhension.

— Tu pars à cause d'une peine d'amour avec Christophe.

— C'est exagéré. Je suis plutôt en tabarnak.

— Je croyais que c'était un peu des deux?

— Non, c'est de la colère. J'étais pas amoureuse… même si j'ai pensé que je l'étais. Mais qu'est-ce que Lou t'a raconté exactement?

— Qu'il avait eu des propos, disons… méprisants sur ton poids.

— Tu comprends pourquoi il est pas question que je bosse avec lui de nouveau. Des plans pour que je lui arrache la tête.

— Lou a été très claire à ce sujet.

— Fait que c'est un dead end, notre affaire.

— Pas du tout. J'espère toujours qu'on sera des collaborateurs.

Il est très insistant. Qu'est-ce qu'il ne saisit pas? Ça manque de respect, son truc! Je me lève en m'enveloppant rapidos dans ma serviette de plage.

— J'ignore à quoi tu joues, Romain, mais je te trouve pas drôle. Tu peux pas me forcer à travailler avec lui. Bon, j'y vais, j'ai des bagages à terminer.

— Jamais je ne penserais à t'obliger à faire quoi que ce soit! Oh, la vache, on a de sérieux problèmes de communication parfois, toi et moi.

Légèrement honteuse d'avoir encore sauté aux conclusions, je me radoucis et je lui demande de préciser sa pensée.

— J'ai un plan, Valéry. Et si tout se passe comme je le souhaite, Christophe Francœur n'en fait pas partie.

24

Shotgun et shooters!

— Une clause quoi?

— Shotgun. Une clause shotgun.

Un peu plus tôt, quand Romain a évoqué un plan qui écartait Christophe, j'ai cru qu'il investirait dans un autre vignoble et qu'il m'embaucherait pour y travailler. Mais non. Son projet concerne Le Chercheur d'Or. Et si son idée fonctionne, il en deviendra copropriétaire avec Lou et il me nommera gérante. Tout ça grâce à cette fameuse clause qui existe dans son contrat.

C'est ce qu'il nous explique présentement à toutes les deux, devant une assiette de fromages qu'il vient de nous servir en guise de souper tardif. Romain nous a conviées chez lui pour que nous ayons cette conversation à l'abri des oreilles indiscrètes, particulièrement celles de son actuel associé.

Puisque Lou devait rester au travail jusqu'à 21 heures, nous nous sommes donné rendez-vous en fin de soirée, ce qui crée une aura de mystère autour de notre rencontre.

Mon amie est folle de joie à l'idée de devenir partenaire de l'entreprise et de continuer à travailler avec nous deux. Le projet m'enchante aussi, mais j'ai de la difficulté à croire que c'est réaliste.

J'observe la grande pièce à aire ouverte dans laquelle nous avons pris nos aises. Les boiseries de chêne, le plancher de terre cuite, l'imposant foyer en pierre, le jeté en tricot de laine, les délicats rideaux de dentelle de Bruges et les coqs en porcelaine au-dessus des armoires confèrent un look champêtre au condo de Romain.

Habituellement, je préfère les univers épurés et modernes dans les teintes de gris, de noir et de blanc. Mais ici, avec la nature qui nous entoure et le mont Orford qu'on peut admirer par les grandes fenêtres, ce style convient tout à fait.

— Et elle dit quoi, cette fameuse clause? demande Lou à notre compagnon en ouvrant une bouteille de rouge.

— Je vous lis la définition? propose-t-il en s'emparant de son iPad.

— D'accord.

— « La clause shotgun est aussi appelée clause coercitive, clause baseball, clause roulette russe, clause boomerang ou simplement clause d'achat ou de vente obligatoire. »

— Ha! Ha! Clause roulette russe! On joue à un jeu dangereux, dis-je.

— Ce n'est pas faux, Valéry. Moi, je peux tout gagner… ou tout perdre.

Penaude d'avoir pris ça à la légère, je lui marmonne des excuses. Il poursuit ses explications pendant que Lou sert le vin.

— Ça me permet de faire à Christophe une offre d'achat qu'il ne peut pas refuser.

— Hein? Pourquoi?

— C'est simple, Valéry. Il a deux choix. Soit il accepte de me céder ses actions au prix demandé, soit il me fait la même offre et c'est moi qui dois lui vendre les miennes.

— Donc je comprends que tu peux devenir l'unique propriétaire du vignoble?

— Oui. Et, à ce moment-là, je revends les parts de Christophe à Lou.

— Sinon tu perds l'entreprise et c'est lui qui la garde.

— Exactement.

— Mais, au moins, tu fais un profit?

— Tout dépend du montant que je lui offre. Je n'ai pas encore statué là-dessus, je dois y réfléchir.

— Cette clause-là, elle existe tout le temps entre actionnaires?

— Non. Il faut l'inscrire à son contrat. Comme je ne connaissais pas beaucoup Christophe, j'ai pris cette précaution avant de me lancer en affaires avec lui.

— T'as eu un bon pressentiment, c'est un estie de trou de cul, intervient ma copine.

— Bon, Lou, on se calme. On doit garder la tête froide pour bien jouer nos cartes, lui répond Romain d'un ton catégorique.

Je suis bien d'accord avec lui. Mais ce qui me titille, c'est la raison pour laquelle il veut se débarrasser de son partenaire. Aux dernières nouvelles, Le Chercheur d'Or est en bonne santé financière, son avenir est reluisant, et Romain et Christophe ont l'air de bien s'entendre. Est-ce qu'il souhaite simplement faire plaisir à Lou?

— Romain, tu parles de jouer franc jeu, mais, toi, c'est quoi, tes motivations? Est-ce que tu les as expliquées à Lou?

— Je crois que Lou devine très bien pourquoi j'en suis là, mais t'as raison, c'est important que vous sachiez tout.

— Je t'écoute.

— Tout d'abord, je dois avouer que ça fait un moment que je songe à changer de partenaire. Quand Lou m'a parlé de son désir de devenir entrepreneure, j'ai su que le temps était venu.

— Mais pourquoi ça marche plus avec Christophe ?

Romain boit une gorgée de merlot avant de me répondre. Il semble réfléchir à la façon dont il formulera sa pensée.

— Un vignoble, ce n'est pas une business comme les autres. On l'oublie souvent, mais c'est une entreprise agricole, avec tous les risques que ça comporte.

— Et c'est pas fait pour les mauviettes comme Christophe Francœur ! lance Lou.

— Je ne l'aurais pas dit ainsi, mais ça résume bien la situation. Christophe n'est pas très vaillant. Quand vient le temps des vendanges, par exemple, il trouve toujours mille et une excuses pour s'absenter.

— Et toi, Lou, t'as l'intention de faire cette job-là ?

— Pourquoi pas ?

— C'est assez exigeant, non ? Ce travail convient pas à tout le monde.

— Écoute, Valéry, c'est pas parce que je suis menue que je suis pas forte ! s'indigne-t-elle.

— Désolée, c'est pas ce que…

— Oui, c'est ce que t'as voulu dire ! Mais t'as tort.

Elle a bien raison. C'est quoi, ce préjugé à la con ? Si ma copine affirme qu'elle peut cueillir des raisins toute la journée au grand soleil, elle doit bien savoir de quoi elle parle.

— J'adore travailler dans les vignes. De toute façon, en période de pointe, on engage toujours des jeunes pour nous aider.

— Dans ce cas-là, c'est super, dis-je à Lou, mettant un terme à ce sujet.

Le silence s'installe quelques secondes, le temps que nous dégustions un morceau de Mont Saint-Benoît.

— Mais ce n'est pas l'unique raison pour laquelle je souhaite cesser ma collaboration avec Christophe, reprend Romain.

— Pour quoi d'autre ?

— J'ai envie d'avoir du plaisir au boulot. Et là, ce n'est plus le cas.

— Tant que ça ?

— Bon, je pousse un peu, mais n'empêche que Christophe a la grosse tête et c'est de plus en plus chiant.

— T'oublies son attitude envers les employés, précise Lou. Je le trouve arrogant comme c'est pas possible. Ça m'étonne même qu'on ait pas eu plus de démissions.

— Ce n'est qu'une question de temps, répond Romain. Sa réputation commence à être connue dans le milieu.

— Déjà que c'est pas facile de recruter du bon personnel. Qui va vouloir se démener pour un boss qui est toujours sur ton dos, qui te félicite jamais ?

— Vous êtes sérieux, tous les deux ? C'est comme ça qu'il agit ?

— Indeed !

Je suis abasourdie par ce que j'apprends ce soir. Ils décrivent Christophe comme un patron non seulement incompétent, mais tyrannique. Certes, mon opinion de lui est loin d'être favorable, mais je ne l'ai jamais vu comme un monstre au boulot.

— Vous exagérez pas un peu ?

— Je ne crois pas, répond fermement Romain. Il faut protéger le vignoble. Et ça passe par l'éviction de Christophe.

— C'est quand même un gros move, non ?

— Valéry !

Visiblement mécontente, Lou se lève de façon précipitée, éclaboussant de vin le beau jeté taupe de Romain. Elle me regarde d'un air déterminé.

— T'es avec nous ou t'es pas avec nous ? Décide !

— Ben voyons ! C'est sûr que je suis avec vous !

Je jette un coup d'œil du côté de Romain, espérant qu'il calme notre compagne. Il comprend tout de suite mon message.

— Lou, assois-toi, s'il te plaît.

— Je vais aller aux toilettes à la place !

Elle s'éloigne vers le fond du corridor. Au moment où j'entends une porte se refermer, je soupire de soulagement.

— T'es certain, Romain, que Lou a les nerfs assez solides pour se lancer en affaires ? Elle est hyper nerveuse.

— Oui, oui, elle a ce qu'il faut, mais elle a besoin d'être encadrée et rassurée. Et c'est là que t'interviens, toi.

— Moi ?

— Oui. T'es un atout important, Valéry. Lou n'a pas beaucoup d'expérience en gestion. Faut que tu sois présente pour la soutenir.

Je suis flattée de leur intérêt à me voir me joindre à leur équipe. Mais j'aurais tellement aimé, moi aussi, devenir partenaire dans l'aventure ! Si seulement j'avais des sous, je leur proposerais d'acheter des actions. Mais à quoi bon rêver en couleurs ? Ils m'offrent tout de même un poste avec des responsabilités ; ce n'est pas rien.

— Tu crois que Lou est d'accord pour que je sois gérante ?

— Elle a bien réagi tout à l'heure, non ?

— Oui, mais tu l'as mise devant le fait accompli, je trouve.

— T'as raison, et c'était voulu. Je te le répète : on a besoin de toi.

— Et son rôle à elle ? Je serais quand même pas sa patronne ?

— Non, toi, tu assurerais la gestion des employés sur le plancher. On déterminera avec Lou ce qu'elle souhaite faire exactement quand le temps viendra. Je la vois bien s'occuper des communications, des relations avec les fournisseurs.

— C'est vrai qu'elle serait bonne.

— Et à vous deux, vous formeriez une super équipe pour l'organisation d'événements comme celui de samedi dernier.

— J'espère.

— Valéry, je ne veux pas que tu t'inquiètes, d'accord?

— Plus facile à dire qu'à faire. Tu penses que ça va marcher, ton genre de putsch?

— Ha! Ha! C'est un peu fort comme comparaison, mais j'aime bien l'image.

— Tu réponds pas à ma question, Romain.

— Oui, je crois que ça peut fonctionner, mais je demeure prudent. J'estime que les chances sont de cinquante-cinquante.

— Juste la moitié? Comment ça? s'exclame Lou en surgissant derrière nous.

Romain l'invite à reprendre sa place avant de lui fournir une explication. Elle est tellement nerveuse qu'elle se sert un shooter de tequila. J'insiste pour qu'elle m'en serve un. Romain, lui, refuse le verre proposé, préférant garder ses idées claires.

— Le problème, c'est que je n'ai pas le portrait exact de la situation financière de Christophe. J'ignore s'il serait en mesure d'égaler mon offre.

— On a seulement à lui proposer quelque chose de super généreux, suggère Lou.

— Je comprends, mais il faut qu'on paie un juste prix, en fonction de la valeur de ses parts. Sinon on peut avoir du mal à récupérer notre investissement.

— C'est sûr. Je te fais confiance pour ça. Et… à quel moment tu comptes lui présenter ta proposition?

— Demain.

— DEMAIN?

Ma copine et moi avons la même réaction de panique. Ça va trop vite à notre goût. De son côté,

Romain est en parfaite maîtrise de la situation. Pourtant, le risque est énorme pour lui. D'où lui vient cette assurance ? J'ai l'impression que ce n'est pas la première fois qu'il se retrouve dans un contexte semblable, où il doit utiliser son sens de la stratégie... un peu comme le ferait un joueur de poker. Shit ! Est-ce que c'est ce qu'il est ? Un gambler ?

Je bondis de ma chaise et je regarde mon compagnon droit dans les yeux.

— Romain, j'ai besoin de savoir quelque chose.

— Quoi donc ?

— Je veux une réponse franche.

— Très bien, vas-y.

— Est-ce que tu es un joueur compulsif ?

Pendant quelques secondes, Romain ne réagit pas. Puis son regard se durcit et c'est d'une voix tranchante qu'il me répond.

— Valéry, choisis : tu me fais confiance et tu te joins à nous ou tu continues à te méfier et t'oublies le vignoble.

C'est à mon tour de figer. Ce qu'il peut se montrer autoritaire parfois ! Mais il a raison, je ne peux pas toujours être sur mes gardes. Je dois m'en remettre à lui.

— Eille ! Qu'est-ce qui se passe ? Valéry, pourquoi tu penses que Romain a un problème de jeu ?

— Oublie ça, Lou. Je dis n'importe quoi. Cette histoire d'offre d'achat me stresse.

— Ben, là ! Pas autant que moi !

J'observe mon ami. Il a perdu son air sévère et semble attristé. Oh non ! Je l'ai blessé. Que je suis idiote de lui inventer des vices !

— Romain, je suis désolée. Vraiment.

— Bon, ça va. On ne passera pas la nuit là-dessus. Maintenant, les filles, vous seriez gentilles de me laisser, j'ai des calculs à faire pour déterminer le montant de ma proposition. Lou, je valide le tout avec toi plus tard ?

— Oui, pas de problème, mais t'as vraiment l'intention de la lui envoyer demain? Qu'est-ce qui presse tant? lui demande-t-elle.

— Pourquoi attendre? Moi, je suis prêt. Et vous?

Je regarde Lou et je lui fais un petit signe volontaire de la tête. Elle prend une grande respiration avant de poursuivre.

— OK, on l'est. Que le meilleur l'emporte!

— Et le meilleur, c'est toi, Romain!

25

L'ennemi à abattre

L e shack ne m'a jamais semblé aussi minuscule, aussi poussiéreux, aussi étouffant. Mais la pluie diluvienne qui s'abat sur la région me confine à l'intérieur et m'empêche d'aller courir. Pourtant, Dieu sait que j'en aurais besoin.

Depuis ce matin, je suis comme une lionne en cage. Je me sens totalement impuissante par rapport à la situation et je n'ai pas d'autre choix que d'attendre. Mais c'est pénible. Pénible à l'extrême.

Christophe doit avoir reçu la proposition de son associé depuis quelques heures déjà. Et nous sommes toujours sans nouvelles.

C'est un huissier qui a livré le document en mains propres au copropriétaire du Chercheur d'Or sur le coup de 10 heures. Romain se fera donc discret aujourd'hui et il restera chez lui.

C'est pour Lou que c'est plus difficile. Elle doit travailler comme si rien ne s'était passé. Romain a été très clair à ce sujet : Christophe ne doit pas soupçonner que son employée est au courant de quoi que ce soit. Il craint qu'elle subisse les représailles de son patron.

La loi prévoit que Christophe dispose de trente jours pour prendre sa décision. Trente fucking jours ? C'est beaucoup trop long et nous espérons que ça se réglera bien avant. Sinon, Lou et moi, on risque de faire une crise cardiaque tellement ça nous angoisse.

Romain, de son côté, garde heureusement son sang-froid, ce qui nous rassure. Il estime que le tout sera conclu d'ici une semaine.

C'est pourquoi j'ai accepté de retarder mon départ, car nous devrions obtenir une réponse positive sous peu. Ce serait vraiment extraordinaire ! Si j'étais croyante, je réciterais des *Je vous salue Marie* en boucle pour que notre projet se réalise.

Je mise tellement sur cette nouvelle vie ! Peut-être trop… Si nous perdons, je serai à ramasser à la petite cuillère. Mais, en attendant, rien ne m'empêche de rêver. Je m'imagine déverrouiller la porte de l'imposant bâtiment avec *ma* clé, planifier les horaires des employés pour déterminer qui sera responsable des dégustations la semaine prochaine, organiser une soirée-bénéfice pour un organisme de la région, et j'en passe…

Peut-être qu'en visualisant ainsi les choses elles vont se produire ? Je le souhaite trop !

Le bruit d'une voiture qui s'approche attire mon attention. Je jette un coup d'œil à la fenêtre et mon sang ne fait qu'un tour. Fuck ! C'est Christophe qui rapplique !

Intuitivement, je me penche pour me cacher derrière les armoires. Pas question d'avoir une conversation avec lui ! Je n'ai pas confiance en mes talents de menteuse et je crains qu'il découvre que je suis au courant de tout.

Toc, toc, toc.

Je retiens mon souffle, en espérant qu'il déguerpira au plus sacrant.

— Valéry? T'es là?

— …

Je fixe la porte en souhaitant qu'il reparte vers son auto. Quelle n'est pas ma surprise de le voir entrer dans le chalet. Eh merde! Ne pouvant pas m'enfuir, je prie pour que tout se passe bien.

— Qu'est-ce que tu fais là? me demande-t-il en me regardant d'un air interrogateur lorsqu'il constate ma position pour le moins saugrenue.

Sa question augmente ma colère. Quel être imbu de lui-même!

— *Toi*, qu'est-ce que tu fais ici? On t'a pas appris à attendre qu'on t'ouvre avant d'entrer chez quelqu'un?

Je me relève et je le toise avec aplomb, ce qui le déstabilise. Je continue à jouer la carte du mépris, ce qui n'exige aucun effort puisque c'est ce que j'éprouve envers lui.

— Qu'est-ce que tu veux?

— Euh… On peut se parler?

— De quoi? On a absolument rien à se dire.

Christophe ne se formalise pas de mon objection et s'assoit sur le vieux canapé. Son regard triste me déroute et, pendant quelques secondes, j'ai envie de le serrer dans mes bras. Jusqu'à ce que je me rappelle ses gestes.

— Je te dois des excuses, Valéry. Je regrette tellement.

Je ne peux nier que ça me fait un bien immense de l'entendre. Encore une fois, je dois prendre sur moi pour ne pas flancher. De plus, ces prétendus remords sont-ils sincères? À bien y penser, ils surviennent à un curieux moment et ils sont probablement liés à la lettre qu'il a reçue ce matin.

Je décide de changer de stratégie. En me montrant plus ouverte, j'ai plus de chances d'en apprendre sur ses intentions. Avant de plonger, je me promets de ne pas oublier que je joue un rôle. Je suis une comédienne. La seule différence, c'est qu'aucun auteur ne m'a écrit un texte. C'est un acte d'improvisation totale !

— Veux-tu un café ?

— Ce serait gentil, oui.

Pendant que je prépare nos boissons, Christophe cherche à savoir si je me cachais de lui quand il a frappé à la porte.

— Non, non. Avec la pluie, je t'ai pas entendu cogner. Je cherchais ma boucle d'oreille par terre. Ton arrivée m'a surprise.

Ce premier mensonge me donne confiance pour la suite et c'est avec assurance que je lui tends son café, après quoi je m'assois à ses côtés. Je l'écoute me dire à quel point il s'en veut de m'avoir traitée de la sorte et qu'il ferait tout pour revenir en arrière. Dahhhhhh !

Il ajoute qu'il a envoyé le fameux texto à son chum à cause de son ego mal placé, mais qu'au fond il ne pensait pas ce qu'il a écrit. Euhhh… J'ai-tu une poignée dans le dos ?

Je le laisse poursuivre en silence, attendant qu'il en vienne au but réel de sa visite. Une fois qu'il a fini de me bullshiter, je lui fais un grand sourire et je lui dis que je lui pardonne. Il s'approche pour m'embrasser et c'est là que la comédienne en moi décroche. Je ne jouerai pas cet acte !

— C'est un peu vite, tu trouves pas ?

— Ouin, t'as peut-être raison.

La discussion se poursuit sur des banalités. Et puis il me presse de revenir travailler au vignoble.

— J'ai besoin de toi, Valéry.

— Pourquoi ? T'es bien entouré, non ?

— Euh… Oui, oui, mais c'est possible qu'il y ait des changements bientôt.

Je joue l'innocente en lui demandant lesquels, mais il demeure vague.

— Écoute, Christophe, je sais pas trop. Tu me laisses y penser ?

Il reste silencieux un instant et je sens bien que ma réponse ne le satisfait pas. J'attends de voir son prochain move. Il se lève et fait les cent pas en réfléchissant. Ou en faisant semblant. Parce qu'à mon avis son plan en entrant ici était tout tracé d'avance.

— Je me posais une question, Valéry.

— Oui ?

— Ton père, quand il a vendu son agence de publicité, il a dû faire pas mal d'argent ?

Le tabarnak ! C'est ça, son but ? Dépouiller papa ? Eh boy ! Il n'a pas idée à qui il a affaire. Mais continuons notre numéro d'actrice.

— Pourquoi tu veux savoir ça ?

Il se rassoit et attrape ma main. Il me répugne. Je dois me forcer pour ne rien laisser paraître.

— Je vais être honnête avec toi, Valéry, la business est dans une situation financière précaire.

— Hein ? Comment ça ?

— C'est compliqué, je te donnerai les détails un autre jour. Mais, pour l'instant, faut absolument que je trouve un partenaire silencieux.

— Silencieuuuuuuuuuuux ?

— Quelqu'un qui investit en capital, mais qui sera pas dans les opérations quotidiennes, tu comprends ?

Je sais très bien ce qu'est un silent partner, mais je préfère jouer l'ignorante. Ça l'aidera à se confier davantage.

— Et tu penses que cette proposition pourrait intéresser mon père ?

— Ben oui ! Pourquoi pas ?

Une chose m'apparaît alors clairement et je dois me retenir pour ne pas crier de joie. Christophe n'a pas les reins assez solides pour racheter les parts de Romain. Quelle bonne nouvelle !

Je lui fais croire que je vais en discuter avec mon père aujourd'hui même. Soulagé, Christophe quitte le chalet en me disant qu'il est très occupé. Mais je sais qu'il part parce qu'il est persuadé d'avoir obtenu ce qu'il veut et qu'il n'en a rien à foutre de moi!

Mais ça ne m'atteint pas. Par son comportement, Christophe Francœur vient de perdre à jamais son pouvoir de me faire du mal.

En le regardant monter dans sa voiture, je songe à la façon la plus efficace de l'empêcher de trouver ce partenaire silencieux qui lui permettrait de conserver le vignoble. Et j'ai ma petite idée là-dessus…

26

Mon X à moi

— Non, non, je te jure qu'il est intéressé. C'est juste qu'il a pas le temps de descendre à Magog.

Au bout du fil, Christophe s'impatiente. Voilà une semaine qu'il m'a demandé de parler à papa pour qu'il investisse dans son entreprise.

— Pas aujourd'hui, non. Ni demain. Je te l'ai dit, il s'est cassé le poignet en jouant au tennis.

Ça, c'est la nouvelle excuse que j'ai inventée. Mon plan, c'est de retarder le plus possible le moment où je lui annoncerai que mon père n'a aucunement l'intention de lui sauver le cul. Comme ça, je gagne du temps, et Christophe croit que son problème est réglé.

Pour que tout paraisse véridique, j'ai créé une adresse Gmail au nom de Michel Aubé et je l'ai utilisée pour correspondre moi-même avec Christophe. C'est ainsi que j'ai appris qu'il avait besoin du tiers de la somme requise pour acheter les actions de Romain. Le tiers ! Ce n'est pas rien !

— Tu comprends que papa peut rien signer. Il est incapable de se servir de sa main droite. Va falloir que t'attendes encore.

Mécontent, Christophe me raccroche quasiment au nez. Je dépose mon iPhone sur la table du resto où je suis en plein lunch et je pousse un énorme soupir de soulagement. Devant moi, Daisy me regarde avec un air admiratif.

— Wow ! T'es convaincante quand tu t'y mets.

— Pour tout dire, je serai pas capable d'endurer ça longtemps. Je dors super mal tant je suis stressée. Ce qu'il y a de bon, par contre, c'est que j'ai perdu quelques kilos.

— Ne me dis pas que tu t'en fais encore avec ton poids ? Malgré la situation, tu resplendis, Valéry ! Tu dégages une énergie comme j'ai rarement vu.

— Ohhh, t'es trop fine ! Mais sache que je m'en fais pas, c'est juste que je suis contente quand je maigris un peu.

C'est vrai qu'au cours des derniers jours je n'ai pratiquement pas pensé à mes rondeurs. Pendant une semaine, elles ne m'ont pas dérangée, ce qui constitue une première. Je ne me souviens pas d'avoir passé autant de jours sans me trouver moche devant le miroir, ne serait-ce que quelques secondes.

En plus, je ne me suis même pas pesée ! J'ai réalisé que j'avais perdu du poids simplement parce que mon jeans préféré est moins serré. Je parle de mes impressions à ma copine, qui a gentiment accepté de venir me rendre visite à Magog.

— Ça m'étonne pas, Valéry.

— Ah non ? Comment ça ?

— C'est parce que tu travailles à être sur ton X.

— Tu crois ?

— C'est évident. Ta vraie vie, Valéry, elle est ici, à vivre en pleine nature, à bosser au vignoble. C'est ça, ton X à toi. Présentement, tu prends tous les moyens pour t'épanouir, pour trouver ta place au soleil. Et t'es en train de comprendre que ton bonheur passe pas par des kilos en moins.

Je suis touchée par son analyse. D'autant plus que je crois qu'elle a tout à fait raison. Le problème, c'est que mon X, je ne l'ai pas atteint.

— Mais, Daisy, c'est pas encore gagné. Christophe se laissera pas faire. Quand il réalisera que l'offre de mon père, c'est de la frime, il va tenter de trouver un autre partenaire.

— Tut, tut, tut… Aie confiance !

— Facile à dire. Il reste vingt-trois jours à attendre. Lou et moi, on va virer folles ! Surtout elle !

Depuis une semaine, Romain et moi consacrons beaucoup de temps à aider Lou à survivre à ses journées de travail. Comme on le présumait, son patron est d'une humeur massacrante et il en fait voir de toutes les couleurs au personnel. D'autant plus qu'il a le champ libre puisque Romain évite d'aller au vignoble quand il y est.

— Lou va être une bonne propriétaire, tu crois ? me demande mon amie avec un ton sceptique.

— C'est certain qu'elle est très émotive. Mais, en même temps, elle est hyper travaillante et elle a une excellente connaissance du milieu.

— Et elle a les sous pour investir.

— Yep ! Mettons que ça aide.

Le serveur se pointe et dépose notre entrée d'ailes de canard à la bière sur la table. Depuis que je séjourne en Estrie, je n'ai jamais mangé autant de cet oiseau aquatique élevé dans la région. On trouve les canards du lac Brome dans de nombreux restos et épiceries. Pourquoi n'en serait-il pas de même pour les vins du Chercheur d'Or ? Je me promets de me pencher sur ce dossier si j'en deviens la gérante.

De mon côté, je ne suis pas retournée travailler à Dunham non plus. J'ai fait croire à Christophe que j'irais une fois ses problèmes de financement réglés. Il n'a même pas insisté pour que je lui donne un coup de main dans l'immédiat. La preuve que tout ce qu'il veut, c'est l'argent de mon père.

— Et toi, Valéry ? Si t'avais les moyens de devenir partenaire du vignoble, tu le ferais ?

— Sans aucune hésitation.

— D'accord. Et si je te prêtais l'argent ?

La proposition de Daisy me prend de court. Je ne m'y attendais tellement pas ! Bien sûr que j'ai rêvé d'être associée dans l'entreprise, mais je ne croyais jamais que c'était possible. J'ai pensé à solliciter papa, mais il souhaite vivre une retraite paisible, sans s'inquiéter pour l'avenir.

Et voilà que Daisy m'offre cette occasion sur un plateau d'argent ? C'est trop beau pour être vrai.

— Tu ferais ça pour moi ?

— Certain ! J'ai des liquidités grâce à la vente de ma boîte et j'ai aucun doute sur tes talents de gestionnaire, Valéry. Je te l'ai déjà mentionné.

— Oui, et je suis vraiment touchée par ta confiance.

— Je sais aussi que t'es le genre de fille à toujours vouloir t'améliorer. T'es encore inscrite au certificat pour septembre ?

— Oui, oui. D'ailleurs, je me demande ce qui va arriver avec ça.

— Au pire, tu suivras tes cours à distance.

— C'est faisable. Mais, Daisy, je peux pas tasser Lou ! C'est elle que Romain a choisie.

— Qui te parle de l'écarter ? Vous pouvez être trois. Reste simplement à déterminer le pourcentage des actions que détiendra chacun.

Peu à peu, l'idée chemine dans ma tête. Moi, Valéry Aubé, copropriétaire d'un des vignobles les plus appréciés du Québec ? Wow !

— Tu vas leur en glisser un mot ? insiste Daisy.

— Euh… Oui, oui.

— Parfait.

Je suis abasourdie par la tournure que risquent de prendre les événements. Tout va si vite.

— Daisy, je sais pas comment te remercier. J'en reviens pas de ta générosité.

— Ça me fait plaisir, Valéry! Je suis convaincue que tout va fonctionner et, là, tu vas vraiment être sur ton X.

Pour ajouter de la valeur à son affirmation, elle propose un toast. Je bois une gorgée de sangria rosée en songeant que j'atteindrai peut-être mon X professionnel très bientôt.

Mais qu'en est-il de mon X amoureux? Celui-là, est-ce que je le connaîtrai un jour? Je crois savoir qui est cet homme avec qui je me sentirais à ma place, autant dans mon cœur que dans mon corps et dans ma tête. Il est là, tout près, mais tellement loin en même temps.

Ç'a été long, mais j'ai finalement compris que j'ai envie de plonger avec Romain. Je veux m'abandonner à ce doux sentiment qui m'habite quand je pense à lui. Un mélange de tendresse, de désir et de joie un peu enfantine. Romain a le don de me mettre de bonne humeur par sa seule présence.

J'ignore si je suis vraiment amoureuse de lui, mais je n'ose pas me poser trop de questions. Pas tout de suite. Je désire simplement qu'on s'apprivoise et que la vie nous emporte là où on doit être. Chacun sur son X. Ou, je l'espère, tous les deux sur le même.

27

Trip à trois

— Vraiment? Vous êtes d'accord?

— C'est une excellente idée! affirme Romain.

— Mets-en! Et moi, ça va me rassurer, ajoute Lou.

— Hé! Oh! Tu ne me fais pas confiance? lui lance notre copain à la blague.

— C'est pas ça, tu le sais bien. Mais j'en aurai moins sur les épaules si on est trois.

— C'est exactement mon point de vue. Et puis, avec ce que Valéry va apporter au vignoble, c'est logique qu'elle soit associée.

Je n'en reviens pas de la facilité avec laquelle mes amis ont accepté de m'inclure dans le projet à titre de partenaire. J'en suis émue au point d'avoir les larmes aux yeux, ce que remarque ma compagne.

— Ah non, tu vas pas brailler, Val!

— Non, non, je pleure pas. Mais je suis trop touchée, dis-je en essuyant discrètement mes joues.

— Les filles, je ne veux pas être rabat-joie, mais je vous rappelle que rien n'est encore réglé.

Romain a raison. Nous devons garder la tête froide. C'était déjà difficile quand je convoitais un poste de gérante, ce le sera d'autant plus avec mon éventuel statut de copropriétaire. Respire, Val, respire !

— C'était comment au boulot ? demande Romain à Lou comme il le fait religieusement tous les jours depuis une semaine.

Nous avons convenu de nous rencontrer chaque soir pour faire le point. Souvent vers 21 h 30, mais, aujourd'hui, Lou a terminé son quart de travail plus tôt et nous pouvons profiter d'un souper sur la terrasse du condo de Romain.

— Tellement l'fun ! Christophe est parti ce midi et il est pas revenu de la journée. On a eu la paix.

— Ah bon ? Est-ce qu'il a dit où il allait ?

— Non, pas du tout.

— Je me trompe ou généralement il te tient au courant de ses allées et venues ?

— C'est exact, Romain. C'est ce qu'il fait d'habitude. Pourquoi ? Ça t'inquiète ?

— Un peu, oui. Est-ce que vous croyez qu'il prépare quelque chose ?

J'ai mon avis sur la question.

— Ça se peut très bien ! En tout cas, va falloir trouver autre chose. Je pourrai pas étirer l'histoire de mon père encore bien longtemps.

— J'en suis conscient, Valéry, mais on ne peut pas non plus l'empêcher de solliciter son entourage.

— S'il s'est tourné vers lui, c'est qu'il a pas beaucoup de ressources, à mon avis.

— C'est bizarre qu'il ait pas demandé à ses parents, vous trouvez pas ? s'interroge Lou.

— En effet. Je suis pas certaine que M. Francœur ait beaucoup d'argent. Sa mère, par contre, doit être plus fortunée. Elle a un spa dans le Bas-Saint-Laurent.

— Pardon ? s'étonne Romain.

— Ben oui! Il paraît qu'elle a soixante employés.

— Qui t'a raconté cette histoire?

— Lui!

— C'est totalement faux!

— Tu me niaises?

— Pas du tout. Elle est esthéticienne dans un salon à Magog.

— QUOI?

— Je t'assure! Je l'ai rencontrée au vignoble. Une dame super gentille, mais pas entrepreneure pour deux sous.

— L'estie de menteur!

J'explique à mes amis le contexte dans lequel Christophe m'a décrit la «réussite» de sa mère en affaires.

— Vous savez quoi? Ça m'étonnerait pas qu'il soit mythomane, avance Lou.

— C'est fort possible, répond Romain.

— Quand on se voyait, je me rappelle qu'il se vantait souvent d'avoir fait tel truc ou tel autre. Mais il avait jamais de photos pour le prouver.

— Comme quoi?

— La traversée du Memphrémagog, par exemple.

— Jamais entendu parler, confirme Romain.

— Faut vraiment que tu te débarrasses de lui, Romain! C'est dangereux, un gars comme lui!

— T'inquiète pas pour moi, Lou. De toute façon, c'est impossible qu'on reste tous les deux. Si c'est lui qui me rachète, j'aurai la liberté d'investir ailleurs.

— Où ça?

Ma question n'est pas désintéressée. Oh, que non! Si Romain m'annonce qu'il a l'intention de retourner travailler sur une terre en France, je redoublerai d'ardeur pour que Christophe n'ait pas le choix d'accepter son offre. Je ne sais pas comment, mais je vais trouver. Parole de Valéry Aubé!

— Possiblement en Bourgogne. J'ai des amis là-bas qui seraient très heureux de pouvoir compter sur moi.

Non, non, non! Pas question que cela se produise! Je dois imaginer un plan et ça presse!

— Mais ça arrivera pas! Parce qu'on va gagner!

— Bien dit, Lou!

Elle et moi levons notre mojito à la santé de notre ami, en espérant que son projet de retour aux sources ne se concrétisera pas. Romain s'éloigne vers le barbecue pour vérifier si les cuisses de lapin marinées au citron et au miel sont prêtes.

C'est incroyable comment notre hôte nous gâte ces temps-ci. Quand ce n'est pas un repas quatre services, c'est un goûter sous forme de croustilles de maïs accompagnées de salsa de cantaloup, de fleurs de courgette frites ou de crème glacée Coaticook arrosée d'un caramel aux épices. Romain est un chef assez extraordinaire. Il me donne encore plus envie de le connaître intimement.

Ce qui me plaît moins, par contre, c'est qu'il refuse systématiquement qu'on contribue financièrement. Et quand on apporte un petit truc, ne serait-ce qu'une bouteille de vin, il insiste toujours pour qu'on reparte avec. Généreux, mais un peu macho comme comportement. Enfin, Romain est français… et les Français sont plus traditionnels que nous dans leurs relations avec les femmes, je ne dois pas l'oublier. Heureusement, il n'est pas comme plusieurs immigrants de l'Hexagone que j'ai connus: râleurs et arrogants.

Il fait partie de ceux qui se sont mieux adaptés à notre culture. Certes, son accent trahit ses origines et il aime jouer les protecteurs, mais l'ensemble de ses valeurs ressemble aux nôtres.

D'ailleurs, il m'a déjà confié qu'il se sentait bien ici, particulièrement en Estrie où les gens sont si aimables. Alors pourquoi évoquer un fucking retour en France? Je me promets de lui démontrer à quel point nous sommes accueillants, nous, Québécois. Ou Québécoises, devrais-je spécifier…

Ding!

J'attrape mon téléphone dans le fond de mon sac et je constate que j'ai manqué un appel de papa. J'écoute le message qu'il m'a laissé.

« Valéry, j'ai Christophe Francœur devant moi. Paraît que j'ai promis d'investir dans son vignoble. Je sais pas de quoi il parle. Rappelle-moi le plus vite possible. »

Holy shit ! Merde ! Fuck ! TABARNAAAAAAAAAK !

— Les amis, on est dans la marde !

— Qu'est-ce qui se passe ? s'inquiète Lou.

— Christophe est avec mon père.

— QUOI ?

— Sérieux ? ajoute Romain.

— Ben oui ! Attendez, je l'appelle.

Je suis tellement énervée que je dois me concentrer pour trouver le numéro de mon père dans mes contacts. Je ne me souviens plus s'il est dans les P pour papa ou dans les M pour Michel.

— Valéry, ce n'est pas si grave, dit mon ami d'un ton doux.

— Oui, c'est grave ! T'as pas idée.

— Mais non. De toute façon, cette mise en scène ne pouvait plus durer bien longtemps.

— Je sais bien, mais j'aurais aimé le faire languir encore un peu.

— T'en as déjà fait beaucoup.

Pour appuyer ses paroles, Romain s'assoit à mes côtés et pose sa main sur mon épaule qu'il caresse doucement.

— Je suis désolé de tout le stress que ça vous cause, à toutes les deux. Peut-être que j'aurais dû agir seul et vous en parler plus tard.

— Voyons ! On est là pour te soutenir, hein, Lou ?

— Tout à fait ! On est pas des moumounes.

La sonnerie de mon téléphone interrompt notre conversation. Je regarde l'afficheur et mon cœur bondit. C'est notre ennemi !

— Ne réponds pas ! m'ordonne Romain.

— Je fais quoi, alors?

— Parle à ton père, rassure-le. Moi, je m'occupe de Christophe.

— Ah oui? Comment?

— Vous le saurez bien assez vite, mais j'aimerais que vous m'attendiez ici. Prenez le temps de manger, je ne devrais pas revenir trop tard.

— Il faut que tu nous en dises plus, sinon on va mourir d'inquiétude, exagère Lou.

— Tout ce que je peux vous dire, c'est que l'heure est à l'affrontement.

Sans nous donner plus de détails, Romain quitte le condo, nous laissant dans un climat d'anxiété totale.

28

Pis Romain?

L a porte du condo, que Lou et moi surveillons depuis plus de quatre heures, s'ouvre sur Romain.
— Enfin!
— Il était temps!
Nous nous précipitons à ses côtés et nous le bombardons de questions.
— Qu'est-ce que t'as dit à Christophe exactement?
— Comment a-t-il réagi?
— Est-ce que le ton a monté?
— Est-ce qu'il a trouvé d'autres partenaires?
— Qu'est-ce qui va se passer maintenant?
— On va attendre encore longtemps avant que ce soit réglé?
Romain nous ignore et il se dirige d'un pas nonchalant vers la cuisine, évitant notre regard. Nous le suivons.
— Pourquoi tu réponds pas?
— Les nouvelles sont pas bonnes?

— On a le droit de savoir !

— T'es ben pas fin, Romain Brasier !

J'en déduis que Christophe a égalé son offre. On a tout perdu ! C'est une rentrée à Montréal pour moi, le chômage pour Lou et un retour en France pour Romain. Fini le rêve. Terminé les Cantons-de-l'Est, la campagne, le bon vin, les amis fidèles…

Un énorme sentiment de déception m'envahit. Je jette un coup d'œil à Lou, qui réalise la même chose que moi. On se prend la main en guise de soutien.

Notre ami dépose un sac de jute sur le comptoir de bois. Pour la première fois depuis qu'il est entré, il nous regarde. Et c'est là que je vois une étincelle dans ses yeux. Un signe qui ravive mon espoir.

En nous fixant, il sort une bouteille de mousseux. Puis il nous fait un large sourire. Oh my God !

— Non, c'est pas vrai !

— On a gagné ?

Romain nous laisse toujours sans réponse, préférant déboucher le vin.

— Eille ! C'est de la torture, ton affaire !

— Mets-en !

Pop ! Le bouchon de la bouteille vole dans les airs et rebondit sur le mur. En silence, Romain verse du vin dans trois flûtes et il prend soin de nous montrer l'étiquette. Ce sont les bulles du Chercheur d'Or ! Il lève son verre et je crois que je vais m'évanouir devant tant d'émotions.

— Les filles, je vous invite à déguster *votre* vin.

— T'es sérieux ? Le vignoble est à nous ? demande Lou, encore sceptique.

Pour ma part, je n'ai pas besoin qu'il me le confirme. J'ai tout vu dans son regard.

— Depuis ce soir, il est à moi. Mais dès demain, il sera à nous trois. À parts égales, comme convenu !

— Yéééééé !

— Yahooooo !

Lou saute au cou de Romain comme le ferait une fillette avec son papa qui vient de lui offrir son premier vélo. C'est attendrissant comme tout. Après lui avoir donné deux bisous sur les joues, elle s'éloigne et me regarde.

— À ton tour, Valéry!

Un peu intimidée, je m'approche à petits pas. Romain me surprend en agrippant mon poignet pour m'attirer fermement à lui. Il colle mon corps contre le sien et m'enveloppe avec tendresse de ses bras. Tout le stress des derniers jours et chacune de mes angoisses existentielles s'évanouissent d'un coup. Je ferme les yeux pour mieux savourer le moment, que je ferais durer des heures si je m'écoutais.

— Eille! Les amoureux, ça suffit, là!

L'affirmation de Lou me trouble. Je m'écarte et je bois une longue gorgée de mousseux pour tenter de cacher mon malaise. Ni moi ni Romain ne donnons suite à son commentaire, et j'ignore si c'est un bon signe.

— Raconte-nous tout, maintenant! exige Lou.

Romain nous décrit sa soirée avec Christophe au vignoble. Au départ, son partenaire était furieux, surtout quand il a compris que je faisais partie du plan et que je l'avais mené en bateau en écrivant des courriels au nom de mon père.

D'ailleurs, j'ai été obligée de dire toute la vérité à papa, ce qu'il n'a pas aimé. Toutefois, il a admis que mes intentions étaient louables et il m'a rapidement pardonné. Fiou!

Romain poursuit son récit en y mettant beaucoup de suspense. Je ne lui connaissais pas des talents de storyteller. Une autre facette de sa personnalité qui me plaît beaucoup.

— Notre discussion s'est corsée quand j'ai mentionné à Christophe que, même s'il gardait le vignoble, il n'irait pas loin sans vigneron compétent.

— T'as bien raison! C'est la base.

— Et ç'a fait des flammèches quand je l'ai informé qu'il lui serait très difficile de trouver un viticulteur digne de ce nom s'il n'acceptait pas mon offre.

— Tu l'as menacé?

Je suis stupéfaite par son audace et sa détermination. C'est clair que Romain tient au Chercheur d'Or comme à la prunelle de ses yeux. Drôlement rassurant pour une nouvelle copropriétaire.

— Ce n'étaient pas vraiment des menaces. Je lui ai juste rappelé que j'ai beaucoup d'amis dans le milieu. Et que je serais très heureux de leur tracer un portrait de l'homme d'affaires mesquin et incompétent qu'il est.

— Wow! T'es hot!

— Merci, Valéry!

Romain me lance un regard complice et je me sens rougir des pieds à la tête. Nous terminons la bouteille de mousseux dans l'euphorie totale, parlant de projets pour *notre* entreprise. J'imagine déjà mon profil LinkedIn: Valéry Aubé, entrepreneure, copropriétaire du vignoble Le Chercheur d'Or... Wow!

— Bon, je vais me coucher, annonce Lou.

— Attends-moi, je viens avec toi.

— Vous êtes arrivées avec deux voitures, non? s'informe Romain.

— Euh... Oui. Pourquoi? demande mon amie.

— Comme ça, pour rien.

Je crois qu'il souhaite que je reste, mais, puisque je n'en suis pas certaine, je me contente d'attraper ma veste de jeans sur la patère. C'est Lou qui me relance, en s'approchant pour me murmurer à l'oreille.

— You stay here.

Mon amie m'étonne particulièrement ce soir! Je ne lui ai rien dit sur mon désir de me rapprocher de Romain, mais elle l'a senti. Est-ce que c'est si évident? Pourtant, j'ai l'impression d'avoir bien réussi à cacher mon jeu. Faut croire que non.

Le regard insistant de Lou, ajouté au sentiment d'allégresse qui m'habite, me décide à plonger.

— Euh… Romain, je prendrais peut-être un nightcap. Et toi?

— Bonne idée! De toute façon, je n'arriverai pas à dormir tout de suite. Je suis encore sur l'adrénaline.

— Ben, pas moi! Je m'en vais, dit Lou, et comme fredonnerait Joe Dassin: salut, les…

— Bye, là!

Je l'interromps tout juste avant qu'elle prononce le mot que je préfère ignorer pour le moment. Nous deux, amoureux? Peut-être? Peut-être pas? Il est trop tôt pour le dire.

Lou referme la porte, laissant la pièce silencieuse. L'air frais de la montagne me fait frissonner et j'enfile ma veste de jeans.

— C'est humide, hein? J'allume un feu?

— Oh oui! J'adore les feux de foyer.

Pendant qu'il s'affaire à la tâche, Romain me suggère de choisir un digestif. J'opte pour une grappa, inspirée par sa magnifique bouteille en verre soufflé.

— Mon eau-de-vie préférée, m'avoue-t-il.

— J'en bois pas souvent, mais la bouteille est tellement belle. Ce serait chouette si on avait une présentation comme celle-là pour un de nos produits.

— En effet! Ce serait parfait pour notre cidre de glace Réserve. Encore une initiative, Valéry. Bravo!

— Merci!

Romain craque une allumette et la jette sur les bûches écologiques. Les flammes donnent un bel éclairage tamisé.

— Viens, on va s'asseoir.

Il me précède sur le grand sofa et replace un coussin pour que je m'y appuie le dos. J'enlève mes sandales et j'enfouis mes pieds sous mes genoux pour les réchauffer.

— Tu vas voir, le foyer est très efficace. Ce ne sera pas long qu'on va crever de chaleur.

— Je demande pas mieux…

«Même si je préférerais me réchauffer contre toi», aurais-je envie de lui confier.

Si je m'abandonnais, je le prendrais dans mes bras et je le serrerais fort. Très fort. Je sens qu'il en a envie, lui aussi. Tout autant que moi.

Mais quelque chose nous retient. Et je crois savoir ce que c'est. Il y a des zones grises qu'il nous faut dissiper avant toute chose.

— Écoute, Romain...
— Écoute, Valéry...

J'éclate de rire devant ce que je crois être notre empressement à discuter des «vraies affaires». Romain me sourit avec tendresse et m'invite à parler en premier.

— J'aimerais te dire que...
— Oui, Valéry?

Son regard est si profond, si intense que j'en perds mes mots. Je n'arrive pas à exprimer mes sentiments, à lui avouer qu'il me plaît, à lui confier que je me sens bien avec lui. Tout simplement.

Je voudrais qu'on se découvre tranquillement, qu'on fasse un bout de chemin ensemble. Sans pression, sans attentes irréalistes... juste en ouvrant notre cœur l'un à l'autre.

— Je t'écoute...

Si je n'étais pas devenue aphone, je lui dirais que je regrette d'avoir perdu mon temps à ne pas le voir. Ou à le voir avec des œillères. Je m'en veux de ne pas avoir deviné que nous pouvions former une équipe formidable. Et pas seulement au boulot.

Il faut que je m'ouvre à lui. Pour effacer les ombres et repartir du bon pied. Mais... est-ce vraiment nécessaire? Ses yeux me disent que non, qu'il comprend ce que je ressens sans que j'aie besoin de m'expliquer.

Romain me regarde tendrement, il effleure avec délicatesse ma nuque, puis dégage mes cheveux de mon visage. Et c'est lui, enfin, qui trouve la meilleure façon de communiquer.

— Valéry, embrasse-moi.

Épilogue

Ça peut pas finir mieux…

— Les feuilles sont plus belles chez nous, tu trouves pas?

Voilà la réflexion que je fais quand nous traversons le pont Jacques-Cartier pour nous rendre à Montréal, en cette fin de semaine de l'Action de grâces.

— Bien évidemment! me répond Romain, au volant de son VUS hybride.

Il y a maintenant deux mois que j'ai commencé les plus grandes aventures de ma vie. Celle du vignoble et celle avec Romain, qui est tranquillement devenu mon amoureux.

Comme je le souhaitais, ça s'est passé doucement et simplement. Sans précipitation et sans chichi. Voilà ce que j'aime par-dessus tout de notre amour; il n'est pas compliqué. D'aucune façon.

Avec Romain, je ne ressens pas l'obligation d'aller constamment au-devant de ses désirs. Ni le besoin de lui plaire vingt-quatre heures sur vingt-quatre. Avec lui, je peux être moi-même sans vouloir toujours compenser. Ce que j'ai trop fait avec mes ex : leur en donner plus pour qu'ils oublient que je ne corresponds pas aux standards de beauté de la société. Eh bien, c'est terminé !

Maintenant, quand je donne, c'est parce que je le souhaite profondément. Et non pas pour me faire pardonner d'être ronde.

En circulant dans la rue Saint-Denis, je jette un coup d'œil au bâtiment qui abritait autrefois la boutique où j'ai travaillé quelques années. La vitrine est encore placardée et aucun autre commerce n'y a pris vie. Vraiment triste…

Le café où j'achetais mes latté à la cannelle chaque matin est toujours debout, par contre. Voilà peut-être une habitude qui me manque : aller au boulot à pied en passant chercher une boisson. Sinon les regrets s'arrêtent là.

Je ne m'ennuie surtout pas de mon appartement montréalais, que j'ai facilement sous-loué à un Breton débarqué ici dans l'espoir d'une vie meilleure. Je suis tellement bien dans le condo que j'ai loué à Magog, à quelques minutes de marche du lac.

Après mon séjour au shack, Romain aurait souhaité que je déménage avec lui. Mais il a accepté mon désir d'indépendance. On verra où nous en sommes quand mon bail se terminera en juin prochain.

De toute façon, quand j'arrive chez moi après le boulot, je m'écroule sur le sofa, morte de fatigue. Être copropriétaire d'un vignoble est une job pour le moins intense. Mais combien valorisante ! De toute ma vie, je n'ai jamais autant aimé mon travail. Et l'équipe que nous formons avec Lou est taillée sur mesure pour affronter les défis qui s'en viennent. Nous nous complétons à merveille !

— C'est juste ici !

— Tu descends ? Je te rejoins dès que j'ai trouvé un parking.

— Non, non. Je veux qu'on arrive ensemble.

— Très bien, mon amour.

Pour la dixième fois depuis que nous sommes partis, je vérifie mon maquillage dans mon miroir de poche.

— Ne sois pas si nerveuse, tout va bien aller.

— Je suis pas nerveuse.

— Ah non ? Pourquoi tu manges ton rouge à lèvres ? Et que tu t'arraches les cheveux à force de les brosser ?

— Bon, d'accord, je suis énervée. Mais pas trop.

Romain me sourit tendrement et me caresse la main pour me calmer. C'est vrai que je m'inquiète pour rien. N'empêche que le moment est important. C'est aujourd'hui que je présente mon nouveau chum à papa. Et mon vœu le plus cher, c'est que ça clique entre eux.

Mais il y a plus. J'ai besoin d'obtenir l'approbation de mon père. C'est un peu enfantin, mais c'est comme ça. Je veux voir dans ses yeux que j'ai fait le bon choix. C'est tout ce qui manque à mon bonheur.

En sortant du véhicule, Romain agrippe les bouteilles de rouge. Papa et Jean-Charles nous ont conviés dans un resto « apportez votre vin », puisqu'ils désirent goûter à notre production.

En entrant dans l'établissement que je connais bien, je constate que la décoration est différente. Des guirlandes à fanions blancs et argentés sont suspendues au plafond, les tables ont été regroupées pour accueillir une grande assemblée, des bouquets de fleurs blanches y sont disposés, ainsi que des marque-places.

— On dirait qu'il y a une fête ici ! C'est bizarre que le resto soit ouvert quand même.

— C'est peut-être pour plus tard.

Plus tard, plus tard. Il est tout de même 17 h 30. C'est bien évident que nous nous retrouverons au cœur d'une célébration. Un peu poche. L'hôtesse s'approche et je suis étonnée par sa tenue beaucoup plus chic qu'en temps normal.

— Bonjour, on a une réservation au nom de Michel Aubé.

— Bien sûr. Ils vous attendent dans la salle en arrière.

Elle nous précède vers une grande pièce vitrée et, aussitôt que j'y mets les pieds, mon intuition qu'il se passe quelque chose d'inhabituel se confirme. Une quarantaine de personnes jasent en dégustant un verre de mousseux. Au fond, quatre rangées de chaises droites sont placées devant une petite scène surélevée.

J'aperçois alors une table sur laquelle se trouvent des dizaines de bouteilles de rouge, de blanc et de bulles… qui viennent toutes de notre vignoble !

— Romain, t'as vu ? C'est nos vins !

— C'est chouette, hein ?

— Ben, là ! Je comprends pas. C'est quoi, cette réception-là ? Il est où, papa ?

— Certainement pas très loin.

Je dévisage mon amoureux d'un air interrogateur.

— Toi, tu sais quelque chose que je sais pas !

Il s'apprête à me répondre quand quelqu'un me tape sur l'épaule. Je me retourne et j'ai la surprise de ma vie.

— Bonjour, Valéry.

— Maman ! Qu'est-ce que tu fais ici ?

— Je suis invitée, tu sauras ! me précise-t-elle, vexée.

Bon, ça commence mal, une fois de plus.

— Invitée à quoi ?

Romain montre du doigt le plafond. J'y vois une banderole sur laquelle est inscrit : « Félicitations à Michel et Jean-Charles ! »

— Oh my God ! Oh my God ! Papa se marie ?

— Ben oui, ton père s'est finalement décidé, lance ma mère.

— Et toi, Romain, t'étais au courant ? Pourquoi on m'a rien dit ?

Il affiche un air amusé, mais, moi, je ne suis pas certaine de trouver ça drôle.

— Allez, Valéry. Ton père voulait te faire une surprise, c'est tout.

— C'est réussi.

Je mets ma légère frustration de côté et je reviens à de meilleurs sentiments. Papa qui officialise son union ! C'est vraiment extraordinaire.

— Moi, c'est Marie-Lyne Poitras.

— Romain Brasier. Enchanté.

Il prend la main qu'elle lui tend. Puis, contre toute attente, il dépose trois bisous sur ses joues. Maman en reste légèrement estomaquée, mais elle apprécie le geste.

— Ohhh… Vous êtes un charmeur, vous.

— Si vous le dites, Marie-Lyne.

L'attitude de Romain pourrait me déranger si je ne connaissais pas ses intentions. Quand je lui ai parlé de ma relation avec ma mère, il a trouvé ça d'une tristesse infinie. Il m'a promis que, s'il la rencontrait un jour, il se montrerait si aimable et drôle qu'elle en oublierait de me faire la vie dure. Je n'y ai pas cru, mais, maintenant que je les vois ensemble, je me dis que c'est possible. Le temps d'un mariage, en tout cas.

Quant à renouer avec elle pour de bon, c'est une autre histoire. Laissons les choses aller pour aujourd'hui, et le reste suivra en temps et lieu.

— Valéry ! Mon trésor !

— Papa !

Je lui saute au cou, mais je me retire rapidement de son étreinte pour mieux l'admirer. Il porte un magnifique complet charcoal, une chemise blanche impeccable et une étroite cravate bleu azur qui ajoute de la couleur à sa tenue.

— Wow ! Philippe Dubuc ?

— T'as l'œil !

— Je l'ai pas perdu ! Euh… Papa, je te présente Romain, mon amoureux.

— Je suis vraiment content de te rencontrer.

— Moi aussi, Michel. Heureux de vous voir « en vrai », comme on dit.

— Vous deux, vous allez m'expliquer ça tout de suite !

Papa et Romain éclatent d'un rire complice, ce qui attise encore plus ma curiosité.

— C'est simple, Valéry. Je pouvais pas me marier sans boire le vin de ma fille. Mais je voulais pas gâcher la surprise.

— D'ailleurs, une chance que je suis pas venue en jeans, dis-je, soulagée d'avoir opté pour ma chic robe noire et blanche.

— Ce n'est pas tout à fait un hasard, si tu t'en souviens bien, me rappelle Romain.

C'est vrai que j'ai enfilé cette tenue quand il m'a informée qu'il serait vêtu de son complet noir « pour faire la meilleure impression possible ».

— Vous êtes vraiment de mèche !

— On avait pas le choix, reprend papa. Je voulais te surprendre, pas te mettre mal à l'aise.

— Donc t'as communiqué avec Romain pour les vins ?

— Oui, et nous avons fait connaissance par courriel.

— J'ai été très impressionné par votre sens du punch dans votre écriture, Michel. Un ravissement chaque fois.

— C'est pas pour rien qu'il était un des meilleurs publicitaires de l'Estrie.

— T'as sûrement raison, Valéry. D'ailleurs, pour le prochain coup de pub du vignoble, j'aimerais que vous…

— Michel ! C'est l'heure !

Jean-Charles surgit derrière nous. Énervé comme peut l'être un futur marié, il nous embrasse rapidement et il prie son chum de le suivre à l'avant. Romain s'éloigne pour nous trouver une place.

— Sauvé par la cloche, hein, papa?

Il comprend que je parle de l'offre que s'apprêtait à lui faire mon amoureux-partenaire pour le sortir de sa retraite.

— Tu sais quoi, Valéry? Pour un gars comme Romain, je vais plancher sur des idées avec plaisir. Je le connais pas beaucoup, mais il m'inspire confiance.

— Vraiment?

— Vraiment. En plus, il t'aime comme aucun homme t'a jamais aimée. Et ça me rassure.

Je suis tellement touchée par ses propos que les larmes me montent aux yeux. Papa me sourit tendrement avant de s'éloigner vers la scène.

Je rejoins mon chum et je m'assois à ses côtés, encore bouleversée par ma conversation avec papa. S'il a vu tout l'amour que me porte Romain, c'est que ce sentiment-là est authentique et profond. Je n'ai plus à m'inquiéter; il ne me reste qu'à le savourer.

— Dis donc, mon chéri, des petites cachotteries comme celles avec mon père, tu m'en réserves d'autres?

— Tout plein, Valéry, tout plein.

Je pose ma tête sur son épaule et je m'abandonne à cet amour si grand qu'il pourrait me faire peur. Mais non. Je n'ai plus aucune crainte et je suis convaincue que l'avenir qui nous attend sera rempli de belles surprises.

Remerciements

À Yves, mon amoureux qui m'incite constamment à me dépasser. Merci d'être un partenaire aussi exceptionnel depuis aussi longtemps. ♥

À Laurence, ma belle-fille dont je suis si fière et dont la plume fabuleuse m'inspire. Un autre talent d'écriture dans la famille, c'est génial!

À ma mère, pour sa grande résilience que j'admire… et pour sa soupe aux légumes, bien sûr! Tellement réconfortante en période d'écriture intense.

À la communauté d'auteures québécoises de chick-lit. Oui, oui, elle existe et elle est formidable. Merci, les filles, pour les échanges sur notre métier et notre réalité. Vous faites la différence quand je me sens un peu seule.

À mon éditrice, Nadine Lauzon. Pour m'avoir encouragée à sortir de ma zone de confort tout en respectant mes limites. Merci d'avoir été présente tout le long de l'écriture. Et surtout patiente. 😉

À toute l'équipe de Groupe Librex. Merci de votre précieuse collaboration depuis maintenant plus de cinq ans. Merci de croire encore aux livres en ces jours de tumulte dans l'industrie.

À mon agente, Nathalie Goodwin, pour ses précieux conseils qui me permettent de créer en toute quiétude.

À mes lectrices et à mes lecteurs, merci de me suivre depuis tant d'années. Votre fidélité, votre passion pour mes romans et votre attachement à mes personnages me permettent d'être une meilleure auteure. Vos témoignages sur les médias sociaux et vos visites dans les salons du livre me comblent de joie et m'incitent à continuer d'écrire de nouvelles histoires… longtemps, longtemps. À très bientôt !